百部红色经典

回 家

海飞 著

北京联合出版公司
Beijing United Publishing Co.,Ltd.

图书在版编目（CIP）数据

回家 / 海飞著 . -- 北京：北京联合出版公司，
2021.3 （2023.7 重印）

（百部红色经典）

ISBN 978-7-5596-4992-8

Ⅰ . ①回… Ⅱ . ①海… Ⅲ . ①长篇小说—中国—当代
Ⅳ . ① I247.5

中国版本图书馆 CIP 数据核字 (2021) 第 014080 号

回家

作　　者：海　飞
出 品 人：赵红仕
责任编辑：管　文
封面设计：李雅楠

北京联合出版公司出版
（北京市西城区德外大街83号楼9层 100088）
北京新华先锋出版科技有限公司发行
涿州汇美亿浓印刷有限公司印刷　新华书店经销
字数250千字　787毫米×1092毫米　1/16　18印张
2021年3月第1版　2023年7月第4次印刷
ISBN 978-7-5596-4992-8
定价：39.00元

出版前言

为庆祝中国共产党成立100周年，全面展现中国共产党成立以来中华民族辉煌的发展历程、取得的伟大成就和宝贵经验，集中体现中华民族的文化创造力和生命力，北京联合出版公司策划了"百部红色经典"系列丛书，希望以文学的形式唱响礼赞新中国、奋斗新时代的昂扬旋律。

本套丛书收录了近一百年来，描绘我国人民在中国共产党的领导下艰苦奋斗、开拓创新、改革开放的壮美画卷，充分展现我国社会全方位变革、反映社会现实和人民主体地位、弘扬社会主义核心价值观、讴歌中华民族伟大复兴中国梦的100部文学经典力作。

本套丛书汇集了知侠、梁晓声、老舍、李心田、李广田、王愿坚、马烽、赵树理、孙犁、冯志、杨朔、刘白羽、浩然、李劼人、高云览、邱勋、靳以、韩少功、周梅森、石钟山等近百位具有代表性的中国现当代著名作家。入选作品中，有国民革命时期探索革命道路的《革命的信仰》《中国向何处去》，有描写抗日战争的《铁道游击队》《敌后武工队》《风云初记》《苦菜花》，有描绘解放战争历史画卷的《红嫂》《走向胜利》《新儿女英雄续传》，有展现新中国建设历程的《三里湾》《沸腾的群山》《激情燃烧的岁月》，有寻找和重建民族文化自信的《四面八方》，也有改革开放后反映中国社会现状、探索中国道路的《中国制造》，同时还收录了展现革命英雄人物光辉事迹的《刘胡兰传》《焦裕禄》《雷锋日记》等。

本套丛书讲述了丰富多样的中国故事，塑造了一大批深入人心的中国形象，奏响了昂扬奋进的中国旋律。这些经历了时间检验的文学作品，在艺术表现形式、文学叙述方式和创作技巧等方面都具有开拓性和创造性，作品的质量、品位、风格、内涵等方面都具有很高的水准，都是有筋骨、有道德、有温度的优秀作品，很多作家的作品都曾荣获"五个一工程奖""茅盾文学奖""鲁迅文学奖""国家图书奖"等奖项。

为将该套丛书打造成为集思想性、艺术性、时代性为一体，展现新时代文学艺术发展新风貌的精品图书，北京联合出版公司成立了由出版界、文学艺术界的资深专家和学者组成的编辑委员会。他们从文学作品的历史价值、文学价值、学术价值、现实意义等维度对作品进行了深入细致的研读和筛选，吸收并借鉴了广大读者的意见与建议，对入选作品进行深入细致的分析与综合评定，努力将"百部红色经典"系列丛书打造成为政治性、思想性和艺术性和谐统一的优秀读物，向伟大的中国共产党成立100周年这一光荣的日子献礼！

谨以此书
向抗战老兵致敬

爱你的家，爱你的父母儿女，爱你的仇人，爱你身边一切的事物，爱云朵、大地、稻谷，以及所有的事物，爱这个世界……让耶莫里娜的光，穿透黑暗。我要回法国了，我要回我的安纳西。

——法国传教士　杜仲

我回家得把我寡嫂棉花给娶了，她实在是太不容易……

——新四军金绍支队老兵　陈岭北

他妈的，老子要回家！回家娶老婆生一堆儿子！

——国军某部三十五团一营三连连长　黄灿灿

植子，我不多说了。如果我有一天能回日本，我一定会来找你。我成不了大日本帝国的勇士了，和你一样，我想要的是，尽快让战争停下来，停下来。

我是香河正男。一个你不认识的日本国士兵。我好像是在爱着你。

——日军士兵　香河正男

麦子扬花，阿拉要回家……回家见爹娘，回家吃老酒，回家讨老婆，回家生儿囡。麦子扬花，阿拉要回家……回家开山种地，回家捞虾捕鱼，回家盖大屋，回家过日脚……

——江南民谣

目 录

———— ★ ————

开　场

蝈蝈蜷缩在电影厅的沙发椅上。他已经八十五岁，该是活一天算一天的年龄，所以他苍白的头颅就会动不动无力地垂下去。他的个头很小，却穿着明显有些宽大的衣服，使得他看上去像一个藏在麻袋里的人。他觉得该死的冷气就快要把他给冻成冰块了。这让他想起虎扑岭伏击战的那个寒夜。那时候风从四面八方吹来，他蜷在战壕里啃一只生冷的地瓜。

这里是中国杭州。西城广场。UME 国际影城 7 号影厅。

蝈蝈的左手握着一纸杯薯条，孙女赵念秋一本正经地说这薯条是土豆做的，蝈蝈却一点也没有吃出土豆的味道来。他患了严重的白内障，看出去银幕上是白晃晃的一片，仿佛那是另一个世界敞开着的入口。他不停地吃着薯条，心里却在想着一个奇怪的问题，赵念秋，一个露着长腿穿着短裤和红色运动鞋，年轻得一塌糊涂的姑娘，是怎么把自己骗到电影院来的？

然后他听到一声沉闷的枪响。他的内心欢叫起来，仿佛是闻到了火药的气息。那块灰白色的银幕上影影绰绰的人影在奔跑与晃动，接着逼真的机枪声抽羊痫风般地响起来。蝈蝈的血液开始如一条暗红的河一样快速流动，他的呼吸变得急促，仿佛看到了七十年前满目疮痍的秋天。那个十分平静的秋夜，虎扑岭一场伏击战的帷幕就要被火药撕开……

第一部分

──── ★ ────

逃跑的秋天

虎扑岭就是我葬身之地

1

一只蛤蟆睁着懵懂的眼睛，笨拙地爬过一块潮湿的巴掌大的山石。透过层层叠叠的雾气，它看到壕沟里横七竖八躺着一堆堆人，还看到一个少年腰上挂着的军号。它在军号边上逗留了好久，胸有成竹地认为一定是有什么重要的事情要发生了。天气转凉，已经听不到半个月前还十分闹猛的秋虫声，蛤蟆不由得叹了口气。这确实是一个忧伤的秋天，它这样想，并且懒洋洋地向前蠕动了半步。它突然记起冬天已经不远，它必须要找一处可以安身的洞穴度过潮湿而寒冷的季节。它再次抬起臃肿的眼睑时，看到了十五岁的少年号兵蝈蝈，正瑟瑟发抖地啃一只地瓜。天空无比辽阔，尽管天地间隔着层层叠叠的雾气，蛤蟆仍然能感觉到天空就像一口看不见底的深井。

蝈蝈藏在一身肥大的军服里。摩托化装备的高岛师团冈村联队，或许正穿过雾水向他所在的国军三十五团埋伏点迈进。张团长在一个多小时前瞪着一双布满血丝的眼睛检查阵地，三十五团将要和新四军金绍支队在虎扑岭联合夹击冈村联队。巡查阵地的张团长看到抱着美式卡宾枪蜷成一团的蝈蝈，就伸脚在他屁股上踢了一脚。蝈蝈一声不吭，他懒得呻吟。他的身体每天都在拔节，那条去年发下来的军裤已经短了一截，瘦得像麻秆的腿让他看上去很像一只丹顶鹤。

一场战斗来临以前，虎扑岭安静得仿佛整座山岭都已经死去。蝈蝈开始在雾气腾腾中想念老家临安，临安是一个屁股大小的县城。如果在往常，秋天正是上山打核桃的季节。

蝈蝈特别盼望能回家上山打核桃。

2

张团长在野战帐篷里喝酒。他是站着喝酒的，他边喝酒边哼着一出目连戏，听上去有些鬼哭狼嚎的味道。一碗酒下肚，张团长拖着一条瘸腿，在帐篷里摇晃着走来走去。他是绍兴孙端镇人，以前是镇上的算术老师，后来带着一面算盘去牛村当上了只有七个小学生的校长。他觉得老是算数字没意思，就跑去投了军。那时候他班、排、连的战友，在大大小小的仗中差不多都死光了。而他除了一条腿被"三八大盖"粗大的子弹打穿一个洞伤了筋骨以外，基本上该在的都还在身上长着。他觉得这是一种运气，一个人如果能平安活到老，是需要运气的。他运气好，所以他在一次次扩充兵员后当上了团长。他最大的梦想就是光宗耀祖，当上团长让他觉得自己威风八面。但不管走到哪儿，他却一直没有丢掉那面陈旧的镶着铜边的算盘。那算盘是他在鲍同顺酱园当账房的爷爷留给他的。爷爷弥留的时候语重心长地对他说，学一门手艺就有饭吃。

张团长停止唱戏，又喝下一口酒的时候，帐篷外传来了凌乱的脚步声。七名衣衫不整的士兵被拖进来扔在地上。督战队数名队员的枪管都对准了地上的七名士兵。张团长慢慢地拖着瘸腿走了过去，突然一脚踢翻了一名地上跪着的士兵。张团长蹲下身，隔着一拳的距离脸贴脸地和那名士兵对视着。士兵吓得瑟瑟发抖，像是被冻坏的样子。张团长喑哑地笑了，说你是怕死还是怕冷？

士兵说，长官，我们不想打仗。

当兵不打仗？那你们想干什么？

我们想回家。

张团长笑了，轻轻地托起了士兵的下巴说，小杂种！你还有家吗？

帐篷外杂乱而急促的脚步声吸引了张团长的目光，他回头看了看，看到帐篷门口挤了一堆士兵的脸，显然都是来看热闹的。看上去他们的脸都有些浮肿，像一团团发酵的面粉。张团长看到了其中一张少年兵的脸，这是一张属于蝈蝈的刚刚开始长胡子的脸。蝈蝈每一根胡子都感到了惶恐，他知道按纪律逃兵的下场是什么。果然他看到张团长脸上浮起了向日葵一样的笑容。

张团长说，节约子弹。

督战队员迅速地收起了枪，没人能看到他们是什么时候拔出匕首的。帐篷门口的人只看到督战队员麻利地用手掌托起逃兵的下巴，手一挥，逃兵就倒在地上不停地蹬腿，鲜血很快在地上洇了开来，像一张摊在地上的军用地图。蝈蝈瞪圆了眼睛，他清楚地听到了匕首入喉时噗的一声脆响，这让他的头一下子大了，身体开始发热，浑身沁出了细密的汗珠。他从来没有看到过自己人杀自己人，就在这时候蝈蝈见到了黄灿灿。黄灿灿长得像一块铁疙瘩，矮腿，粗腰，厚嘴唇，皮肤黑亮得像一根泥鳅。黄灿灿连滚带爬地撞开人群冲进了帐篷，扑上去抱住最后一名还没有倒下的少年兵。蝈蝈看到那名少年兵和自己差不多年纪，裤子被尿淋湿了，黑了一片。少年兵眼泪鼻涕在脸上糊成白花花的一片，他的鼻孔里甚至冒出了一个鼻涕泡。他大声地喊着叔叔，哭的样子有些难看，小眼睛和大鼻子全都挤到了一块。他说，叔叔，我想回家。黄灿灿的脸上顿时也白花花地湿了一片，他转过身用膝盖走路，跌扑着抱住了张团长的那条瘸腿。黄灿灿语无伦次地说，张团长，留我侄子一条命，我哥嫂单传，就他一个种。再说春芽是咱们村的人，你好歹也是咱们村的女婿，你要杀就杀我黄灿灿，我黄灿灿命不值钱，团长，团长……

黄灿灿不停地摇着张团长的腿，仿佛是要把他的腿从他身上摇下来。督战队员的目光紧紧地盯着张团长。张团长凝望着一脸哀求的黄灿灿，最后还是点了点头说，杀。

这时候黄灿灿终于像一条疯狗一样从地上弹起来冲向张团长，但是被几名警卫架住了。他的脚腾空乱踢着，如同章鱼不断扭动的触须。

张团长拖着一条瘸腿走到不停挣扎的黄灿灿面前说，没人能说得了情，你也一样。

黄灿灿一口唾沫吐在张团长脸上，畜生，他才十五岁，他才十五岁，他才十五岁……

张团长没有擦脸上的唾沫，而是突然抽出了手枪把枪管猛插进黄灿灿的嘴里胡乱地捅着，大声说，十五岁也是个中国人。你给我回去，守住你要守的阵地！

黄灿灿的一颗门牙被枪管硬生生地撞断了，他吐出一嘴的血泡和那颗牙齿，然后像一条癞皮狗一样被扔出了帐篷。扔出帐篷的时候，他看到了跪在地上的侄子绝望的目光。他随身带着的一副象棋也滚落在地上，"车""马""炮"四处乱滚。他是一个喜欢四处拉人杀一盘象棋的人，但是在临战前的这一盘棋中，他输得一败涂地。他被扔在地上后没有马上起来，而是将脸贴在地上呆呆地望着许多杂乱无章的脚。那些脚在迅速地像潮水一样往后退，然后他看到了张团长拖着瘸腿从帐篷里晃荡着出来。

张团长的声音很轻，但是十分清晰。他的头发被雾打湿了，所以他小心翼翼地用手掌将湿头发压平。然后他平静地说，军令如山！停滞不前者，杀！临阵脱逃者，杀！被俘叛变者，杀！……

围观的士兵一言不发，张团长的目光久久地望着天空中浓重的雾气，然后他的目光缓缓降落下来，盯着众人的眼睛说：兄弟们，都给我到炮火中去吧！谁要是能在这一仗中活下来，谁就给死去的兄弟们年年烧纸。

张团长转身又回了帐篷。督战队员开始拖着逃兵的尸体离去，那些尸体像一把巨大的拖把，在地上留下一条长长的血痕。空气中弥漫着血腥之气，在浮动与穿梭着。这让蝈蝈开始不停呕吐，老想着那些喉咙里喷出血来的情景。事实上也就是从那天开始，他有了睡觉合不拢嘴的习惯。他总是记得刀子切入喉咙的皮肤与气管时，噗的一声脆响。

趴在地上的黄灿灿看到所有的人都散去了，只有蝈蝈腰间晃荡着一把军号，还在呆呆地望着他。蝈蝈上前低下身子，小心翼翼地说，喂，你没事吧？

黄灿灿没有理会蝈蝈，他觉得浑身像被抽去了骨架一样绵软无力。

他简直就像是一堆雨后的烂泥了。他面前的泥地上是一颗从他自己身上滚落下来的象棋子，上面号着一个"炮"字。黄灿灿的手艰难而缓慢地伸过去抓住了棋子，然后重重地扣在地上喊，天地炮！

一会儿，蝈蝈也落寞地转身离去，那挂在腰间的军号像一个酒客的酒葫芦一样晃荡着。黄灿灿仍然久久地躺在地上，他的面前终于一个人影也没有了，他只能听到帐篷里张团长噼里啪啦拨弄算盘的声音。张团长自言自语的声音从帐篷里传出来，七！

他说"七"！那么张团长的意思是不是说，他杀掉了七个逃兵？这时候黄灿灿感到了无限的悲痛，寒湿的地气不断地升上来冲进他的怀中，他看到蝈蝈腰间的军号随着他的走动不停地晃动起来，他就悲哀地号了一声，小狗啊。

小狗是黄灿灿侄子的名字。

蝈蝈回到战壕的时候，胃还在不停地翻滚。刚才的一场吐，让他把刚吃下的地瓜全吐完了。他蜷起身子仰望着天空中的一团团雾，在这样的观望中等待着黎明的来临，等待日军部队像一条蛇一样开进战场。新四军金绍支队按联合作战计划在日军背后设伏，以截断冈村联队后路。在蝈蝈的想象中，新四军都是穿草鞋的，连服装都买不起，他们会不会是拿弹弓和日军打仗？一只蛤蟆行动迟缓地在不远处向前蠕动着，它一点也不喜欢今夜浓重的雾水。在一块小石头边上它不小心翻过了身子，白花花的肚皮朝向天空。蝈蝈伸出了卡宾枪的枪管，小心翼翼地帮那只蛤蟆翻过了肚皮。蛤蟆味的一声笑了，它继续向前缓缓蠕动。它想，多么奇怪而且寒冷的夜晚。

3

在另一边山坡的战壕里，新四军老兵陈岭北抱着一支老掉牙的"汉阳造"，双目无神地仰躺在潮湿的山地上。他记得部队开拔前，他被关在漆黑一团的禁闭室里。他被关禁闭的理由是他不仅嚷着要离队回家，还在街上一家成衣铺私自帮店老板量体裁衣。他赚来的一块大洋被没收了，充满高邮口音的连长拿着那块大洋吹了一下放在耳边听，仿佛是要分出这块大洋的真伪。然后他十分认真地说，大洋倒是真的。

昨天傍晚他突然被从禁闭室里放了出来。连续关了四天，把陈岭北关得头昏脑涨，他手足无措地呼吸了一下禁闭室外的新鲜空气，觉得一定是有什么事情快要发生了。一棵树上掉落下来几片叶子，歪歪扭扭地从他的眼前飘落。连长把那杆老掉牙的"汉阳造"扔还给他，他抄手接住"汉阳造"的时候，刚好看到有一片树叶砸在了自己的脚背上。连长阴森森的目光在陈岭北身上逗留了好久以后才说，其实我也想回家。

连长又说，别老嚷着回家了，战场上杀鬼子去。

陈岭北什么话也没有说就随部队出发了。躺在虎扑岭这块潮湿的山地上，他开始想念远在暨阳县枫桥镇丹桂房村的家乡。他在镇上当了三年的小裁缝，有一天在帮高升戏院唱戏的柳春芽缝了一套戏服后，随即迷上了她。柳春芽不说话，只是举着双手让陈岭北用软尺子量她的肩。柳春芽让陈岭北感到踏实和舒坦，陈岭北就不厌其烦地量着她的肩。他特别喜欢柳春芽的肩窝，他觉得那简直就是两个长在肩膀上的朝天酒窝。陈岭北后来亲自把戏服送到了高升戏院的门口，那天黄昏柳春芽从戏院出来，看到站得笔直的陈岭北手捧戏衣，眼睛一眨不眨地盯着自己看，柳春芽就笑了。柳春芽说，我会去店里取的。

陈岭北说，主要是我想早点看到你。

黄昏的风一阵阵吹来，柳春芽就记住了那个凉爽的黄昏。那天她一步步地走向小裁缝陈岭北，从陈岭北手中接过戏装。她觉得这个世界上的整个黄昏，只剩下了她和陈岭北两个人。

镇西头五仙桥上摸骨论相的陈丁旺陈半仙，睁着一对白眼斩钉截铁地说过，柳春芽和陈岭北会是天设一对地造一双，是上辈子注定的姻缘，就算是二郎神和法海和尚也不能将他们拆开。但是柳春芽自己就把姻缘轻轻松松拆开了，轻松得像拆一封信一样。她嫁给了一名刚刚驻扎到枫桥镇上的国军团长。她嫁给团长是因为她家的牛咬了葛老财家的青苗，葛老财非要让柳春芽的爹赔三十个大洋，不然的话他会让在保安团当小队长的儿子抓人。陈岭北的寡嫂棉花急得像热锅上的蚂蚁一样，把自己娘家陪嫁过来的玉镯子当了十个大洋，然后四处借钱还是只能凑到二十个大洋。当陈岭北和柳春芽在寡嫂棉花的陪同下去交钱和求情的时候，葛老财阴阳怪气的笑声再次响了起来，他突然脸一沉说，你们拿我当叫花子？

那天黄昏，陈岭北又站在了葛老财家门口。他一直盯着葛老财看，棉花带着柳春芽匆匆赶到葛老财家门口时，刚好看到陈岭北隔着天井，对着餐桌边的葛老财吼了一声，说到底放不放人。

葛老财温文尔雅地摇了摇头说，门都没有。

沉默了一会儿，陈岭北终于觉得葛老财汤罐一样巨大的头颅令他十分不舒服，所以他上去打了一拳。在和葛老财厮打的时候，他掏出裁缝剪刀一刀扎在了葛老财的胸口。葛老财其实一点也没有感到疼痛，他还气喘吁吁地嚷着要去找保安团当小队长的儿子，看上去有那种非要把陈岭北吃掉的架势。好久以后他才看到胸口多出来的剪刀柄以及一些黏糊糊的血，血像面条一样挂落在他的布鞋上。葛老财怪叫了一声，他说，不好了，这下完蛋了。说完他直挺挺地仰天倒在了地上。惊惶得像一头小鹿的棉花让陈岭北赶紧逃，陈岭北舍不得那把裁缝剪刀。陈岭北觉得剪子就是他的饭碗，所以他把这带血的"饭碗"从葛老财的胸口拔了出来。他一把拉住柳春芽要走，柳春芽却挣脱了陈岭北的手说，我爹怎么办？

陈岭北说，我要紧还是你爹要紧？

柳春芽想了想，断然地说，我爹要紧。是他收养了我，他没有老婆没有儿子，离开我他就什么也没有了。做人要讲良心的……

陈岭北带着那把裁缝剪，腰间插着棉花匆忙之中塞给他的一双布鞋四处奔逃。他像被追赶的野鹿一样乱冲乱撞，一直逃到了队伍上才安定下来。后来他听说柳春芽嫁给了一名国军的团长。一切都像云一样淡了下去，柳春芽站在麦田中央的姿势像渐渐在水中化开去的墨一样，丝丝缕缕越来越淡。现在他的记忆里，更多的是想着寡嫂棉花。棉花给他做的那双布鞋，他一直舍不得穿，而是小心地用布绳绑在腰间。他越来越觉得自己应该娶寡嫂，嫂子一直照顾老爹，以及陈岭北的两个弟妹，支撑起这个破败得随时都会倒塌的家。为了救陈岭北突然发热生病的妹妹，她把嫁到陈家时的红棉袄也当掉了。两年前老爹请镇西五仙桥上的大先生陈丁旺给陈岭北写过一封信，陈丁旺不仅代写书信，而且还摸骨论相。他是个能看清一尺距离的半瞎子，一双白眼不时地对着天空翻动着。他写的信有点儿咬文嚼字：岭北吾儿，你嫂子苦也，你速归家娶你嫂子共结连理。最后一句是父亲让陈丁旺大先生硬加上去的，十分的直白：你要是敢不娶你嫂子，你就别给老子回家。

陈岭北拿着那封沉甸甸的信，觉得他应该迅速忘掉柳春芽，赶紧回家把棉花娶了才对得起她。但是陈岭北一直回不了家，他不敢向部队提回家。当他壮着胆和连长说自己要回家时，连长当时就把茶缸子连同茶叶末子一起砸在了他的身上。连长用高邮口音的普通话大骂，说你个逃兵给咱们连队丢脸。鬼子不赶走，你别想回家。

陈岭北说，鬼子又不是我一个人的敌人。

连长生气了，于是他就被关了黑屋子。现在他躺在战壕里想这几年发生的事，突然觉得怎么就打架把裁缝剪刀插在葛老财的胸前了，怎么就当兵了，怎么就恍惚着过去那么多年了？他感到身子骨有点儿累，想在潮湿的壕沟里眯一会儿。眯一会儿的时候，他觉得这一仗下来，要是自己没死成，真得回家和寡嫂棉花去过日子。

在雾气深重的山坡地里，陈岭北的思绪飘起来，像一片没有骨头的树叶一样飘到天空中。他仿佛看到春天来临，嫂子光着白晃晃的小腿肚站在村外的小溪中间，哗哗的水声中她在清洗家里唯一的一张篾席。嫂子像土豆一样结实浑圆，充满植物浆水般的身体，在水波潋滟的溪水里不停晃动着，多么像一棵招摇的水草。陈岭北的手慢慢地伸到了怀中，那里面安静地躺着一只温热的玉镯子。这是陈岭北在自己的部队在一个叫草塔的地方驻防时买下的。陈岭北想要把这镯子戴在寡嫂棉花的手腕上，把棉花当年为他们陈家当掉玉镯子的情给还了。

其实就算给棉花十只玉镯子，陈岭北都知道自己还不了棉花的情。天色渐渐转亮了，雾正在慢慢退去，陈岭北在潮湿而狭长的战壕里就要合上眼睛的时候，三颗信号弹突然拖着长长的尾巴不要命地蹿向了空中。枪声密集，陈岭北随即变得亢奋起来，举着"汉阳造"一枪一枪地击发着。他特别希望自己能活下去，他特别想要完好无损地出现在棉花的面前。这时候他一点都不知道，在联合作战的另一边的国军阵营里，一只蛤蟆正安静从容地望着不远处的少年号兵蝈蝈。

蛤蟆分明看到，密集的枪声过后，国军士兵像田间被闪亮的镰刀放倒的麦子一般一个个倒下来。蛤蟆觉得这实在是一个热闹的清晨。然后一颗炮弹呼啸着飞来，掀起的深黑色土块重重地砸在蛤蟆的身上。蛤蟆望着从天而降的一大块黑色，嘎的一声发出了绝望的尖叫。

这个深秋，对它来说很不吉利。

4

张团长的腰间斜挎着那面从不离身的算盘，他扔掉手中打完子弹的一支美式卡宾枪，望着日军像蚂蚁一样再一次密集地向这边涌来。张团长突然抢过了身边不远处黄灿灿抱着的一挺捷克式轻机枪，一脚将黄灿灿踢开，用机枪疯狂地扫着日军狂吼，虎扑岭就是我葬身之地，各位兄弟来生再见！

张团长的话音刚落，一枚啸叫的炮弹落在他的身边，他随即就被炮弹撕成了碎肉。黄灿灿从壕沟里连滚带爬地爬到了他身边，捡到的是一粒粘着人肉的算盘子。子弹呼啸着织成一片网，紧紧地罩在黄灿灿的头顶上。黄灿灿抓起了那挺捷克式轻机枪，他突然觉得很难过。张团长下令杀了他的侄子小狗，可他现在一点也不恨张团长了。他已经听不到枪声，只能看到轻机枪的枪管在不停颤动，那些子弹像被密集地泼出去的水一样，鬼子兵在一个个地倒下。

战斗结束的时候，三十五团只剩下十八名伤兵，包括救护队的女兵张秋水。张秋水在战场上救了蝈蝈，炮弹飞过来的时候，她刚好和一名女兵抬着担架穿梭经过蝈蝈的身边。她扔掉担架把蝈蝈扑倒在地上。但是当她猛烈地甩着头，想要甩去头发上的泥土时，突然发现自己的耳朵听不到了。她只能看到身下压着的懵然的蝈蝈。张秋水是武汉人，她爹在镇上十字街口开着一爿不大不小的南货店，因为不愿嫁给一个大她一轮的木讷男人，她和同学参加了湖北青年抗敌总团，然后一起跑出来投军。一年多下来，和她一起参加三十五团救护队的七名同学，只剩下她一个了。现在她的目光愣愣地望着黄灿灿，显然黄灿灿已经是这几个稀稀拉拉的人中最大的官了。在她的身边，斜斜地站着蝈蝈，他的左手受了枪伤，所以他的左手软软地垂在那儿，像一只奄奄一息的瘟鸡。

团部报务员朱大驾跌跌撞撞地背着步话器过来，他气喘吁吁地摇晃着站在黄灿灿的面前说，鬼子的后续部队马上就过来了，上头让我们赶紧撤。

黄灿灿盯着朱大驾笑了，说，那是逃。

朱大驾愣了一下，纠正说，上头的命令说这是撤。

黄灿灿长长地叹了口气，他的手掌合拢来，紧紧地将那粒带血肉的算盘子握在手中。黄灿灿说，那就撤吧。这时候一堆松垮的泥土松动了起来，一个人慢慢从泥土中站了起来，身上的浮尘不停地往下掉。他的手里还握着一杆枪，眼眶边上沁出了血水，和尘土混在一起。他看着众人的样子十分可怕，头颅像老鸭一样不停地伸缩着，仿佛是要缓不过气来似的。他的身子晃了晃，这时候一阵微风吹来，他随即被风四仰八叉地吹倒在地上。黄灿灿的眼泪在微风中落了下来，他看到的是小狗。他冲上前去把小狗抱在了怀里，轻轻摇晃着说，小狗小狗小狗。原来张团长最后没让人杀小狗，而是让小狗参加了这场战斗。张团长一定是觉得小狗的年纪只有十五岁，所以才放了小狗一条生路。黄灿灿这样想着，眼泪不停地奔涌，他又说，小狗小狗小狗。

小狗睁开眼疲惫地笑了。黄灿灿就觉得怀里的小狗，软得像一根粗壮的面条。小狗的脸上一直微笑着，这让黄灿灿觉得心里很不踏实，他认为一个只会笑不会说话的人，一定是出了问题。黄灿灿的手不停地在小狗的身上摸索着，他摸到了小狗胸口一摊黏糊糊的血，那血和泥土混在一起，仿佛胸前挂着一块铠甲。小狗的头终于软软地垂了下去，他的手松开了，手中一直紧握着的美式卡宾枪就滚落在地上。

黄灿灿的心一下子落空了，好久以后，他仰起脸望着天空突然吼了一声，老天爷，你瞎了眼！

黄灿灿紧紧抱着小狗。他没有时间把小狗埋了，他能做的只是把小狗靠在了战壕的壁沿上。黄灿灿想，这样小狗就可以不那么累了。然后黄灿灿站起了身，张望着站在身边的十七名国军士兵，他们站成了一幅萧瑟的风景画，那些升腾的烟雾在他们头顶上飘忽。

黄灿灿咬着牙说，走！

这支七零八落的队伍缓慢地歪歪扭扭地离开了虎扑岭战场。他们一直没有回头，把烟雾缭绕的战场和成片的尸体扔在了身后。

麻三的地盘

5

海角寺已经有些残破和萧条了，萧条得有点儿像这个季节。如果你看到破败的庙墙，以及墙头屋顶上一腿深的草，就会知道这简直不能算庙了，最多能算是几堵站着的砖墙。海角寺大殿里还塑着一个破败的山神，山神身上本来颜色鲜丽的油彩差不多掉光了，看上去有些灰头土脸，像是一个很穷的神仙。海角寺的门框上，歪歪扭扭写了"聚义厅"三个字，那字像是随时都会掉下来似的。倒是海角寺背后，有一整排的黄泥屋，成了麻三和兄弟们栖身的地方。海角寺在老鼠山上，麻三也在老鼠山上。海角寺和麻三一样，仿佛是老鼠山上的两块被雨水敲打多年的顽劣丑陋的石头。这么些年来，这一带都是山匪麻三的地盘。麻三此刻就坐在海角寺门口的一张椅子上，他身上披着和平救国军军官才够级别穿的黄呢大衣，正用弟弟麻四送他的日本产望远镜向远处战场上张望着。而他镶着的一排金牙，让他看上去就像是一个金子做的人。

　　麻三的身后站着便宜、陈欢庆和一堆的山匪，他们都没有说话。他们没有说话，是想等着麻三说话。麻三的眉头皱了起来，他透过望远镜看到战场上袅袅不断的残烟，以及杂乱无章倒在地上的一片片尸体。麻三终于咧开了嘴说，他妈的，这得多少棺材哪！

　　后来麻三从椅子上站了起来，一言不发地回了海角寺后面最大的那间黄泥屋。他在屋子里呆呆地站了一会儿，看上去他有些神不守舍。从昨天开始，枪声就没有停，他觉得枪声不停是一件令他心烦的事。麻三后来打开了那台"哥伦比亚"留声机，他摇动着手柄，上紧发条后周璇的歌声响了起来。周璇在留声机里说，春季到来绿满窗，大姑娘窗前绣鸳鸯……在这样的歌声里，麻三把自己稳稳地躺在屋子里那张雕龙刻凤的千工床上想心事。这是一张从地主家抢来的床，留声机也是从地主家抢来的，仿佛地主是他麻三的仓库保管员一样。麻三仰望着雕工精细的床顶，他想，差不多可以下山去战场上死人堆里发横财了。

　　麻三带着他的山匪们像一群豺一样灵捷而又轻快地从老鼠山上下来了，他们闯进了这幅安静的画，想要把战场上的那些武器搬上老鼠山成为自己的家当。麻三对步兵炮没多大兴趣，觉得那玩意儿太沉了。他对一个面色白净的日军少尉产生了兴趣，他围着少尉的尸体打了一个转，然后蹲下身来小心翼翼地摘下了少尉腕上的手表。少尉其实还没有完全死去，他的眼睛空洞地张着，嘴巴一张一合，不时地冒出一股黏稠的血来。他十分清晰地看到麻三摘走了自己的手表，然后从自己的口袋里掏走了一把口琴。他甚至还掏走了一张照片和一封家信，照片中是少尉和自己的妻子还有一周岁的孩子不约而同的、呆板的笑容。

少尉看到麻三拿口琴在裤腿上擦了擦，放在嘴边吹了起来。麻三不会吹口琴，所以他吹出的音都是不成调的。这些凌乱的音符在萧条残破的战场上响起来的时候，让山匪们都觉得十分的奇怪。他们愣愣地看着麻三，麻三只留给他们一个黄呢大衣的背影，看上去他的背影在袅袅不尽的烟中有点儿孤单的味道。后来他停止了吹口琴，转过身来对山匪们说，见好就收，赶紧上山。

望着麻三带着众人，呼啦一下像树上被枪声惊飞的鸟群一般迅速地消失，日军少尉的眼睛也慢慢合上了。他很难过，是因为他知道眼睛合上以后，将再也看不到妻子和女儿。他觉得胸口很甜，终于有第一缕阳光艰难地穿透了云层，直直地跌落在他的眼眶里。他看出去的世界白亮一片，然后他就什么也看不到了。但他清楚地记得，那是昭和十六年一个寻常的秋天。

麻三站在老鼠山一棵粗壮而弯曲的松树下。他让陈欢庆用一根苎麻做的绳线把口琴穿了挂在胸前，又把手表挂在裤腰上。他站在松树下的样子，很有一种古诗中"松下问童子"的意境。现在他看上去更像一个"四不像"了。他的头发软软地从前额耷拉下来，一会儿他脑袋瓜麻利地一甩，掉下来的头发又甩了上去。麻三像一只嗅觉灵敏的黄鼠狼一样，他让兄弟们离开战场上山没多久，日军的后续部队果然就黑压压地赶了过来。杂乱的脚步声越来越响，如同一片突然飞临的蝗虫。

麻三的手平伸出去，十六岁的便宜忙把望远镜递了过来放在麻三的手心里。便宜是十年前麻三在镇上买来的。那时候便宜只有六岁，围着一块新的毛线围巾，只露出一双贼亮乌黑的眼睛，编着两只小辫，白白净净的一个女娃。麻三刚好剔着牙游手好闲地从小阳春酒馆里出来，喷着酒气站在了便宜面前。麻三问了价格，便宜爹说很便宜。麻三付了钱，便宜爹一边数着钱一边头也不回地离去了。后来麻三才知道便宜为什么这么便宜，原来他长着兔唇，而且还是个哑巴。那块崭新的围巾是用来掩盖兔唇的，为的就是把价格卖得好一些。更令麻三气愤的是，便宜原来还是一个男娃。那时候麻三还没有上山当山匪，他只是一个本分的木匠。那天他脱掉棉袄找了一根趁手的藤条，狠狠地把便宜抽了一顿，看上去他好像要把便宜抽成柳絮一样的碎片。最后他懊恼地飞起一脚，把便宜踢得飞了起来，重重地撞向了门板，最后跌落在地上。

麻三咬牙切齿地说，我就知道，便宜没好货。

现在便宜成了麻三的跟班。麻三按正规部队的叫法，封便宜当了警卫员。警卫员便宜的望远镜递到麻三手中，麻三透过镜头看到了两个圆形的世界，这两个透明的圆圈中，大部分都是横七竖八的尸体，仿佛地上横向生长的庄稼。

麻三后来把目光从望远镜里收了回来。不知道为什么，他长长地叹了一口气。他觉得日本人一来，让他的山匪也当得不那么爽快了。以前他像一阵风，吹到哪儿哪儿就是他的地盘。现在在日本人面前，他有点抖不起威风。他觉得自己真像是屋檐下一只垂头丧气的瘟鸡。

漫长的午后，太阳向西走得十分缓慢。日头的余热不阴不阳的，如同破旧的棉絮一般。麻三在那棵歪脖子松树下，突然很想让陈欢庆教他吹口琴。

他向陈欢庆勾了勾手指头说，教我吹口琴。

陈欢庆是被麻三绑上山的师爷，也是山上唯一上过师专的山匪。他本来是镇上一座小学的音乐老师，正拉着手风琴在操场上教孩子们唱"长亭外，古道边，芳草碧连天……"那时候他穿着长衫，围着围巾，很儒雅的样子。麻三就站在学校的围墙上，他一边剥着一只热气腾腾的熟地瓜，一边听陈老师教学生们唱歌。他突然觉得陈欢庆是一个充满忧伤的人，他喜欢这样的忧伤。因为他一直都认为，山匪窝里缺少的就是这样的忧伤。所以他挥了一下手，立即有好多山匪都站在了学校的围墙上。麻三对着操场上的陈欢庆勾了勾手指头，那时候陈欢庆的歌还没有唱完，等到陈欢庆和同学们都唱完了，陈欢庆才转过身对着围墙上的麻三。

阳光下的围墙上站满了山匪。陈欢庆笑了，阳光让他睁不开眼睛，但是他仍然知道一定是山匪来了。陈欢庆仰着头大声地咬文嚼字地说，朗朗乾坤，光天化日，尔等想干什么？

麻三还在剥着那个烤熟的地瓜吃。因为地瓜太烫，他的舌头不停地从嘴里伸出来胡乱地晃动着。麻三边吃地瓜边说，什么尔等？你跟我上山，我封你当军师。要不你就得死！

不愿死的陈欢庆收拾行李成了麻三的军师，他上山的时候背上插一把雨伞，很像是一个赴京赶考的书生。现在他正在教麻三吹口琴，吹的是一曲《长城谣》。但是麻三并不知道长城，他只知道县城。山匪们也不知道长城。山匪们说，军师，长城是什么？

陈欢庆心底里冷笑了一声，他没有理会他们，而是坚持着把《长城谣》给吹完了。陈欢庆从嘴里拿下了口琴，环视着麻三和山匪们，露出一个苍白的微笑。陈欢庆说，见过院子的围墙吗？

山匪们异口同声地说，见过！

陈欢庆把目光抛得很远，他十分散淡地说，长城其实就是一道很长的围墙而已。

6

一个骑脚踏车的男人歪歪扭扭地骑行在一条积了冻的土埂上。那高低不平的路面让男人骑车的样子有些颤颤巍巍，但是看上去他仍然意气风发。他的嘴里不停地呵出热气，有时候甚至屁股会离开座凳，站直身子猛踩几下脚踏车。风撑起了他的衣衫，仿佛要把他撑成一只蝙蝠似的。他微微发红的扁平的脸面显得硕大而宽阔，上面镶嵌着一群雀斑。

他是麻三的弟弟麻四。

麻四穿着黄呢大衣，蹬着一双大皮鞋，头上还扣着一顶黄呢帽。远远地看过去，他浑圆的身子如同一只饱满的粽子。他在夜袭队里谋了个副队长的职。夜袭队真正的番号是"皇协新中华和平救国军金绍便衣支队"。他一直都希望干番惊动天地、光宗耀祖的事来，就因为他那时常咳嗽的老烟鬼父亲向来对他不屑一顾。

其实来老鼠山的路上，麻四远远地看到了正被日军押着的一队新四军战俘。麻四从脚踏车上滚落下来，点头哈腰不停地喊着"哈瓦伊"。没有日本军人理会他，他们显然已经认出了他的和平救国军大衣。麻四无趣地又踩上了脚踏车，尽管他十分肥胖，但是他上车的姿势仍然轻盈得如同一只低飞的麻雀。一场恶战过后，到处弥漫着一股死气，只有他的心底里是在叽叽嘎嘎地欢叫的。他奉命去当说客。千田薰大佐希望老鼠山上的麻三最好和他一样，能为大日本帝国做事，为大东亚共荣出力。至少做到不成为日本人军事行动中的绊脚石。

麻四的脚踏车歪歪扭扭地驶进了麻三的视野里。然后他吭哧吭哧地爬山，爬上山的时候喽啰们认出了这是大当家的亲弟弟，把他带到麻三的面前。麻四抓下帽子，擦了一把脸上的汗说，这鬼天气大大地坏。麻四看到麻三正小心翼翼地从口袋里掏出一张照片和一张写满字的纸片。他把纸片递给了军师陈欢庆，然后专注地端详着照片中的日军少尉一家三口。看了好久以后，他弹了弹照片，看也没看麻四一眼说，你来山上做什么？

那天麻四从牛皮文件包里掏出一条日本产的长寿烟送给麻三。麻三看到烟盒上画着松鹤，还写着"东亚一心，兴农富国"八个字，麻三的心里就冷笑了一声。麻三小心地拆开一盒烟，抽出一支叼在嘴上，认真地点着了，抽了一口就吐了。麻三狠狠地将烟扔在地上，说，真臭。

麻四说，那可是东洋烟。

麻三说，东洋烟怎么了？东洋鬼子一个个都长得像烂冬瓜，种出来的烟能好到哪儿去。

麻四说，你真不识抬举，这是长寿牌的。

麻三说，长不长寿，跟抽不抽长寿烟屁关系也没有。

麻四皱了皱眉头，他显然对哥哥麻三的态度很不满意。后来他胡乱地挥了一下手说，不说这些。皇军让你配合大东亚共荣你干不干，给你枪炮大洋。你想要什么就给什么。

麻三看了麻四一眼笑了，说，我啥也不要。我和他井水不犯河水。

麻四说，你的毛病就是不识抬举。

麻三说，你要不是我弟弟，现在你身上就至少有十八个枪眼。

麻四不再说话，他觉得和麻三说话简直是鸡同鸭讲。那天麻四看到陈欢庆大声朗读那封写满了日本字的家信。显然有好些日本字陈欢庆是不认识的，但是他还是凭着感觉把这封信念完了。信的意思十分简单，是说，美枝子，我会尽快地回来的，你得养好咱们的孩子。信后面附了一首诗，里面仍然有好多中国字，大概的意思是说在佐贺故乡，茅屋漏雨，妻子和女儿，我常想起……妻子给我那个保命符。我愿意回家……

陈欢庆读完了信以后，手垂下来搭在裤腿边上，那张信纸就在风中唰唰地响着，仿佛随时会被吹走似的。他是个忧伤的年轻人，仿佛看到了日本佐贺县杵岛郡一个女人带一个孩子，在渔船边等年轻的爹回家。所有的山匪都没怎么说话，他们奇怪地看着大学生军师沉默的表情。后来陈欢庆勉强地笑了一下，陈欢庆声音很轻地说，这个浑蛋有老婆和女儿，他说他想回家。

麻四掏出了随身带着的日本火柴，火柴盒上画着一个光屁股的日本女人。他特别喜欢用日本的玩意儿，他送给哥哥麻三的望远镜就是日本军用望远镜。他又喜欢说半生不熟的日本话。无论从哪个角度看，这个矮脖子短腿的男人，都像极了一个日本人。他挥动着手中火焰正旺的火柴，将那微小的火给挥灭了。然后他美美地吸了一口烟说，什么回家？大东亚还没共荣他就想回家？做梦！

麻三站起身来，接过了陈欢庆手中的信纸，折好后和那张照片一起小心翼翼地放回口袋里，并且轻轻地拍了拍。仿佛那张照片和信纸会被风吹走似的。然后他看也不看麻四一眼说，别给我丢脸。

麻四有些愤然的样子，他显然有些急了。他说，哥，我这是在给你挣脸。

麻三说，好好回家生个儿子，好给麻家传宗接代。

说完，麻三转身走了，走向海角寺背后的那排黄泥屋。麻四捏着烟蒂屁股猛抽了几口，狠狠地把烟蒂丢在地上用皮鞋蹍灭。他望着麻三离去的背影，甩了一下头说，尚未立业，何以成家？

逃亡之路

7

惨烈的虎扑岭伏击战，让装备和猎人差不了多少的新四军金绍支队几乎全部阵亡。陈岭北永远都会记得，那场战争刚刚结束，他和一批新四军还没来得及离开，就被从后头赶来的日军给堵住了。日军用子弹把新四军的残部逼回原来的战场。当子弹打光的时候，陈岭北扔掉了那杆"汉阳造"。他看到身边像白菜一样被放倒在地上的战友，知道自己就要成为俘虏。

此时的阳光已经很高远了。陈岭北索性一屁股坐在地上，他摸到了腰间绑着的那双布鞋，这时候他摸到那双布鞋的千层底上竟然嵌着一粒弹头。他愣了一下，觉得这无疑是寡嫂棉花救了自己一条命。一个强烈的声音在他心头响了起来，回家，娶棉花。

陈岭北闻到了破棉絮被烧焦的味道。零星的枪声还在响着，那是日军在清理战场。陈岭北的手缓慢地举了起来，他眯起眼睛呆呆地望着打扫战场的日军的矮脚和绑腿。他们叽里呱啦的声音，在战后的残烟中穿梭，仿佛这声音也有了一种焦煳的味道。他们明晃晃的刺刀翻检到伤重的俘虏时，直接开枪，或者用刺刀把伤员捅成对穿。零落的枪声，或者噗噗刺刀入肉的声音不时传到陈岭北的耳中。这让陈岭北想起了连长，散发着高邮气息的连长不见了，陈岭北眼睁睁地看到连长被打成血筛子。陈岭北从来没有看到过那么多血窟窿出现在同一个人的身上，那些血洞同时冒着血，像是一口口向外冒水的血井一样。连长一句话也没有说，他的嘴角流着一长串血，定定地瞪圆了眼睛望着陈岭北，好像有一万句话还没有说完一样。陈岭北想，这个把自己关进黑屋子的人，从此在这个世界上轻而易举地消失了。

陈岭北被叽里呱啦的吆喝声和明晃晃的刺刀赶到了一片斜坡地。在那儿，他和一群新四军被俘人员混在了一起。远远地，陈岭北看到一名日本军官穿着军靴，站在还没有散尽的硝烟中。他背对着太阳，所以陈岭北看不清他的脸。他叫千田薰，一个仿佛十分"唐朝"的名字。千田薰是日军后续部队"春兵团"的联队长，他潮湿的眼神在一堆堆日军阵亡尸体上恍惚与飘摇着。陈岭北看到千田薰仿佛是大张着嘴吼了一声，然后他就看到许多日军竟然在挥刀砍下阵亡日军的手臂或者手掌，并且在一只只手臂或者手掌上绑一块块椭圆形的金属片。

那金属片是日军的认尸牌。认尸牌上标着部队番号和阵亡者的名字。风一阵一阵吹来，仿佛有许多灵魂在硝烟中游荡。

8

这是一条随随便便生长在庄稼地中间的漫长的道路。新四军被俘老兵陈岭北不知道这条道路会通向哪儿。他能听到远处单调而安静的水声，也能听到天空中偶尔落下来的几声鸟鸣。天是灰暗而阴沉的，仿佛一块泛着陈旧颜色的宽大白布。陈岭北前面走着的是新四军战俘，后面走着的还是新四军战俘。这是一支零碎得不成样子的队伍。他的腰间插着那双被子弹击中的布鞋，在日本兵刺刀的寒光下，他多么像一只在冬天已经不太有行动力的刺猬，缩头缩脑地前行。一个汉奸翻译官曾经拿着铁皮喇叭告诉过他们，为了大东亚共荣，他们要听皇军的话，皇军会把他们送到战俘营接受思想改造。翻译官仿佛很兴奋的样子，喊完了以后就掏出烟和一名日军小队长对火。小队长是一个细脖子年轻人，看上去有些瘦。他长得十分像一棵瘦弱的檫树。陈岭北害怕一阵大风，会把这棵浑身挂满武器的檫树给拦腰折断。

陈岭北咽了一口唾沫。他很长时间没有喝到水了，喉咙里像是被谁放进了一粒火炭。这时候一条宽阔的溪面挤进他已经很累的视野。那溪面的波光在刚刚跃出云层的太阳光映照下，一片片像鱼鳞一样闪着灼人的光。陈岭北的眼睛不由得眯了起来。一些战俘开始向那条溪水靠拢，然后他们直接蹚进了溪水里，俯下身去喝水。陈岭北看看那些押解他们的日本兵，日本兵们一脸漠然。陈岭北放下心来，他的心里欢呼了一声，然后袋鼠一样迅捷地跳到水中。水花四溅，他顾不得凉意俯下身弓着腰大口地喝起水来。

陈岭北的眼睛里挤满了一眼眶的溪水，耳朵里装满了溪水平静单调的奔流声。一些小鱼得意扬扬地在他的视野里漂过，一些水草轻轻缠绕着他的小腿肚。这让他想到了家乡，他觉得家乡丹桂房村口的小溪也是这样，充满着温润的甜味。他张大着嘴，又猛灌了几口水，这时候他听到肚子里咣当当地响起了水声。他才突然想到，自己已经很长时间没有吃东西了。而也就是在这时候，他看到了水面上漂着一层红色。陈岭北惊惶中猛然抬头，看到不远处一名战俘被一名矮壮的日本兵捅了一刺刀，他倒在了水里，而那刺刀还死死地抵着他。陈岭北不由得一阵猛呕，那些血水迅速地朝这边涌来，转瞬间把陈岭北的两条腿包围了。接着陈岭北听到噗的一声，又一名战俘被扎中了后背倒在水里。战俘们开始奔逃起来，陈岭北也开始奔逃，他看到了不远处的树林，知道树林才是相对隐秘与安全的地方。水花被他的脚掌拍得七零八落，他听到的除了水声和风声，还有突然响起来的暴雨般的枪声。有好些跟着他一起跑的战俘倒在了水中，陈岭北不敢回头看，他只顾着往前发疯一般地奔跑。他听到了自己粗重的呼吸声，一个声音在他的耳郭不停地响着，好像是寡嫂棉花的声音。那是棉花在喂猪时的啰啰啰的叫唤声，充满着猪食和草料的混浊气息。

陈岭北想，棉花棉花棉花。陈岭北又想，棉花棉花棉花。陈岭北这样想着，越跑越快，风把他的头发高高地扬了起来。前面就是树林，树干密密匝匝像一群亲人一样站在他的面前。他迅速地窜进了树林以后，还是在往前拼命地奔逃。日本兵追了一阵，追到树林边就不敢往里追了。他们怕有埋伏。他们已经领教过神出鬼没的新四军游击队打一枪换一个地方的厉害。在他们退回去以前，胡乱地往树林里放了一阵排枪。单调而又凌乱苍白的脆响，让人能觉出他们在遥远的异乡是没有底气的。

那个午后陈岭北摆脱了日本兵的追赶，四仰八叉地躺在树林里的山地上。那些高低不平的小石块硌得他的腰背生痛。但他还是愿意那么躺着。他的眼睛里是树冠和树叶，以及偶尔从树叶中间挣扎着漏下来的光线。当然，风吹动一树叶子的响声哗哗不停，鸟不知疲倦的鸣叫也会偶尔地从树丛中漏下来。陈岭北觉得这是一个多么好的地方，枪声听不见了，接下来就可以回家了。

他在想回家见到老爹、弟妹，以及棉花的时候，他第一句话会说些什么。

那个午后陈岭北认识了他一生中最难忘掉的战俘兄弟。这些人全不是他同一个连队上的人，他们是二营和三营的。有些战俘在和陈岭北一起向树林奔逃的时候，受了枪伤，正躺在地上像一条咸鱼干一样，不时发出沉闷的哼唧声。不知道是谁先开口说的话，反正后来陈岭北在和他们的聊天中，知道了大块头的施启东是江苏启东人。李歪脖因为三年前脖子中弹伤了神经，从此脖子就歪了。尽管脖子歪了，但是这并不影响他成为全团最负盛名的狙击手。二营三连的给养员是高邮人，叫六子。小浦东特别爱干净，随身的挎包里竟然带着牙粉。章大民话不多，嘴唇厚得像门板似的……

他们在不停说话。陈岭北却在不停地想着陈年烂谷子的旧事。他想起了柳春芽，他没有理由不想高升戏院的柳春芽。柳春芽养着一对黑辫子，养着一双葡萄眼，养着一对小酒窝。柳春芽把自己养得水灵灵，像一棵饱满的白菜。陈岭北在葛老财胸口不小心插进一把裁缝剪刀以后，没几天就被警察局的"黑皮"逮了回去。那时候陈岭北也是在一条农村的沟渠边津津有味地喝水，几名"黑皮"突然像是顺着沟渠漂下来似的，他们手里拿着警绳把他团团围住。陈岭北的心里像冬天飞过天空的大雁一样萧瑟。他拍拍灌满水的肚皮站了起来，说，来吧，捆结实点。

陈岭北又想起那个阳光很不错的清晨，县警察大队的大铁门打开了，陈岭北看到的是一个白晃晃的明亮世界。柳春芽就站在不远处的明亮世界里，她露出白皙的小碎牙向陈岭北笑着。柳春芽一直看着陈岭北笑，陈岭北就勇敢地走过去，去拉柳春芽的手。柳春芽轻巧地避开了，她说我嫁人了，我要嫁给张团长。后来陈岭北才明白，张团长是来枫桥镇上驻防的，他用枪轻而易举地替柳春芽摆平了一切。葛老财家突然不再发出任何声音了，吃了一剪刀的葛老财还在床上哼哼。他并没有死，不过是胸口多了一个洞而已。这几天，那个洞正在疯狂地长着新肉，这让他觉得奇痒无比。柳春芽觉得自己家没有什么东西可以谢张团长了，所以她把自己嫁给了张团长。

柳春芽虽然还在不停地笑着，但是她的话还是有些伤感的。她说，你回家吧。

陈岭北站在县警察大队明亮的大铁门门口，好久都缓不过气来。柳春芽说，你怎么了？陈岭北说，我胸口闷，闷得喘不过气来。柳春芽说，那要不我送你去医馆？陈岭北想了想说，就是神医也治不了我，我算是弄明白了，我这不是胸闷，这是心痛。我很难过。

柳春芽不再说话。风一阵一阵吹着，风把柳春芽的衣角和头发高高扬起，这让她看上去像一个仙女一样。很久以后陈岭北仿佛平静下来了，所以他慢慢蹲下来，蹲在地上不停地流眼泪。他觉得他把祖宗十八代的脸全部丢尽了，因为眼看着就要到手的媳妇，就像煮熟的鸭子一样扑棱棱飞走了。

9

从溪边逃到了树丛中的陈岭北四仰八叉地躺在山地上。他睡着了，梦见了祖父那一张像炭精画一样平整而且没有表情的脸。祖父已经死去多年，他铁青着一张脸，木然地看着他。好久以后祖父说，你怎么还不回家？话音刚落，祖父整个人像一阵轻烟一样，慢慢地散了。陈岭北伸出手去想要拉住祖父，他特别不想让祖父像烟一样化掉。这时候一声枪响让陈岭北打了一个激灵，他猛地坐直了身子的时候，看到晃动的树影，耳边回荡的是缥缈得如同梦境的枪声。他再一次猛地甩了甩头，看到一支游击小分队边向身后开枪，边向这边跑过来的身影。

在陈岭北的记忆中，那天的树叶不停地乱晃，枪声就在树叶里穿梭着迅速地飞奔过来。游击队的人一个个倒了下去。他们在被子弹击中的同时，手中的枪抛向了空中。陈岭北顺手抄起一支飞翔的枪，一拉枪栓和追来的日军对射。日军人不多，只是一个十多人的小队，但是他们手里有准头极高的"三八大盖"。他们跳跃着掩在树后向这边交替前进。陈岭北看到一个黑乎乎的手雷打着转向这边飞来，落地的同时沉闷的声音响起，一大片黑色的泥土连同一棵被拔起了根的小树一起飞了起来。陈岭北也被气浪抛起，重重地四仰八叉地摔在地上。陈岭北觉得胸口发甜，他猛地甩了甩头发上的泥土，看到不远处一名游击队员双腿被炸飞了，下半身血糊糊一片。毛瑟手枪的枪盒和一只牛皮公文包交叉地斜挎在他的胸前，身下压着一名穿日军军服的鬼子兵。他看上去只有十八九岁，像一棵野葱一样嫩的年纪。这棵野葱朝陈岭北苍白地笑了一下，突然挥枪，一名追来的日军被击中。然后陈岭北看到他头一歪昏了过去。

陈岭北和伤兵战俘们抢过刚倒下的游击队员们手中的枪，和日军近距离对上了火。他特别想要抽身而去，他害怕自己不小心中弹的话，祖父真的就会像梦中那阵烟一样散淡地化了。他特别想完成梦中祖父的托付，让他在天之灵看着他娶嫂子棉花，然后再和棉花生一个儿子。这样想着的时候，他仍然在不停地拉动枪栓击发。最后一名日军看到小队的所有成员都死了以后，叽里呱啦地叫着仍然挺着刺刀向这边勇敢地冲过来。他的枪中显然已经没有子弹了，但是他还有明晃晃的刺刀和一颗勇敢的心。陈岭北一直跪姿端枪，一动不动像雕塑一样。他的脸上全是汗水，汗水流进了眼里，让他的眼睛睁不开来。他依然能看到一棵松树身上掉下一枚细小的松针，也看到那名鬼子兵的刺刀，就快刺入小浦东的胸口。这时候他扣动了扳机，同时看到一个人影晃荡着重重地倒下。那时候鬼子兵的血滚烫地洒出来，呈弧线落在山地和小浦东的脸上。小浦东一声尖叫，他是一个十分喜欢干净的人，那洒了他一身的血让他的尖叫声持续了很长一段时间。然后小浦东跌撞着寻找山泉。他很快就看到了不远处的一小汪山泉。小浦东毫不犹豫地冲了过去，用一张脸扑向山泉。

陈岭北好久以后才放下久久端着的那杆老掉牙的步枪。一个细微的声音从不远处传过来，陈岭北转过身，才看到那十八九岁的游击队员躺在地上，干燥的嘴唇正不停地张合着，已经裂开了几道口子，眼睛里充满着血丝。陈岭北蹲下身，十分费劲地听他说话。最后陈岭北趴在了地上，把耳朵紧紧地贴在这名队员的嘴边。队员仿佛很冷的样子，他整个身子不停颤动着，牙齿碰撞发出咯咯的响声。这时候陈岭北才搞清楚，这名胡子还没有长全的小伙子已经是四明山游击支队路西分队的队长了。他奉命押送一名日军俘虏去江苏南通的新四军驻地。

这鬼子兵叫香河正男。

香河正男就站在陈岭北身边，失魂落魄得如同旧树墩一样，愣愣地望着陈岭北趴在游击队队长的身边。队长的两条腿不知道飞到了哪儿，他记得十分清楚，在黑色的手雷落地的时候，是队长把他扑在了身下救了他一条命。他看到那血已经洇湿了一大片的山地，队长其实就漂浮在一堆血浆上。

陈岭北听到队长断断续续的声音，我命令你，为护送队队长……把这鬼子押送到南通……

陈岭北猛地直起身子，他急了。他说，我得回家。我得回家和棉花把婚事办了。

陈岭北激动地重复了两遍，但是队长并没有理会他。队长已经死了，这时候陈岭北才发现队长其实是戴着黑框眼镜的，其中一只眼镜的镜片显然已经碎了。看上去他年轻得像个孩子，嘴唇上刚刚长出绒毛。

他竟然在临死前，向新四军正规部队的老兵下达命令？陈岭北感到十分恼火，他认为属于地方武装的游击分队队长没有权力向自己下达命令，而且假如他没有听到队长的最后一句话，他完全可以心安理得地回家。

但是现在不一样。现在他觉得这道不伦不类的命令，成了他心里一道过不去的坎。

许多伤员战俘拖着沉重的步子，慢慢地靠了过来，一言不发地望着陈岭北。陈岭北斜了香河正男一眼，好久以后才对伤兵们说，埋人。

陈岭北说得特别简洁，却让大家花了半天的时间掩埋这些尸体。枪刺、树棍，都成为工具，他们选择一片低洼的地势，把这些游击队队员堆在一起埋掉。这是没有墓碑的坟，陈岭北也搞不清这些人谁究竟是谁，姓什么叫什么。但他还是十分细心地为这六名队员踏坟。他觉得坟包不够圆润，所以他不停地用刺刀扒拉着浮土。他直起身的时候，看到背着一只慰问袋的香河正男，笔直地站在坟包前。他的双手被朝后反绑着，一根拇指粗的麻绳把他的两个手腕绑得结结实实。

坟包上放着一粒梅饴干。陈岭北搞不清楚，香河正男反绑着双手是怎么样把慰问袋里的梅饴干放到坟包上的。他只看到香河正男机械地弯下腰去，弯成直角的模样，好久以后才抬起头来。陈岭北看到他抬头的时候，红红的眼眶里蓄满了泪水，像一个小型的水库。

陈岭北说，你有什么好哭的。

香河正男用蹩脚的中国话说，死了。

陈岭北说，什么死了？

香河正男说，他，队长，他替我死了。腿，腿没了，血流光……

10

那天晚上陈岭北带着新四军这些幸存的伤员在坟包不远处的几棵树下宿营。一堆篝火明晃晃地燃着，那火光让所有的人看上去都满脸红光。陈岭北靠坐在一棵树的树干上，两条腿如同不停向外延伸的树根，恣意地生长着。他的身上交叉斜背着游击分队队长留下的那只牛皮公文包和毛瑟手枪。临睡前，他曾经小心翼翼地打开过公文包，里面有一沓油印的文件，上面有"四明山支队"的字样，还有十个大洋。陈岭北对这些都没有兴趣。伤兵们已经睡了，他们都搂着烧火棍一样的、从刚刚被收拾了的阵亡日本兵手里缴来的"三八大盖"。"三八大盖"现在就是他们的命，或者救命的一根稻草。他们得把这根稻草紧紧搂住。他们都不敢想一下，如果再遭遇一支日军小队，他们还能不能活下去。

香河正男没有睡着。他睁着一双大眼睛，呆呆地望着树林的天空。树林的天空其实没有天空，全是从树身上胡乱伸向天空的树枝。风吹来的时候，那些树枝就兴奋得直晃动。香河正男认为这就是山的声音。山好像是在哭。香河正男身上的慰问袋，是从大日本皇军陆军恤兵部转来的。他拿到慰问袋的时候，是刚刚经历过一次小规模战斗的黄昏。他记得那时候他们在一座叫"朱"的村庄休整，太阳就快落山了，一批乌鸦集体飞向黄昏的树林。突然一辆卡车歪歪扭扭地颠簸着开了过来，一名少尉从副驾驶室跳下来，用手掌重重地拍着卡车的铁皮车厢大声地说，恤兵部发放慰问袋。

属于香河正男的慰问袋，是一个叫植子的姑娘寄来的。很久以后，香河正男才恋恋不舍地在一块石板上打开了袋子，盘点了慰问袋里的所有东西。袋子像一间小型的仓库，有笔记本，有糖果，有针线，有加级鱼肉松，还有蚕豆、信纸、兜裆布、剃刀、肥皂、明星照片，以及一封慰问信，还有一双毛线织起来的手套。香河正男久久地望着石板上这一堆杂乱无章的东西，他的鼻子一阵阵酸痛起来，因为他看到了那双手套。他看到手套的时候，心里想的是一个姑娘跪坐在地板上织手套的背影。这样的一个背影让他有点儿想家，他知道自己一定是在这个绵长的黄昏想念故乡了。香河正男在中国任何地方面对着行军饭盒吃饭的时候，一点也吃不习惯。这个四处都是黄土的陌生的地方，让他觉得仿佛每一天都生活在被薄雾罩着的梦中。

后来他拆开了慰问信。他看到了信纸上看上去有些娟秀而且比较弱不禁风的文字。信中说，我是植子，我十六岁。

　　不远处有名新四军的士兵在站岗，他不停地将头勾下来，显然他是有些困了。香河正男开始背诵起那封慰问信。因为他一次次地重复地读信，他已经能背诵信中的内容了。植子说，我爱你，日本军勇士。中国首都南京终于被我们占领，以后南京就是我们日本帝国的领地了，我本应该为日本地图的变化而向你致敬。为了庆祝这一胜利，我们学校的女学生都组织起来，参加了成年人的游行队伍。植子还说，日本军勇士，这次我看到了歌颂勇士们的电影。在电影里我看到我们的飞机、我们的大炮、我们的坦克车，我看到我们的勇士浩浩荡荡军歌响亮。日本军勇士，那时候我的热血是不是应该沸腾起来才对？看到那些支那人被推进坑里，我想我应该高兴。可是我高兴不起来，你一定失望了，我写的慰问信和别的勇士收到慰问信肯定不一样。当我的同学们看到勇士闪亮的军刀砍下中国人头颅的一瞬间——从那躯体里如同自来水管破裂般喷出的鲜血时，他们开始尖叫，他们说要致敬，向大日本帝国战无不胜的勇士们……可是，被斩杀的那些支那人，他们有死罪吗？

　　香河正男想，原来日本国的年轻学生们，对于战争已经狂热得像一条随时可以扑向对方的小狼了。但是一个叫植子的姑娘，写了一封不一样的慰问信，这信让香河正男不知所措，但是他还是深深喜欢上了这个叫植子的姑娘。不远处篝火微温的热浪向香河正男一波一波地涌过来。他看到陈岭北好像醒了过来，陈岭北的脚仿佛是麻了，活动了好久以后，他才站直身子慢吞吞地走到那堆篝火边，往火堆里扔了几根树枝。然后陈岭北走到了香河正男身边，蹲下身子说，想不想跑？

　　香河正男摇了摇头。他的眼神清澈，像一潭深不见底的水。

　　陈岭北笑了，伸手拍了拍香河正男的脸说，想死你就跑。

　　不远处的火堆那些燃着的柴火毕毕剥剥地响着，传过来的一丝丝热的气浪，让香河正男觉得这个夜晚开始变得美好。这些热浪都钻进了他的血液里，顺着血液开始流动起来。望着陈岭北站起身晃荡着回到那棵树边的背影，香河正男就想，植子大概是一个短发的姑娘。

残破的南方兵营

11

在国军三十五团小号兵蝈蝈此后的记忆中，一次次地重现着那天晚上的情景。那天晚上的脚步声十分凌乱，这群受了伤的国军士兵，像被敲了一棍的丧家狗一样，红着眼睛奔突。黄灿灿一直跑在最前面，在他的带领下，十七名伤兵穿过了一条空无一人的街道。狭长的街道是一条看不到尽头的青石板路，十分清寂地在他们的脚下向前不停延伸。然后脚步声慢慢停了下来。黄灿灿喘着粗气站在一座老旧的大宅前，认真地看着那扇旧木门，以及像手臂一样向外伸展着的屋檐的椽子，几张瓦片晃荡着弱不禁风地挂在椽子上。娘希匹，黄灿灿学习蒋委员长的骂法，十分庄重地骂了一声。他转过头来对那群伤兵说，听好了，这是一座祠堂，现在被我们三十五团征用了。

大门发出难听的吱呀声，沉重而缓慢地打开了。火把亮了起来，十八名伤员都挤在了祠堂天井里。黄灿灿抬头望了望天空，天空没有星星也没有月亮，黑沉沉的一片。一些红漆或者白身子还未上漆的空棺材，置放在正堂的两边。正堂的木架子上，放着许多上了朱红漆的神主牌。黄灿灿望着棺材和神主牌好久以后，转过身来有气无力地说，还是先报个数吧。

队伍排成了两排，每排都是伤兵。黄灿灿的眼神里闪动着绝望，他觉得这是一支像死蛇一样软塌塌的队伍。那挺黑不拉唧像小毛驴一样的马克沁机枪，就放在天井的中间。黄灿灿咳嗽了一声说，你们都说说，你们都是哪些浑蛋呀？

在这个充满了浑蛋的夜晚，蝈蝈认识了排长伍登科，认识了机枪手蒋大个子、救护队队长张秋水，认识了报务员朱大驾，还认识了老兵田大拿，以及文书小蔡……蒋大个子的块头很大，像一扇门板一样；报务员朱大驾，背着个步话器像乌龟背着壳一样；小蔡虽然说是小蔡，可是看上去至少也有五六十岁了。最水灵的当然是张秋水，蝈蝈十五岁的心脏开始变得兴奋起来，他觉得张秋水很像村里那个长得像白瓷一样的哑巴美人，也像镇上经营老虎灶的老五的女儿，还像月份牌里走下来的人。总之在蝈蝈的心里，娘生养他给了他一条命；救护队员张秋水救了他，也给了他一条命。除了救命恩人以外，主要是他觉得张秋水就是藏在他心里的那个女人。

蝈蝈在红通通的火光中，看到黄灿灿迈着八字脚走到了伍登科的面前，摸了摸他的薄呢军服说，你是排长？

伍登科大声说，是。三营二连四排排长。

黄灿灿哧的一声笑了。笑了一会儿以后他突然收起了笑容，猛地拍了一下伍登科的肩说，这儿我最大，我是连长我说了算。现在我任命你为副连长。

伍登科想了想，大声说，那……这算几连？

黄灿灿也大声地说，这算伤兵连！现在我宣布命令，咱们走不了，不是胳膊没了就是腿受伤了，那子弹还在咱们的骨头肉上嵌着呢！咱们得先养伤，养好伤，咱们回家。各回各家，回家娶老婆，生一堆儿子去！

接着黄灿灿又环视了一下七零八落站着的众人说，睡觉。

黄灿灿迈着八字脚走向一口白身子棺材。蝈蝈看到黄灿灿掀开了棺材盖，然后麻利地躺了进去。黄灿灿的声音从棺材里传了出来，黄灿灿说，娘希匹的，好好睡一觉，天大的事明天再说。

队伍在这个冷而寂寞的深夜迅速散开了，每个人都找了一个角落蜷缩起来。蝈蝈的目光一直没有离开过张秋水，他站在天井的最中央，腰间挂着一把唢呐、一把军号，像一个落魄的小叫花子。他看到张秋水在他的视野里飘忽起来，这让他想起了左手前臂上嵌着的一颗子弹。那子弹总是时不时地像蛇一样咬他一下，让他的左手感到发热。他的手臂已经肿得很厉害了，像是发酵过的一团面粉。张秋水打开一扇厢房的门，门晃了晃，张秋水的背影像被夜色吞没掉一般不见了。这时候蝈蝈茫然四顾，才发现天井里只剩下他一个人了，所有的人都像遁入了地下。这让蝈蝈觉得此前发生的一切像是一场梦。他突然来到了一座梦中的祠堂。

一阵阵寒意从四面八方向蝈蝈奔来，直接扑进了他的身体。零碎的风吹来的时候，蝈蝈不由得打了一个寒战。他抬起头看了看天，天空仿佛白亮了一些，让人感到毛骨悚然的猫头鹰的惨叫从很远的地方传过来。十五岁的少年兵蝈蝈开始了那场伏击战以后，因为突然松懈而感受到的无边无际的倦意。他的眼睛就快合上了，在合上之前，他学着黄灿灿的样子，一步步摇摇晃晃地走向那口深红漆的棺材。在用右手奋力掀开棺材板以前，蝈蝈觉得他的那只左手几乎已经没了知觉。这时候他听到了黄灿灿从白身子棺材中传出的呼噜声，像风箱抽动的声音。

蝈蝈还看到了一匹马无声跨过门槛，出现在天井里。它已经很瘦了，如果它是一个人，它差不多就已经瘦成了一根竹竿的样子。它用很瘦的目光温驯地望着蝈蝈，并且提了提蹄子甩了甩头。蝈蝈认出这是一匹属于三十五团的运输辎重的军马。它一定是趁伏击战打响后乱成一团的时候逃散了，现在它多么像一个无家可归的孩子。想到这里蝈蝈就冷笑了一声说，你怎么现在才来？

那匹瘦马没有说话。它只是无声地甩了一下尾巴。

12

这个天空阴沉得要滴下水来的清晨，白身子棺材里的黄灿灿揉着一堆眼屎醒了过来。那些眼屎零落在棺材里，像一场细碎的雪。然后他打了一个悠长的哈欠，在棺材里半坐着发了一会儿呆。他突然看到天井里已经来了好多当地人，数十个男人像甘蔗林里的甘蔗一样伫立着。天井中间的空地上躺着一块门板，门板上半躺着一个从大腿根部开始没有了双腿的叼着烟杆的小老头，他用肘部支撑起自己的上半身，阴阳怪气地打量着黄灿灿。小老头蓄着一撮白色的山羊胡，他喷出一口烟来，突然朝黄灿灿露出了一个笑容。他的身边站着一个紧紧抱着一支猎枪的络腮胡，看上去他的身材结实，长得完全像一块竖起来的石板。

黄灿灿又打了一个哈欠，他差一点又想睡过去了。但是他觉得睡过去不是太礼貌，所以他坐在棺材里拍着棺材板慢条斯理地问，这是哪儿？

小老头一字一顿地说，这儿是四明镇，这是镇上的戚家祠堂。

黄灿灿皱了一下眉头说，这祠堂真破，你们太懒了，竟然也不修一修。算了，这祠堂暂时被国军征用。

小老头说，我叫戚杏花，大家都叫我戚四爷，是戚家一族辈分最高的。

黄灿灿鄙夷地笑了，说，亏你想得出来，你还取个女人的名字。你真不害臊。

小老头看了一眼身边拿猎枪的壮汉说，他叫戚威武。

戚威武拉了一下枪栓。黄灿灿看到戚威武一直没能拉开枪栓，所以他就叹了一口气说，你的枪锈了，你拉不开枪栓。你威武个屁，给我滚一边去。

戚威武愣了一下，果然听话地走到了一边，躲在了一个男人的后面。

戚杏花大声说，你们赶紧离开戚家祠堂，你们这群逃兵，不好好在前线打仗，只会给你们的先人抹黑。

这时候黄灿灿看到那些负了伤的兄弟都醒来了，一个个从角落或者厢房里走了出来，走到天井里默然地望着没有两条腿的戚杏花。黄灿灿仍然不愿从棺材里出来，他轻声说，老子为你们拼得只剩下半条命了，在这儿借个地方养伤，你们还那么小气。要是老子发火了，我就把你们这破祠堂给炸平。

黄灿灿最后斩钉截铁地说，你们给我滚出去！

戚家的人没有滚出去。他们反而向前走了一步。戚杏花在门板上摇头晃脑地说话，因为抽着烟杆，他整个人看上去就有了腾云驾雾的味道。戚杏花就坐在那堆烟雾里说话，他说我们戚家，那可是明朝的时候专门杀鬼子的戚继光的后人，自从临海迁到四明镇已经一百多年，还从来没有怕过谁。

戚家的男人们又虎视眈眈地上前一步。黄灿灿不由得笑了，他说，那个叫什么五子登科的副连长呢。

伍登科就上前一步说，到。

黄灿灿说，你和机枪手蒋大个子，把"黑胖子"抬出来。

那挺被黄灿灿称作"黑胖子"的马克沁机枪被迅速地抬了出来，粗大如竹节的枪管对准了戚家的男人们。黄灿灿从白身子棺材里爬出来了，他迈着八字脚一步步地走向了"黑胖子"，然后蹲下身仔细地抚摸着那块巨大而冰凉的黑铁。

知道"黑胖子"是什么吗？"黑胖子"就是马克沁机枪。你们要是不怕死，可以试试"黑胖子"的火力。黄灿灿得意地大笑着说，边说边站直了身子，阴着一双眼睛，目光从戚家男人们的脸上一一掠过。黄灿灿的目光扫到戚威武的时候，戚威武不由得打了一个寒战。黄灿灿的脸上就浮起轻蔑的神色，慢慢地举起一个小指头，冲着戚杏花轻轻地晃了晃。

但是黄灿灿不知道戚家男人们为什么像水桶一样紧紧围着他们不放。三个月前，四明镇顺利地进入了夏末初秋，气候变得干燥和明净，天空像玻璃一样透明得没有杂质。在两朵美丽的云下，两辆脚踏车歪歪扭扭地经过了四明镇。后来这两个骑脚踏车的人失踪了，他们穿着黄色日本军服的身影在人们的视野里消失。接着日本兵就像蝗虫一样地扑了过来，他们围住了镇上的鸿福戏院，为首的鬼子只说了一句话，说要是一个钟头内不交出那两名皇军，戏院里看戏的人就全部烧掉。

那天族长戚杏花在鬼子小头目的面前跪下求情，他膝行了一丈路才到了日军小头目的面前，小头目伸出了手，淘气地扭了扭戚杏花的鼻子，然后突然拔出指挥刀，重重地砍向戚杏花的双腿。戚杏花惨叫一声，看着血泊中两条突然不再和身体连在一起的腿，孤零零地躺在一摊血中。他晕了过去，所以他没有看清戏院是怎么着火的。后来有人告诉他，那时候在鸿福戏院看戏的八十六人一个也没能活下来。少数几个踢破大门向外冲的人，身上全着了火，像一团团滚动的火球。这些火球随即被"三八大盖"清脆的声音击中，仍然倒在了火海中变成了一截干炭。

戚杏花醒来的时候，只看到床上白布包着的两条大腿根，以及自己尚在人间的半截身子。他先是静默了一个下午，这半天的时光里他主要回顾了一下他迈开双腿大步奔走的年华。在黄昏来临，斜阳探进他家窗棂的时候，他正式开始号啕大哭。他一共哭了三天三夜，然后他觉得他的半条命留在世上只有一件事要做，就是杀鬼子。所以现在他在戚家祠堂里怒视着黄灿灿，突然唾沫星子乱喷地大吼起来，他说，你们是逃兵！你们如果战死，我们送你们回家！用最好的棺材葬你们！用最向阳的风水宝地葬你们！还给你们做七天七夜的道场！可你们是逃兵，你们只会强占我们的祠堂。你这个浑蛋，你还弄脏了那口白身子棺材。知道那是谁的寿材吗？那是我戚杏花百年的时候用的！

黄灿灿愣了一下，终于反应过来说，你嘴皮子怎么那么利索？

戚杏花大声地喊，给我一杆枪，我杀日本人也比你这逃兵利索。

黄灿灿的脸阴了下来，你刚才说哪个浑蛋弄脏了你的棺材？

戚杏花冷笑一声，说你浑蛋那是抬举你。你浑蛋不如！

黄灿灿的脸沉了下来，他的手就按在腰上，腰间插着一把手枪。他迈着八字脚，一步步走向了那张半躺着戚杏花的门板。他居上临下地看着门板上的那堆烟雾，以及烟雾中抬着头、样子显得十分滑稽的戚杏花。戚杏花也抬头毫不示弱地仰望着黄灿灿，他朝黄灿灿喷出了一口浓重的烟雾，随即有几个男人向黄灿灿迎了上去。

黄灿灿笑了。黄灿灿的身后也随即拥上来三十五团的伤兵，站成一把打开的折扇的形状。

13

黄灿灿和那些男人近距离对视着，他们一言不发，仿佛是钉在天井里的几根粗壮的木桩。后来他们都听到了纷乱的脚步声。那些脚步声由远及近，最后密集成夏天一场暴雨般的声音。黄灿灿的目光越过一个戚家男人已经秃了半边头发的头顶，看到了陈岭北带着十多名伤病员背着"三八大盖"冲进祠堂。他们都在喘着粗气，呵出的白色气息从嘴里喷出来，仿佛一匹匹跑累的马在喷着鼻息。他们的目光在对峙着的黄灿灿和四明镇百姓身上乱晃。戚杏花抬头眨巴着小眼睛，他的喉结开始抖动起来，目光长久地落在陈岭北押解着的那名穿日本军衣、反绑着双手的香河正男身上。戚杏花的喉咙翻滚着，发出几个含糊的音节，脸色因为激动而涨得通红。

戚杏花突然盯着香河正男，喉咙嘶哑地说，把他交给我们！

陈岭北冷冷地看了一眼李歪脖，李歪脖手中的狙击枪举了起来，挡在了香河正男的面前。他的脖子仍然一如既往地歪着。当兵前他是老家嘉善县西塘镇上一名著名的丧甲，专门替人抬棺喊号，吃的是白饭白豆腐，挣的是死人的钱。当兵后他犯过许多次军纪，但是因为他天生就是一个好枪手，所以最后还是被留了下来。现在他挡在香河正男的面前，面对那些逼视着他的戚姓男人，手缓缓地落在了枪栓上。他十分缓慢地拉动枪栓，撞针与枪膛的金属摩擦声细微地落在了他的耳朵里。戚家男人们不为所动，显然是十分不怕死地向他又迈进了一步。

李歪脖的话从他嘴里一个字一个字蹦出来：别，逼，老，子，开，枪！

而这时候，陈岭北却突然开了一枪。一声枪响，正厅上方的一溜瓦片像一群惊惶的孩子般滑落下来，全部摔碎在陈岭北的脚前。陈岭北单手举着从小浦东手上抢过来的一杆"三八大盖"，枪管高举着朝天说，第一枪打的是瓦片，第二枪可就要打不识抬举的人了。

戚杏花哧地冷笑了一声，你哪儿来的逃兵？你想吓唬谁？

陈岭北说，你要的这个人不能带走！现在我有另外一件十分重要的事情要做，你少给我啰唆。

陈岭北一边说一边笑着走向了黄灿灿，黄灿灿的脸上也浮起了笑容。很快他们面对面地站定了，两个人的脸就差了一拳的距离。他们的目光，都跌进了对方眸子中不见底的深潭里，仿佛要望到对方的最深处。那天在蝈蝈的记忆中，是黄灿灿先解下了武装带，陈岭北也把手中的"三八大盖"扔还给了小浦东。没有人知道他们要干什么，好像是要展开一次长时间的谈话似的。但是突然之间，陈岭北像一只山林中的豺一样，十分矫捷地扑向了黄灿灿，他和黄灿灿扭成一团。戚杏花在门板上边抽着烟杆，边认真地看着两个突然扭成一团麻花的服装不同的兵爷。在不停地吞云吐雾中，他觉得自己的脑子里也塞满了一团云雾。他不明白这两个人怎么会发疯般地打起架来。

陈岭北发出了呜里哇啦的声音，他的口水四溅，很快脸上的鼻血就糊了一脸。他大喊着，有种的谁也不准上前，谁上前我斩了谁。那天蝈蝈的身子靠在一根粗大的木柱子上。他觉得受伤的那只左手，越来越像是牵扯着他的一只爪子，想要把那只手，以及和手连在一起的他身体深处的五脏六腑都拉扯下来。有时候他会脸红心跳，有经验的老兵告诉他，那是伤口在发炎了。蝈蝈十五岁的心灵里，就升腾起漫无边际的绝望。他无力的眼神抬起来，越过很多人抛过去，看到陈岭北和黄灿灿在地上满身尘土地滚来滚去。没有人想到要上前去拆开他们。而那些戚家男人，像一块块木讷的暗红色神主牌一样，傻愣愣地站在这个深秋中一动不动。那天蝈蝈看到膀大腰圆的黄灿灿最后放倒了陈岭北。黄灿灿喘着粗气，一脚踩在地上陈岭北的脸上，得意扬扬地说，你从小到大都不是我的对手。

你就是再练一百年，你也不是我的对手。黄灿灿补充了一句。

陈岭北的脸被完全踩扁了，嘴角和鼻孔都沁出血来。从蝈蝈的角度看过去，那张脸像是被熨衣服用的黑铁熨斗熨了一下似的，完全被熨平了。黄灿灿后来抬起了头，仿佛是在看天气的样子，脚下却使劲踮压着。不知道为什么，陈岭北像被敲了一记七寸的蛇一样，突然蹿起来张嘴叼住了黄灿灿的一只脚。他咬在黄灿灿的绑腿上，黄灿灿挨了一刀似的惨叫一声。

蝈蝈想，一定是咬下了一块肉。

陈岭北松口的时候，发出一声沉闷而愤怒的低吼，仿佛从地底最深处发出来似的。一直到几十年以后，蝈蝈仍然能清楚地记得陈岭北的那声吼，他说，还我们陈家命来！

戚四爷戚杏花吧嗒吧嗒地抽着烟杆，他的目光中闪着一丝又一丝的狡黠。就算他是一个白痴，他也已经看出来这两个浑蛋是阴差阳错闯进戚家祠堂来的。他看到陈岭北和黄灿灿正式打完了架，陈岭北颤悠悠地站了起来，他晃荡着，有点儿像钟摆的味道。他十分缓慢地转过身，嘴角挂着血指着戚杏花说，还想不想把我的人带走？

那是日本人！戚威武壮了壮胆，抱着那杆生锈的猎枪，向前一步虚张声势地说。

陈岭北的眼神就阴森森地扫了过去，盯着戚威武说，你再说一遍！

戚威武没敢再说一遍。陈岭北就笑了，他一笑嘴角的血水就稀里哗啦地黏糊糊地挂着。陈岭北盯着戚杏花说，香河正男是日本人，但他现在是我的人。

陈岭北边说边突然出手从站在不远处的国军田大拿腰间摘下了一颗手雷。所有人的目光都落在了那颗小地瓜一样的手雷上。陈岭北把手雷放在了那排得整整齐齐的神主牌上，手指头扣着拉环。陈岭北用嘴巴制造出爆炸的声音，他看着目瞪口呆的戚杏花说，还要不要带走我的人？

那天蝈蝈看到戚杏花没有抬眼看陈岭北，而是低眉顺眼地半躺在那块木板上，吧嗒吧嗒地抽着烟杆。后来他好像突然是愤怒了，唾沫星子从他差不多掉光了牙齿的空洞的嘴里喷溅出来，愤怒中还有些无奈地挥舞着烟杆吼，走人。

那天戚杏花带着镇上的人刚刚走出祠堂的大门，黄灿灿和陈岭北又打了起来。他们在天井里滚来滚去，头破血流，眼眶上都有了乌青，所有的人都没敢上前去劝架。那一架一直打到黄昏，两个人在地上此起彼伏地翻滚着，一直滚到没有力气。然后他们无力地并排仰躺在天井里，一动不动，像死去多时的两具尸体。

所有的人都觉得乏味，他们散开了。只留下蝈蝈一个人还傻呆呆地看着地上像晒瘪的白菜一样的两个人。张秋水的门打开了，那门开得十分缓慢，像是推门的人没有力气一样。然后她就倚在门边，远远地看着天井。天井里秋天的光线暗淡，有那种萧瑟的气象，这让她想到了离开武昌的那天，也是同样阴郁得差点能滴下水来的天气。她什么话也不想说。她的目光又落在了十五岁的小号兵蝈蝈身上，蝈蝈单薄的身子在风中轻轻颤动了一下。他拖着那条正在渐渐失去知觉的手臂，像一片破败发黄的桑树叶子。

所有的人在天井消失后，陈岭北和黄灿灿开始心平气和地说话。陪伴着他们的，是架在天井中间被黄灿灿称为"黑胖子"的马克沁机枪。他们的脸向着天空，仿佛要把整个天空望穿，或者是和天空在说话。不远处蝈蝈没有离开，他一直久久地望着躺在地上的奇怪的两个人。

黄灿灿说，你忘了你小时候被隔壁大悟村的人打得奄奄一息，像翻白了的臭鱼似的。是我把你背回来的，要不然你投胎都投过三回了。

陈岭北咬着牙说，可你杀了我哥。

黄灿灿说，那是因为你哥挡在我面前不让我们家造房子，我家宅基的石头都已经砌好了，他就为一巴掌大的地方不肯让我们造房子？咱们家的铁匠铺子不够用了，造个房子好打铁。你哥是吃了铁还是吃了火药，非要挡着我们造房子？再说你哥把我哥一只手断了。

陈岭北说，可你把我哥一条命断了。

黄灿灿说，我打了你哥一拳，你哥自己把头撞到石块上去了。他是自己撞死的。

陈岭北说，你不打这一拳，他会撞死吗？

黄灿灿说，知道小狗吧。他是我侄子，但是更像我弟弟。我哥就小狗一个儿子，那次你哥撞死了，小狗非得跟我一起跑，结果在路上我们被抓了丁。虎扑岭那场仗，他想逃回家，被督战队逮住了要杀掉。张团长放了他一条生路，可他还是战死了……

陈岭北听到这儿，眼前浮起了老家隔壁邻居小狗细眼睛厚嘴唇的模样。他没有再说话，拿一双眼望着天井上方四角形的天空。

黄灿灿说，我哥算是断后了。

陈岭北说，不是有你这狗杂种替你们黄家续香火吗？

黄灿灿说，这路上哪儿都在放冷枪，一不小心就踏进战场。谁知道回不回得了丹桂房。

陈岭北说，回不了。

黄灿灿说，你怎么知道回不了？

陈岭北说，因为就算你回得了，我也得找你给我哥抵命。我哥不能白死，你让我嫂子棉花成了寡妇，现在我们家就她撑着，养我爹养我弟养我妹。她简直成了我家的长工。

黄灿灿说，那你回家娶了她。

陈岭北盯着黄灿灿看了好久，说，我是有这打算。

黄灿灿说，看不出来啊姓陈的，你果然做到肥水不流外人田。

陈岭北说，你别打岔了。别忘了你还背着一条人命案，这案一定得结了。

黄灿灿说，兵荒马乱的，哪还有案不案的，警察都不见了。你要是想结案，咱俩起来拿刀对砍吧。砍倒了谁算谁倒霉。

陈岭北说，我不跟你砍。我想过了，我还有要紧的事体。我得把那个香河正男送到南通去。队长说了，他是一名山炮教练。把他送到江苏的新四军部队当山炮教练，然后用那些从战场上缴获的山炮打日本人。

黄灿灿说，等不打仗了，咱们俩再好好干一仗。

陈岭北说，肯定干一仗，不然我哥在天上看着我，不替他报仇我怕我活不长。

后来他们两个人都不再说话，傻愣愣地看着天空越来越暗。在厢房里的张秋水点亮一盏油灯以前，他们都躺在天井里各自想着心事。陈岭北想：我怎么就没知道那游击分队队长叫什么名字呢？他那么年轻，顶多也就十八九岁，算是没活够吧。黄灿灿想：那宅基一定还空着，受了伤的哥哥和一把年纪的爹，一定是没有力气再去造那大房子了。他记得他家雇的十五个铁匠，因为都是和他玩得很好的年轻人，觉得世道恰好乱了，跟他跑出来准备去上海滩混。结果路上被抓丁，分到同一个团但是不同的连队。到现在这十五个铁匠只剩下他一个人了。这样想着，他的眼角就有些痒。他用手指头轻轻地拈去了眼角的泪水时，好像听到了从天上掉下来的叮叮当当的打铁的声音。这样的时候，他的眼前就浮起了十五个男人光着红亮的膀子，在灯下挥舞铁锤的雄壮模样。黄灿灿就愤怒地骂，娘希匹的，一个个扔下我走了，一群不讲义气的浑蛋。

然后，他们不约而同地感受到了来自地底下的潮湿。那阴冷的潮气像一条蛇一样，咝咝地响着穿透他们早已被爆炸声炸薄了的军衣，进入他们的身体，钻进他们的血液和骨头。但是他们仍然平躺在地上，因为他们觉得就算是停止了说话，他们还有说不完的话在无声地对撞着。在他们从冰凉的地面起身以前，看到一盏油灯亮起来。举着那朵细小火苗的是编着一双粗辫子的张秋水。油灯红亮的光投在张秋水的脸上，有些明灭而飘忽。她笑了一下，露出一排碎玉米一样的牙齿。然后，祠堂的夜晚来临了

蝈蝈看到天井角落里的那匹瘦马，一动不动站着像石雕一样。蝈蝈觉得它一定是睡着了，大河，蝈蝈给瘦马取了一个名字。蝈蝈轻轻地叫了一声，大河。大河仿佛听到了蝈蝈的叫声似的，打了一个响亮的喷嚏。

寻找张团长

14

陈岭北醒来的时候，看到太阳明晃晃的直刺着他的眼睛。他是被嘈杂的声音惊醒的，他醒来的时候看到一个拎着藤箱的女人就站在天井的中央。女人穿着一件宽大的阴丹士林旗袍，她的肚皮明显地鼓在那儿。看上去她的脸容有些苍白，神态平静得像一面湖水。

小浦东说，你找啥人？

陈岭北望着这个女人。女人的目光飘忽着，在众人面前一闪而过。大家都在十分认真地看着这个略微有些单薄瘦弱的女人。女人口齿清晰地说，我找张团长！

大家都没有说话，愣愣地看着女人。女人重复了一次，我找张团长！

陈岭北望着女人，他的胸腔里填满了无穷无尽的难过。他难过地摸了一下胸口，眼睛有些湿了，眼前浮起一层深秋初冬浓重的雾霭。他十分缓慢地隔着一层这样的雾，走到了女人的面前。陈岭北说，我们连里有一个文书，经常喜欢用古文说事儿。

女人笑了，说，你们文书在哪儿呢？

陈岭北说，死了。死了没多久，咱们支队活着的全在这祠堂里。

女人说，那你为什么要提他和古文的事？

陈岭北说，因为咱们在这儿遇见，也像是古文。

女人说，啥古文？

陈岭北说，人生何处不相逢。

女人就是柳春芽。柳春芽眯起眼睛，她的眼角其实有了好看的鱼尾纹，鱼尾纹十分张扬地开放着。这时候陈岭北想起了半仙陈丁旺。陈丁旺是村里一个戴着瓜皮帽的老男人，他三代单传，传到他这儿的时候，老爹给他取了个名字叫丁旺。结果陈丁旺还是没能娶上老婆，而是学会了帮人写信和算命。陈丁旺翻着一双白眼在五仙桥上他的卦摊前，用一只爪子一般的瘦手十分迅速准确地扣住了陈岭北，胸有成竹地说，天注定！天注定！

陈岭北说，天注定什么？

陈丁旺说，天注定你和柳春芽天设一对，地造一双。想避避不开，想躲躲不了。嘻嘻嘻。

"嘻嘻嘻"当然就是陈丁旺的笑声。陈丁旺在枫桥镇上摸骨论相的名头十分响亮，但是自从柳春芽说要嫁给张团长以后，陈岭北就再也不相信陈丁旺的鬼话。他认为陈丁旺说天注定，那是瞎猫碰上了死老鼠。

柳春芽望着沉浸在回忆中的陈岭北说，你在想什么？

陈岭北叹了一口气说，没什么。

柳春芽说，你一定是在想什么，我看得出来的。

陈岭北盯着柳春芽，一字一顿地说，陈丁旺是个骗子！

黄灿灿也醒了。黄灿灿就坐在那口白身子棺材上，看到柳春芽的时候咧开嘴笑了，黄灿灿一字一顿地说，柳，春，芽。

15

那天伤兵们都窝在天井里晒太阳。小浦东不知道从哪儿端来一盆水，正卖力地洗着自己瘦骨嶙峋的身体。香河正男就躺在地上，他一动不动，仿佛已经死去多时。他的身下垫着薄薄的一层干稻草，稻草的气息，让他打了几个喷嚏。这时候香河正男还看到了陈岭北、黄灿灿和柳春芽坐在一张破旧的四仙桌边。黄灿灿和陈岭北埋着头在喝茶，柳春芽面前也有一碗茶，但是她一口也没有喝。她不过是用两只手捧着肚皮，仿佛怕那肚皮会突然掉下来似的。

黄灿灿说，小狗你知道的吧，那个还没完全长成人的狗东西。

柳春芽平静地说，我知道，有一次他爬窗台上偷看张婶洗澡，被张叔吊起来打了一顿。

黄灿灿就有些尴尬，说，小狗差点被张团长下令杀了。

不会。张团长从不胡乱杀人，他是算术老师，比谁都算得清楚。

黄灿灿说，那是因为小狗想回家，他当了逃兵。我这当叔叔的也觉得这是钻地缝的事，张团长手下留情放了小狗一条生路，可小狗最后还是死在了战场上。

你告诉我这些干什么？我在问你张团长呢？

那场仗打得真惨，手臂乱飞，肠子像蜘蛛网一样，红闪闪地在天空中飞来飞去。

柳春芽不说话了，她盯着黄灿灿看，把黄灿灿看得目光躲闪，不敢和柳春芽的眼睛对撞。柳春芽仿佛是明白了什么似的，说，张团长是不是战死了？你告诉我，我能挺得住。

黄灿灿看了陈岭北一眼，陈岭北点了点头。黄灿灿呼地站起来，把碗里的茶喝完，再将茶碗重重地蹾在桌子上。茶碗瞬间就碎了。黄灿灿大声地说，这是你逼我的，那我告诉你，张团长被炸飞了，炸得粉碎，什么也找不到了，我就找到一粒算盘子。

黄灿灿从怀里掏出了一粒算盘子，重重地拍在桌面上。柳春芽的眼眶里随即蓄满了泪花，但是眼泪一直没有从眼眶里滚下来。她的手慢慢伸了过去，用两个手指头捏起那粒算盘子。随后她颤抖着笑起来，她微弱的笑声中，眼眶终于再也藏不住眼泪，那眼泪争先恐后地掉落下来。柳春芽像变戏法似的，手里多了一根红绳子。她仔细地用红绳子将那粒算盘子穿了起来，然后挂在胸前。在下午十分漫长的时光里，她的手都在摸索着这粒算盘子。算盘子上有血，也有肉，那血和肉已经和算盘子粘为一体，无法剥离了。柳春芽就紧紧地把那算盘子按在胸前，像是要把张团长按进自己的身体里去。

谁都没有说话。陈岭北埋着头喝茶，他喝了一碗又一碗的茶。在喝茶的唏嘘声中，他想起了那个春天，柳春芽家的牛啃了保安队长的爹葛老财的青苗……那个天空像一块破抹布，阴沉得要滴出水来的下午，柳春芽站在了枫桥镇陈岭北的裁缝铺前。陈岭北隔着一扇巨大的窗子，边在案板上剪裁一块布料，边对着窗外安静的柳春芽说，你来干什么？

柳春芽说，我要三十个大洋。

陈岭北正在裁布料的手慢了下来，最后他索性把剪刀扔在了桌面上，慢吞吞地走出了裁缝铺，站在柳春芽的面前。柳春芽的身段很好，这和她戏班子里经常练功有很大的关系。她的脚相互交错着，像一根麻花一样。陈岭北的目光就一直看着那根麻花说，你要那么多钱干什么？

柳春芽十分淡地笑了，说，我家牛啃了葛老财家青苗。葛老财把我爹关起来了，要三十大洋去赎回来。

陈岭北说，简直比强盗还无法无天。

柳春芽说，别说那么多，你就说你能不能凑齐三十个大洋。

陈岭北说，不能。

柳春芽转身就走。陈岭北反身回到裁缝铺，拿起了那把裁衣的剪刀。那个逼近黄昏的午后，陈岭北站在了葛老财家的门前。葛老财正好坐在门槛上吃一个玉米，他看了陈岭北一眼说，你想干什么？

陈岭北说，我没有三十个大洋。

葛老财哧地笑了，说，你没有三十个大洋，就好好回你的铺子里挣钱去。

陈岭北那天阴沉着一双眼睛，一直等到夜幕一寸一寸降临，葛老财家门口新装的铁皮罩电气灯亮了起来，陈岭北还是没能见到柳老爹。他只看到那个白铁皮灯罩罩着的电气灯下，许多小虫在得意忘形地飞舞。葛老财坐过的门槛上已经空了，此刻他早就坐在餐桌边上啃一只油亮的红烧猪蹄。这时候棉花带着柳春芽找到了葛老财家的门口，她们刚好看到陈岭北隔着天井，对着餐桌边的葛老财吼了一声，说！到底放不

046

放人？

葛老财没有理他，因为吃得太急，他打起了饱嗝。他打着饱嗝走出大门，对着陈岭北又打了一个饱嗝。陈岭北在饱嗝中闻到了红烧猪蹄的味道，陈岭北在这样的味道中又吼了一声，你到底放不放人？

葛老财温文尔雅地摇了摇头说，门都没有。

葛老财一点也没有想到，陈岭北把他的裁缝剪刀，直直地插进他的胸口。葛老财觉得胸口有点儿热，当他低头看到剪刀柄的时候，心里大叫了一声不好。他看到了一堆黏糊糊像面条一样往下掉的血。

后来陈岭北在逃亡路上的一条沟渠边被警察逮住了。他被关进了警察局的号子里。他看到穿着黑色制服的警察绑着绑腿，肩上斜背着长枪摇头晃脑地向他走来，陈岭北就知道自己很难再从警察局里出来了。他的心里不由得呜咽了一声，这时候他才记起自己的裁缝铺子还没有关门。陈岭北知道保安团的小队长，就是葛老财家的儿子。保安团和警察局当然是穿一条裤子的。第二天他从警察局的大铁门出来的时候，眯眼望了望刺眼的太阳。柳春芽就站在不远处露着细碎的白牙向他笑，柳春芽说，走吧，你没事儿了。

那天陈岭北才从柳春芽口中知道，柳春芽去找刚到枫桥镇驻防的张团长了。柳春芽站在张团长面前低垂着眼帘说，请团长主持公道。张团长没有理她，而是噼里啪啦地打着算盘。打完了算盘，张团长说，最多赔十个钱，想要赔三十大洋，简直是放屁！

柳春芽就深深地向他鞠了一躬说，张团长是青天大人，请为民女做主。如果能放出我爹，我把自己嫁给你。

张团长说，你不用嫁给我，我也得为你做主。

那天张团长的一个连把保安团团团围住，保安团才几十号人，都被缴了械。张团长拖着一条瘸了的腿，出现在葛老财家的门口。保安团小队长被人提了过来，扔在张团长的面前。葛家大门也打开了，葛老财捧着胸口的伤从里面跌跌撞撞地出来，也跪在张团长面前。

张团长蹲下身说，还要不要三十个大洋？

葛老财中气十足地说，坚决不要。

张团长说，听说有个人把裁缝剪刀插在你胸口了。

葛老财说，那是我罪有应得。

张团长说，好，把小裁缝和柳老爹都放了。

葛老财对身后跟出来的家丁们大叫起来，放人，赶快放人。

柳老爹当天晚上就被放了出来。陈岭北是第二天清晨，被柳春芽接出来的。柳春芽站在陈岭北的面前，说，我想要嫁给张团长。

陈岭北冷冷地看了柳春芽一眼说，为什么？

柳春芽说，因为他救了我们家，也救了你。

陈岭北抬手就是一个耳光，柳春芽捂着脸觉得热辣辣的痛。但是她没有哭。她笑着说要不右边也来一下。陈岭北抬手在柳春芽的右脸上又甩了一个耳光。

柳春芽笑了，说，谢谢你！

柳春芽说完，转身麻利地离开了。她的心一下子放了下来，她突然觉得从此她和陈岭北两清了。陈岭北对着柳春芽的背影喊，我一定要挣回三十个大洋。

柳春芽头也不回地说，你挣回来，那也是你自己的。

陈岭北对着柳春芽的背影喊，我也能当官，我一定当一个比团长还大的官。我最起码当上军长。

柳春芽仍然头也不回地说，你就是能当上皇帝，那也不关我的事。

十多天后，柳春芽在高升戏院唱了最后一场戏。卸下戏装后，她换上了陈岭北以前做给她穿的旗袍。换上旗袍的时候，她轻轻地说，岭北，我穿着你做的旗袍去嫁人，这旗袍就算是你给我的嫁妆吧。我不能说话不算话。

那天她没有来得及洗去脸上的妆。她唱的是梁山伯，她就带着梁山伯的一张脸出现在张团长临时驻扎的破庙前。破庙的门坏了，可以看到一个菩萨圆睁着双眼望着她。然后张团长拖着一条腿从破庙里出来。柳春芽站在张团长面前说，我要嫁给你！

张团长没有说话，手却一直按在腰间的手枪套上，仿佛随时要掏枪杀人似的。

柳春芽调整了一下情绪说，我要嫁给你。但我不爱你。

张团长大笑起来说，我知道你心里有那个小裁缝。

张团长边说边把手伸出去，一把卡住柳春芽的嘴，柳春芽的嘴就张开了。

张团长说，一口好牙，我留下你。你爱不爱我都不要紧。

柳春芽说，好牙很要紧吗？

张团长说，好牙，胃口好。胃口好，屁股大，就容易生养。你替我生十个儿子，长大了替老子打仗。

柳春芽就这样嫁给了张团长。那天晚上柳春芽对着红蜡烛说，岭北，你不能救我爹，我爹收养我那么多年，我得报答他。我只好对不起你了。我柳春芽一向说话算话。

但是张团长在大喜的第二天就开走了。队伍像一条长蛇一样，在白亮的晨光里向枫桥镇外蜿蜒地游去。张团长骑在马上，他的马脖子边上还挂着一面算盘，看上去十分滑稽。柳春芽就站在街口目送着张团长和他的士兵远去，她以为张团长一定会回头看她一眼的，但是张团长一直都没有，直到张团长消失在长长的街面上。街面上空落下来后，柳春芽觉得张团长和他的士兵们，像是没有来过枫桥镇一样。

这天下午，太阳缓慢地向西斜了过去，最后把西边烧得一塌糊涂地红。香河正男仍然一动不动地躺在地上，他看到两男一女坐在一张四仙桌边，煞有介事地喝了一下午的茶。那天黄昏张秋水走到黄灿灿的面前，她斜了一眼低头喝茶的陈岭北，对黄灿灿说，连长你找我。

黄灿灿说，这是我的同乡，叫柳春芽。

张秋水说，噢。

黄灿灿说，这位是咱们三十五团张团长的太太。

张秋水就有些惊愕，但是仍然说，噢。

黄灿灿说，她跟你住一间。她怀着孩子，你要照顾她。

张秋水说，噢。

张秋水看到了放在四仙桌边上的一只藤箱，弯下腰去拎起箱子。她向厢房走去的时候，抬眼看了一下屋檐上红灿灿的夕阳。她觉得那夕阳在这寒意浓重的深秋初冬，仿佛是要燃烧起来了。柳春芽朝张秋水笑了一下，站起身来用一只手捧着肚子，另一只手叉着腰，迈着鸭子步向厢房走去。

陈岭北在她的身后叫住了她，说，春芽。

柳春芽转过身来笑了，她笑的时候眼睛就弯成新月的形状。柳春芽淡淡地说，请叫我张太太。

第二部分

———★———

在祠堂：一九四一年的乱象

身体里的子弹

16

陈岭北和给养员六子坐在祠堂的门槛上，望着天井说话。说话的时候，陈岭北的肚子就咕噜了一下。他觉得自己的肚皮，现在就像是一只空了的皮囊。

陈岭北说，真没钱了？

六子瞪大了双眼说，我都快不认识钱了。

陈岭北想了想说，一会儿我给你钱。我有的是钱。

六子说，就是有钱也买不到米了。

陈岭北说，那米行卖什么？

六子说，方圆八十里，刚经过蝗灾。现在米比金子贵，谁也不愿卖米。就算有钱，要买也得去鄞县县城买。

陈岭北就在胸口摸索起来。他摸到了一只钱袋，十分小心地把钱袋打开，掏出两个大洋，把大洋放到了六子的手中说，这就是米。

那天六子小心地握紧了拳头。他握紧两个大洋的时候，露出了笑容。他说，你真有钱。

陈岭北没有理会这个来自江苏高邮的士兵。他动不动就会向大家透露他的家乡出过一个叫秦观的文人，还有一片大得不能再大的湖。有人问他大得不能再大是多大，他想了半天说，比天还大。他高邮口音的官话，总会让陈岭北很不舒服。陈岭北把那还剩下二十八个大洋的钱袋，以及一只珍藏着的玉镯子，还有一把随身带着的裁缝剪刀，小心地放进了游击分队队长留下的牛皮公文包里。陈岭北的手在公文包外轻轻地压了压，仿佛那里面装的不是钱，而是一个他刚娶过门的娘子。

六子拎着一只布袋，摇晃着像一幅画一样飘出了大门。陈岭北抬眼的时候，看到了黄灿灿的兵住满了东西厢房。那天陈岭北从门槛上起来，抓过一杆"三八大盖"上了刺刀。他用刺刀在天井里划拉着，刺刀和石板接触，发出难听刺耳的声音。刺刀走过石块的表面，留下一道白线。陈岭北用枪刺指着白线说，一家一半。

黄灿灿让国军住了西边的厢房，十分识趣地把东边让了出来。然后他躺在棺材盖上让人给他捏肩敲腿，还让小兵给他唱各种地方戏。蝈蝈不会唱戏，轮到他的时候，他只会吹军号。黄灿灿一皱眉头，他不喜欢听军号。蝈蝈就换了一把唢呐，蝈蝈给他吹《喜洋洋》。他听着《喜洋洋》的曲，却一点儿也喜气不起来。那些伤病员像被烫了毛的猪一样，躺在地上不停地哼哼着。黄灿灿就想，得找个时间去医馆里治好那些兄弟。

陈岭北就坐在门槛上望着天井里的那条刺刀划出的界线。其实在那些伤兵的眼里，这条线是不存在的。国军中有好些兵过来串门，新四军也有人去了西厢房。陈岭北不知道他们在谈些什么，只听到不时爆发出的一阵大笑。一名国军老兵一条腿的前半只脚掌没了，伤口黑黑的一片，已经在结痂和脱皮。他的头发稀疏地挂在脑门上，笑起来两只眼睛就剩下一条缝。嘴巴倒是张得很大，露出整排的黄牙。后来陈岭北才知道他叫田大拿。不知道什么原因，那天黄灿灿发火了，教训起田大拿来。他把田大拿扛在肩上，然后重重地摔在了天井里。陈岭北听到一声沉闷的声音，然后是田大拿在地上呻吟。黄灿灿一只脚踩在田大拿的身上说，以后见到连长，要像见到爹一样。

田大拿从地上发出了有力的反驳声。田大拿说，呸。

黄灿灿就笑了，手伸过去抓住了一张凳子。他就要举凳砸在田大拿身上的时候，陈岭北从门槛上站了起来，晃荡着走到黄灿灿的面前说，要是凳子坏了，多可惜。

黄灿灿把凳子放下来，拍拍手掌上的灰笑了，说，国共合作时期，我是连长，你带这么几号人，当一个小队长，顶多抵一个排长。那我现在命令你，你给我退下。

那天陈岭北看到六子拎着一小口袋的米进了祠堂的门。他拎起袋子朝陈岭北举了举，陈岭北知道他的意思是，这米能够吃多久？陈岭北没有去管能吃多久，他只看着黄灿灿在天井中间铺开一张破棋布。因为有好多象棋子找不到了，所以他找来了几块小石头代替棋子。

黄灿灿大声地说，下棋！一个一个来！他在天井中间放肆地找手下的兵们下棋，所以陈岭北看到好几名国军兄弟口袋里的钱被黄灿灿赢走了。

后来没有人和黄灿灿下棋了。黄灿灿就一个人发呆一样地下棋。他用左手和右手下。后来大概是左手赢了。黄灿灿用右手举起了左手，像一个胜利的拳击手似的傻笑。陈岭北懒得去看黄灿灿，这个从小一起长大的伙伴，长大后成了自己的仇人。但他又是救过自己一条命的恩人。陈岭北发觉黄灿灿在投军当兵打仗后，没有瘦下去反而胖起来了。胖得十分恶心。

陈岭北后来抬眼看着天空，他觉得这个冬天的天空，真瘦。瘦得连一片云也装不下。张秋水站在很远的一根廊柱边，看着仰头看天的陈岭北。蛔蛔站在西厢房的一扇木窗里，远远地看过去，他站得像镜框里的一幅画。他十五岁的目光从木窗里面抛出来，紧紧地笼罩着张秋水。他觉得他十分想要有一个像张秋水一样的姐姐，或者说，他想以后能娶到一个像张秋水这样的女人。

张秋水转过身来，目光刚好迎上了蛔蛔的目光。张秋水笑了一下，露出一排白牙，说，弟弟。

张秋水一直叫蛔蛔弟弟。

17

东厢房里的新四军伤员有几个已经发起了高烧，他们的袖子或者裤腿高高地卷起来，有的甚至已经扯掉了那些本来差不多已经烂了的布头。那些红肿的伤口，像一朵朵溃败的桃花。他们轻轻低吟的声音，在陈岭北的耳边像挥不去的苍蝇一样环绕着。陈岭北就踩着这样的呻吟声，跨过空无一人的天井，站在了西厢房柳春芽的身后。陈岭北安静地看着柳春芽的背影。柳春芽在给自己梳头，她梳头的时候脸上含着微笑。柳春芽说，以后你别老到我房里来。

陈岭北想了想说，我是你同村隔壁邻居，为什么不可以到你房里来？

柳春芽说，我现在是张太太，我还是小张团长的娘。如果你是来找张秋水，我就啥话也不说了。

陈岭北又想了想说，你瘦了很多，你是不是吃不饱，你这样……会让肚里的小张团长饿坏的。

听到这儿的时候，柳春芽停顿了一下，她转过身来看着陈岭北，眼睛却是红的。柳春芽认真地说，我不会让小张团长饿死的，你最好还是想办法给伤兵们治个病。如果你不想让他们烂死在这儿的话。

陈岭北转身离开了西厢房。他回到东厢房一个接一个地点验着伤员。他不知道自己怎么就从一名被处分关进黑屋子的老油子兵，变成了一名代替游击分队队长执行押送香河正男任务的队长。小浦东戴着一只已经发黄的，但明显被清洗过的口罩跟在陈岭北的身后。他是一个十分爱干净的小伙子，所有伤员中只有他的衣衫齐整，甚至少了一个纽扣他也会有一根小铁丝代替。他的头发纹丝不乱，面容也干净而整洁。在陈岭北眼里，小浦东是个异类，他像上海来的白相人，也像一棵雨后的小青菜。

陈岭北点验完伤员后，带着小浦东走到了天井里。柳春芽说让他叫她张太太，柳春芽仿佛和自己之间像个陌生人。陈岭北对自己说，那么多年了，要把这个张太太放一放了。他开始笔直地站在天井里想念他的寡嫂棉花，他觉得如果不想念一下棉花，那对棉花就有点儿不太公平了。棉花现在可能是在喂猪，或者是在村庄以外布满晨雾的田畈里割猪草。棉花多么像一棵生长在江南的檫树，枝干清瘦但是普通得四面八方都能瞧见。他要娶了这棵檫树，陈岭北的心里这样欢叫了一下，但是他的目光又斜斜地抛向了西厢房。他能看到柳春芽站在门窗后面影影绰绰的身子。

此刻小浦东陪他站在天井中央，除此之外天井里空无一人，那些在石板缝里生长的草，泛着一种浓重的绿意，仿佛是这个冬天还离得很远似的。西厢房的国军兄弟一个也没有起来，陈岭北抽动鼻子能闻到他们身上浓重的异味，能听得见他们的呼噜声，以及夹杂在呼噜声里的一两声因为疼痛而发出的呻吟。陈岭北叹了一口气，他看了小浦东一眼，小浦东就跟着他一起穿过了天井走出祠堂。两个人像皮影戏里的人物一样，沿着落过晨雾的湿答答的清晨，走向四明镇的街道。

那条街道的寻常景象扑向陈岭北有些疲惫的眼帘，让他以为回到了老家小镇枫桥。江南的小镇千篇一律，甚至连街上的气味，以及街上摆摊的女人，都是一模一样的。陈岭北和小浦东寻找着医馆，最后他们找到了惠民医馆。医馆里十分冷清，看不到一个医生，却看到了一个负伤的人躺在一张病床上。他的腹部皮肉烂了一大块，已经发黑了。一个巨大的伸得进去拳头的黑洞，就那么黑黝黝地敞开着。显然这个人受了腹部伤。受腹部伤的伤口一定会发炎和恶化，基本上没有能从病床上走下来的。果然看上去他连呻吟都不会了，他无神的眼光散乱地洒向屋顶，干燥的嘴唇在缓慢地张合着，像一条被抛上岸好久的就要咽气的草鱼。

陈岭北在他身边站了很久，对小浦东说，他要死了。

陈岭北的话音刚落，那名受伤男人的嘴巴停止了张合，长久地微张着。他的眼睛却仍然空洞地看着屋顶。

陈岭北带着小浦东离开了惠民医馆。他们像两个游手好闲的懒汉，在这个漫无边际的清晨闲逛。看上去他们和当地的居民没有什么两样，不过是他们身上穿着打着补丁的，分不出是白还是灰的新四军军服。那天陈岭北和小浦东在油条西施的油条摊上各吃了一根油条。那时候他们还不知道她叫油条西施。他们只看到她沾满了面粉的手在不停地动作着，案板上的面团被切成了条，然后投入到油锅中。偶尔地，她长长的睫毛会闪动一下，会抬起眼来瞄一眼她的顾客。就在这时候，陈岭北看到了朱大驾。国军三十五团的报务员朱大驾坐在油条摊上喝一碗豆浆，他喝豆浆喝得慢条斯理，好像是在喝毒药一样。他的手里还捏着一寸长的一小截油条，而他的目光笔直地落在油条西施的身上，仿佛要用目光把油条西施穿透。

油条西施的睫毛再次闪动了一下，这让朱大驾不由得颤抖了起来。他看到油条西施明显是朝他笑了一下。这是一个有着雪白的长脖子的女人，她的脖子从肩窝里生长出来，像一棵青翠的莴苣一般。朱大驾的眼神无比淫荡起来，他想到如果脖子和脖子缠在一起，那将是一件在这个冬天里比当皇帝还要适意的事情。

陈岭北对小浦东说，这个猪头三的魂被勾走了。

街上的人开始渐渐多了起来，仿佛是突然从地底下冒出来似的。街上的声音也变得更加嘈杂。陈岭北觉得他们像是走进了《西游记》里。陈岭北记得在老家枫桥镇上当小裁缝那会儿，有一次往得月楼送成衣，那成衣是给在得月楼说大书的女先生准备的。身材魁伟的女先生一拍惊堂木，就把孙悟空在遥远的年代伏妖降魔的事滔滔不绝地说了起来。在陈岭北的印象中，孙悟空师徒四人，也会出现在这样的陌生的大街上。而那些表情木然的大街的上的人，一个个都是妖怪变的。这时候背着一只药箱的王木头跌跌撞撞地从不远的地方奔来，他被一个男人从后面扑上来扑倒在地。几名年纪不一的男女迅速围上来，狠狠地用脚像踢球一样踢着王木头的头，看样子是想要把王木头的头给踢下来。王木头的肩膀耸动着，艰难地从地里拔出一棵萝卜一样抬起自己的头时，脸上已经是一片青肿。

王木头哭了起来，大声地说，是你们让老子放开胆子治病的！

一个男人重重一拳砸在王木头的头上，陈岭北害怕这一拳会把王木头的头给砸扁。

男人喷着唾沫星子说，让你治病治的是左眼，你把我爹的右眼给摘下来干什么？

王木头挣扎着仰起头说，你爹躺反了方向，结果右成了左，左成了右，这不能怪我。这只能怪你爹。

男人又重重地一拳砸在王木头的后脑勺上，王木头的头像突然折断一样，软软地耷拉在地面上一动不动。男人的唾沫星子再一次从嘴里飞溅出来，王木头你个兽医，你连牛都治不好。你连阉个猪都阉不断根，你还想治人？

这时候陈岭北终于知道王木头的名字叫王木头。陈岭北懒洋洋地从油条摊边脏兮兮的小凳上站了起来，小浦东也站了起来，他们一前一后地走到了王木头的面前。王木头的头上又重重地挨了几记，王木头的身上被追上来的男人女人们猛踢了几脚。一个女人尖细的声音响起来，把他的皮剥了做皮大衣，把他的眼珠子摘下来踩烂，把他的鸡巴阉了喂狗。

王木头仿佛掉进了冰窟一样觉得自己的汗毛都竖了起来，他想这个世界上，再也找不出比这个女人更阴毒的人了。然后他听到一句官话响起来，官话说，你们走开。王木头睁开眼睛，看到一个脏兮兮的男人站在面前，他的身后是一个白净的小后生。

他们是陈岭北和小浦东。

一个壮实的男人仍然骑压在王木头的身上，他正要左右开弓抽王木头的脸。听到官话他先是仰起头看了陈岭北和小浦东一会儿，然后他从王木头身上起来了。他晃荡着站在陈岭北面前，身上的肌肉不停地抖动着。

陈岭北笑了，说，我要带他走。

男人说，带他走可以，留下一只眼睛。要不是你的，要不是他的。

陈岭北突然拔出了毛瑟手枪，拉了一下枪栓后朝地上开了一枪。男人低头看到子弹就从鞋尖钻到了地下，地面上有一个深远而细小的黑洞，仿佛还冒着焦烟的味道。

陈岭北平静地说，第二枪我打你头。

王木头记得那天有很长时间的静默。街上的人都围了过来，他们看到男人和陈岭北对视着。后来男人十分用力地挥了一下手对身边的人说，放他一条生路，不跟这种不讲理只会打枪的烂人计较。

男人带着四五个男女，晃荡着耀武扬威地走了。陈岭北叹了一口气，他一屁股坐在了王木头的身上，朝围观的人群挥了挥手。围观的人群慢慢散了开去，他们觉得没有打起来，实在是一件令人扫兴的事。

陈岭北看到油条西施正往这边张望着。朱大驾不知道什么时候，已经坐在了离油条西施最近的一张桌子上。油条西施朝朱大驾笑了一下，朱大驾整个骨头就散开了。他突然觉得虎扑岭伏击战这一仗打得恰到好处，他和伤兵们能滞留在四明镇其实是一件十分美好甜蜜的事。

陈岭北坐在王木头身上说，那个女人是谁？

王木头说，那不是女人，那是妖怪，是个狐狸精。都叫她油条西施，她叫牛栏花。

陈岭北说，你得跟我走。

王木头说，我跟你走干什么？我又不是油条西施。

陈岭北说，油条西施对我没用，你对我有用。

陈岭北说完站起了身子。王木头一骨碌从地上爬了起来，肿着一个钵头一样大的脑袋，他在原地晃荡了一下，然后才站稳了身子。他看到陈岭北把毛瑟手枪插回了枪盒里，身上还交叉背着牛皮公文包，看上去像是被五花大绑的样子。

陈岭北和小浦东向前走了。王木头想了想，无奈地背起药箱跟了上去。他一点也不敢跑，他怕陈岭北朝他打枪。他分明看到了刚才那个追打他的男人脚前的一个深不见底的子弹洞。

他一点也不想身上突然多出来那么一个小洞。

陈岭北站在西厢房的门口，对柳春芽说，我把医生请来了。他说他是神医。

柳春芽的目光穿过雕花木格子窗，看到了天井里左顾右盼的王木头。柳春芽说，看上去不像是个正儿八经的医生。看上去像个骗子。

陈岭北说，找不到医生了。只好找个骗子来，他能给猪治病，总比不会治病强。

陈岭北接着说，你太瘦了，你不能再这样瘦下去。你瘦下去的话，你肚里的小张团长以后会长不高。

陈岭北说完，手里突然多了两根油条。陈岭北说，你吃油条，这是镇上油条西施牛栏花炸的油条。但是油条不能当饭吃，油条吃多了也不是好事情。你肚里的小张团长说不定会长得像一根油条。

柳春芽接过了油条，她的两只眼睛放出光芒来。她看着陈岭北笑了一下，说，你以前是个不太爱说话的人。

陈岭北想了想说，我这都是饿出来的，人一挨饿，就喜欢多说话。

那天陈岭北坐在祠堂大门的石门槛上，望着天井里忙碌的王木头。王木头的头上升腾着热气，一些门板或棺材板上躺着新四军的伤兵。他们的衣衫被剥开了，有的被割去了袖口，有的被割去了裤腿，像一件件陈列在王木头面前的商品。王木头的药箱横在地上，箱盖翻转，一把把生锈的刀子赫然在目。王木头挑了一把刀子，突然对着天空大叫一声，给我找块磨刀的砖来。

施启东给王木头找来了磨刀的砖头，六子端来了一盆清水。王木头就十分认真地蹲在地上磨着刀，看上去他已经很像是一名称职的磨刀匠了。黄灿灿先是躲在一个阴暗的角落里，远远地看着他老家的邻居陈岭北。西厢房伤兵的呻吟声丝丝缕缕地钻进他的耳朵，让他觉得如果不有所举动，那是对不住兄弟们的。

黄灿灿最后硬着头皮站起了身子，迈着八字脚穿过热气腾腾的天井，走到了陈岭北的身边坐下来。看上去他们就像是两个拉家常的老乡。黄灿灿干笑了几声，放软声音说，能不能让这个阉猪匠给我的兄弟们也治治？

陈岭北说，你怎么知道他是阉猪匠？

黄灿灿说，你看看药箱里那些锈得一塌糊涂的刀子，不是兽医才怪。

祠堂外小浦东急匆匆地跑了过来，手里拿着一把刀和一把木工锯，这是陈岭北让他找镇上的老乡借来的。小浦东挥舞着刀子和木工锯说，队长，你要的东西我借到了。

陈岭北站起身来，接过了木工锯和刀子。他把木工锯扔在了黄灿灿的面前，挥舞了一下刀子说，动手术的时候，要是伤员用锯子，你上。用刀子，我上。该断手的断手，该挖洞的挖洞，该凿骨头的凿骨头。不治好他们，咱们回不了家。

黄灿灿望着地上的木工锯，脸色一下子白了。他怅惘地望着陈岭北一步步地走向王木头，突然觉得这个在枫桥镇上当学徒的小裁缝，和以前不一样了。他有了一种气势，比大裁缝更强一些的气势。

在伤员们的哀号声中，王木头一直在磨洋工。他不知道从什么地方找来了一件颜色灰白的白大褂，学着医生的样子穿在身上。他就在天井里反背着双手走来走去，说是要看看伤口。他皱着眉头的样子有点儿像是大医院里的医生。在黄昏来临以前，他的手落在了国军十五岁的少年兵蝈蝈的伤口上。蝈蝈一声惨叫，他刚刚成年的叫声把站在他身边一直紧张着的张秋水吓了一跳。

张秋水用询问的目光望着王木头。王木头在蝈蝈左手小臂伤口四周不停地拿捏着，这让蝈蝈的哀号声一直都没有停过。王木头后来认真地对张秋水说，他里面有骨头的碎片，全碎了，碎得一塌糊涂了，这叫粉碎性骨折。你懂不懂？

张秋水懵然地摇了摇头，又点点头。她一直是救护队的队长，其实她是知道粉碎性骨折的。王木头说，神经也伤到了，他以后这手没多大力气。而且可能感染了破伤风，得把骨头的碎片取出来，不然他的手保不住。

那天黄昏，躺在棺材盖上的蝈蝈被人从天井抬到了厢房，两道粗大的麻绳把他和棺材盖紧紧捆在了一起。一直把蝈蝈当弟弟的张秋水站在王木头身边给他打下手。王木头的刀子像劈开波浪的一条小船一样，慢慢地在蝈蝈已经有些肿胀显得十分红润的皮肤上游走，飞快地切开了他的伤口。手术没有麻药，所以蝈蝈痛得满头大汗。王木头在他的嘴里塞上了一块布头，那块布头被蝈蝈咬烂了。在一声惨叫以后他终于疼得翻着眼睛昏死过去。张秋水的眼圈红了，她看到脸盆里的清水变成了红水，红水换成清水，清水又变成红水。所以她十分害怕蝈蝈身上的血就这样流光了。流光血的身体，会不会薄得像一只风筝？

那天晚上蝈蝈像一头待宰的猪一样。在黄昏到半夜的漫长时间里，蝈蝈醒过来几次，又痛昏过去几次。王木头果然把他手上的子弹头和所有碎骨头找到了，他长长地吁了口气，用带血的袖子擦了擦密布在他额头的汗珠。然后他抬眼望了望那盏灯芯被拔得很高的油灯。他又看了身边的黄灿灿和陈岭北一眼，凭直觉他觉得这两个人是长官。所以他面容苍白地笑了一下，举起满是鲜血的手说，给我打盆水。神医要洗手。

接着他又说，他妈的，腥味真重。

动过手术的蝈蝈像死去一样，一颗脑袋沉沉地歪倒在棺材板上。因为疼痛，他的全身被汗湿透了，如同水里捞起来的一条滑溜的还未成年的泥鳅。张秋水的眼圈红了，她看不得蝈蝈这么小的年纪吃那么些苦。她用一块手帕擦着蝈蝈额头上的汗珠，十分轻柔地说，弟弟。

18

蝈蝈醒来是在第二天中午。他觉得整个身子已经十分轻了，轻得如同一缕烟随时都会升空化掉。左手伤口传来的那种剧痛，如同刀割一般，一刀一刀，再一刀一刀。只要他的头侧过去，就能看到木窗的外面正欢畅地下着一场冬雨。檐头在不停地滴着水，那些雨水被风一吹就荡开消散。有些水珠漾进了西厢房，让他感受到一丝丝的凉意。东厢房杀猪一样的号叫声，穿过天井上空密密麻麻的雨阵，然后钻进了木窗，来到了他的面前。他知道新四军那边又有人被麻绳捆绑着，被王木头用刀子割着。在这个无所事事的中午，他开始想念临安。他十分想回到他满山长满核桃的临安。

棺材板上的蝈蝈清楚地记得，他被抓丁时只有十三岁半。他是一名少年道士，因为人太瘦小，师父专门为他定做的道士服还是显得有些肥大。看上去，他就像是钻在一只宽大麻袋中的猴子。他的师父是临安城里有名的道士海三两。海三两喝三两酒就会醉，但是偏偏又十分喜欢喝酒。他已经老眼昏花了，脖子上顶着一颗硕大如汤罐的头颅，总是戴着老花镜跌跌撞撞地挥舞着一把桃木剑。海三两的好些牙齿已经掉了，所以他说话的时候就有些漏风。他用漏风的声音高声呼喊着伏妖降魔太上老君急急如律令。

那天蝈蝈跟着海三两行进在一条春天的土埂上。那是一条通往猪肚山的土埂，一个暴病而亡的年轻人的新坟将建在那座山向阳的山坡上。海三两在送葬队伍前面像得道成仙的神仙一样仙风道骨地挥动着桃木剑，蝈蝈就起劲地吹着唢呐。他已经学会吹唢呐了，但是因为个子小，他的中气有些不足。师父海三两好几次说过蝈蝈，说吹出来的声音怎么像拳头打在棉花上一样，一点儿都没有劲道。送葬队伍一路向前，海三两穿着大红带黑的道袍，顺手从一只竹篮里不停地往外抓着一把把的黄纸扔向天空。那些黄纸念过经画过咒，在空中飞舞着，像秋天争先恐后从树上落下来的黄叶。炮仗炸开的声音，在阴郁的天气里十分沉闷，仿佛是受了潮似的。当两道白光架在海三两面前时，海三两瞪着一双白乎乎的眼睛，好半天以后才看清那分明是两把刺刀。整个送葬队伍在瞬间被围了起来，张团长翻身下马，他拖着一条瘸腿走了过来，看了一眼送葬的队伍，又看看抬着棺材的八个丧甲。他突然出拳在其中一名丧甲的肩窝上打了一拳，沉闷的声音响了起来，丧甲却纹丝不动。张团长笑了，说结实得像头牛似的。张团长转头对刺刀们说，这八个人全部带走。

那天蝈蝈明明看到威风凛凛的张团长已经转身向他的马走去。但是张团长又折回了身子，这时候蝈蝈才看到张团长斜挎在身上的一面算盘。

张团长看了一眼蝈蝈说，你多大？

我十六岁了。

十六岁是一个长大成人的年岁。十六岁是海三两让蝈蝈说的，海三两不想让别人知道他带了一个十三岁的孩子当徒弟。就因为蝈蝈说自己十六岁了，张团长的脸上浮起了笑容。他兴奋地说，你会干什么？

蝈蝈说，我会吹唢呐。

张团长说，那你给我吹军号吧。我给你一块大洋一个月。你跟我走。

蝈蝈说，我还没学会当道士。娘说，学门手艺，酒肉不愁。

张团长有些不耐烦了，说，吹军号也是手艺，跟我走！

那天张团长的队伍带走了八名丧甲和少年道士蝈蝈。蝈蝈回头看的时候，发现海三两弯着腰站在土埂上。在这个阴沉的天气里，他色彩鲜艳的道士服看上去有些触目惊心。蝈蝈看到海三两已是十分的苍老了，像村口那棵孤零零的浑身长满树洞的老桑树一样。

从此以后蝈蝈没有再见到过海三两。但是这不妨碍他在寂寞的时候想起海三两因为喝酒而红光满面的脸，红光中还镶嵌着几粒生机盎然的老年斑。蝈蝈跟着张团长打了几仗，军号也吹得越来越像模像样。蝈蝈认为这完全是因为自己的中气越来越足。

张团长在蝈蝈的记忆中，一直存活到虎扑岭伏击战为止。张团长抱着一挺机枪吼，各位兄弟来生再见。蝈蝈哀伤地想，来生再见，就是说这辈子不见了。

檐头在拼命地滴水，明显是因为雨水越来越大。那些被风吹散的雨水闯进木窗，有些就像雾一般飘到了蝈蝈年轻的脸上。蝈蝈觉得有些困了，他的眼神飘忽不定，钻出了木窗，飘浮到天井的上空。他的眼神很快就被雨淋湿了，在天空中他看到了一间小屋子的门口，挂了一块写着"手术室"三个歪歪扭扭毛笔字的木牌。那杀猪一样的号叫声就是从那间屋里传出来的。他还看到了张秋水，救护队队长张秋水不时地端着干净的水进手术室，又端着血水出来。她忙碌得像一只久久没有停下的陀螺。

那虚无缥缈的目光还看到了站在手术室门口的国军三十五团黄灿灿黄连长，黄灿灿身边是陈岭北。他们被雨水隔开成柳条的形状，丝丝缕缕显得十分破碎。

后来蝈蝈的目光慢慢合上了，他觉得十分累，所以他什么也不想看了。在合上眼睛以前，他迅速地想了一下老家临安县的竹篱笆、茅草屋、乌桕树、烟囱和田野中一大片的紫云英。他想回家。

那天王木头洗手的时候，黄灿灿在他面前放了一只红漆的托盘。托盘的左边是一颗子弹，右边是十个大洋。满手是血的王木头看也不看托盘一眼，说，你这是什么意思？

黄灿灿说，你收下十个大洋，就得一个个治好我兄弟们的伤。治好伤后还得跟我走，以后你就是咱们连的军医。你得把军医当到我们一个个都回到家，得保证我们路上不发病。你收下子弹，那你就不用治伤了，可以省点心思，我一枪送你上西天。

王木头冷笑了一声，正气凛然地说，你不用吓我，我王神医不是被吓大的。

黄灿灿笑了，说，娘希匹的，你再说一句试试。

王木头认真地纠正了黄灿灿。王木头说，听说"娘希匹"那是蒋委员长挂嘴边的话，你怎么也敢这样说。

黄灿灿说，你怎么知道这是蒋委员长说的。

王木头说，传出来的。这个世界上，根本没有不透风的墙。我有个兄弟在军统当老大。

黄灿灿说，吹牛。老大是戴老板。

王木头说，我说的是当老大的手下。

黄灿灿想说些什么，但又想不出说什么。最后他还是说，娘希匹！

黄灿灿已经厌倦了打仗，他觉得打仗不如打铁。他很想回到他的丹桂房村，把那个有十五个打铁桩子的铁匠铺重新开出来，这也叫光宗耀祖、修复门户。黄灿灿已经懒得说话了，他看到王木头看也不看托盘一眼，却伸出手准确地抓起了十个大洋。

黄灿灿笑了，说，人不爱财，天诛地灭。

王木头临时住的屋门口，每天都会出现拎着烟或者提着酒的伤兵。王木头的气场越来越大了，打开门以后他总要先在一把躺椅上躺一会儿，然后看着那些送礼的伤兵说，放下吧。在张秋水的眼里，王木头已经真的把自己当成了神医。有一次王木头语重心长地对张秋水说，水啊，那个吹唢呐的是你弟弟？

张秋水纠正说，不是亲弟弟。

张秋水想了想又说，但等于是亲弟弟。

那次王木头嘱咐张秋水，每天必须把盐泡成盐水给蝈蝈洗伤口。王木头说，我们没有盘尼西林，我们只有盐。所以蝈蝈和很多伤兵一样，伤口碰到盐水的时候，就嘶吼着像是要喊破嗓子似的号起来。王木头却十分平静地躺在躺椅上，他说有什么好号的，打鬼子的人都怕痛？怕痛怎么打鬼子？这样看来，只能说明你们真的是逃兵！

没有人和王木头去争论他们是不是逃兵。一个一个伤兵身上留着的弹片或者弹头被取出来了，祠堂里盐的用量也越来越大。国军的伤兵们都在声嘶力竭地喊着，好像是要把房门给震塌，把屋顶的瓦片给震落下来似的。但是那天最后一起进入手术室的是五名轻伤的新四军士兵，他们一声不吭，最后满头大汗地从手术室里出来了。

所以陈岭北笑了，得意地斜了黄灿灿一眼。

黄灿灿说，不是你们不怕痛，是你们号不动。

那天陈岭北看到了那名日军山炮手香河正男。他手上绑着的麻绳已经被解开了，正在屋檐下面剥一个地瓜。看上去他胡子拉碴的，只有眼睛里透出有力的精光来。他太年轻了，身体里有一种外溢的力在不停地向外冲撞着。他向陈岭北举了举手中的地瓜，腼腆地笑了一下。

陈岭北也笑了一下，说，拖油瓶。

暗夜被水声打湿

19

高月保仍然记得他来千田薰联队报到时候的情景。那是虎扑岭伏击战后的第二天晚上,一名军曹分队长带高月保去见千田薰。高月保走在磕磕绊绊的陌生的土路上,不时仰头望向深邃的夜空。

没有人知道江桥镇这漆黑的天空下藏着什么,除了几声狗吠在黑暗中穿行以外,什么也听不到。你能看到的除了黑还是黑,"春兵团"驻地就藏在这片浓重的黑暗之中。高月保突然听到了两声锵唧的声音,两盏探照灯被打亮,那浑圆粗壮的光线滚动着奔向遥远的地方,在瞬间把黑暗击成了碎片。光芒之中,高月保看到联队长千田薰叉着腿站立的背影,那背影就绕在一片雾气中。他脚上蹬着军靴,腰间挎着的东洋刀,像一条生硬的尾巴。空旷的地面上铺满了日本阵亡军人的手臂或者手掌,它们分别属于日本军官和日本士兵。千田薰戴着白手套的手慢慢举了起来,然后十分迅捷地向下挥了一下,随即有日本军人开始往手臂和手掌上浇汽油。那些地上的手掌边都各自放着一只小巧的瓷坛子。这些瓷坛子是用来装骨灰的,是这些阵亡将士临时的家。瓷坛边上是他们的手表、信件、照片、钢笔等乱七八糟的遗物。人不在了,东西还在,好像是在耐心地等着故人的灵魂从遥远的战场上归来。高月保举起了相机,他拍下了千田薰朦胧而有力的背影。

有一群日本女人穿着和服趿着木拖鞋向这边走来,一边走一边唱着日本民谣。高月保认为唱得太难听了,不仅声音粗糙,而且有些鬼哭狼嚎的味道。高月保看到千田薰又挥了一下手,随即地上的一只只手都腾地燃起了火光,一下子地面上就变得热烈而壮阔起来,仿佛是一片涌动着的火的海洋。

千田薰轻声而坚决地对那些正燃烧着的手说，我，一定会送你们回到家乡的。

其实那天千田薰联队长喝多了酒。他显然是酒劲上来了，所以他闭上眼睛迅速地滴下了眼泪。他想起了家乡伊根，他少年的时候和他的家人一直在伊根捕鱼。他记得有一座特别小的叫作青岛的小岛，但不是中国的青岛。他是如此地热爱着海风和青岛，以及那条陈旧的不大的破渔船。

他的耳畔不时地响起日本军歌。脑海里浮现一队队换装成功的日本新军人，在他的注视下走上轮船的甲板。他从少年起就成了一名职业军人，但是跟着他来到中国打仗的不是，那都是些随时征召上来的新兵。千田薰仍然依稀记得雄壮中透出轻微哀怨的军歌：跨过大海，跨过高山，尸横遍野，为天皇捐躯，视死如归……那些新兵中有他脸上长满粉刺的外甥。姐姐弯着腰领着这个外甥来到他面前的时候，模样仿佛十分决绝。为国捐躯的时候到了，姐姐笑着说，要让你外甥征服支那，成为英雄。

千田薰重重地闭了一下眼睛。空地上火光熊熊，无数只手臂或者手掌在放肆地燃烧着。那些日本女人穿着和服跂着木屐，脸上施着厚厚的白粉，在暗夜里整齐划一地跳舞的魅影，看得让人有些毛骨悚然。这时候一名伍长带着一个年轻人大步向千田薰这边走来，他们在千田薰的背后站定了。

伍长说，报告联队长，陆军部派来一名随军记者。

千田薰没有回头，他的背影挺拔颀长，结实的四肢匀称而安稳地藏在大佐军服里。他长得其实不像大部分的日本人。这个安静的黑夜里，他灌在身体里的酒如火焰一般在不停地蹿动与叫嚣，所以他一点也不想说话。他只听到那些手臂燃烧爆油的时候，细碎的毕剥声。

伍长站在千田薰的背后介绍，这名随军记者是日本《文艺春秋》杂志的作家，他主动要求作为战地记者来到中国。他十分著名，冒死拍过许多战地照片。他曾经说过他的武器就是照相机。现在他要求到千田薰联队一起战斗三个月。

千田薰望着空地上渐渐熄灭的一簇簇火苗，风不时地把那已经无力的火苗吹得歪来荡去。千田薰感到了一丝凉意，强烈的醉意让他有点儿想吐，但是又吐不出来。他终于转过身来，看到了年轻的记者。记者却因为探照灯的强光，看不清千田薰的脸。但他还是双腿一靠，大声地说，我叫高月保，岛根县人。

千田薰定定地看着高月保。他突然觉得，高月保很像是他已经战死疆场的外甥。那是将自己拉扯大的姐姐唯一的儿子。千田薰喷着酒气大着舌头大声说，你不怕死吗？

高月保也大声说，圣战万岁。

高月保看到千田薰还想再说一句什么。高月保就等着千田薰说话，但是好久以后千田薰还是没有说什么，而是咕咚一声醉倒在了地上。

20

四明镇的冬天在如火如荼地进行着。戚杏花自从那次带了戚家人来祠堂闹事以后，从此没有再来过。祠堂里的生活看上去十分地平静，每个伤兵都在等待着伤口的痊愈。如果那个血洞渐渐长出粉红的新肉，就是离家的日子不再遥远了。

那天陈岭北远远地隔着天井望着柳春芽。柳春芽每天跟着黄灿灿他们喝能照得见人影的薄粥，让陈岭北觉得心里很不踏实。他总是觉得心里空落落的，像丢掉了一件十分重要的东西。他走到了柳春芽的面前，柳春芽坐在天井里的一把太师椅上喝茶，她喝茶的样子有些温雅，仿佛大户人家的女人。柳春芽看了陈岭北一眼说，你想说什么？

陈岭北想了半天说，你要是再瘦下去，你会被风吹走的。

在小镇上做裁缝的那几年，陈岭北经常下河捉鱼。他会带上一张渔网，选择老家村外安静得像死去一样的光棍潭，那碧绿的水如同是通向另一个世界的神秘的通道。他扑通一声把自己像投胎一样投进碧绿的最深处。他不见了，像被光棍潭一口吞没掉似的。而水面以上，是升腾着的成片的氤氲水汽。他睁着眼睛在微温的水下像一条鱼一样游走，那些水草和鱼虾在他身边转瞬即逝。他能听到隐隐的水声，以及水声以外这个世界发出的最宁静的声音。他游够了，然后起网，他把捉鱼这事儿做得跟裁缝一样出色。

现在陈岭北的身影远远地抛开了戚氏宗祠。他穿着陈旧的结成了块的新四军灰白色军服，身上仍然交叉斜背着公文包和毛瑟手枪，手中提着一张小浦东帮他从老百姓家里借来的渔网。月色清冷而匀称地铺在因寒冷而变得坚硬的泥路上。陈岭北顺着这条铺满月光的路，咔嚓咔嚓地踩着略微有些结冻的路面走到了一条溪边。他不知道这儿叫晴江溪，他只知道那隐隐的水声像寡嫂棉花的一只手一样，向他招了一招。陈岭北在岸边光滑的卵石上坐了一会儿，岸边树木葱郁，在黑夜里发出细微的生长的声音。那树木的略带腥味的树浆气息不停地钻进陈岭北的鼻孔。

陈岭北把脏兮兮结成块的衣裤脱在了岸边，像是一条蛇蜕去了沉重的蛇蜕。他把公文包和毛瑟手枪放在衣服上，然后再压上一块岸边的卵石。他赤着精瘦的身子，提着那张渔网下水了。走到齐腰深的地方，他开始撒网……

那天陈岭北一共只捕到了一条鱼，那是一条巴掌大的可怜巴巴的草鱼，陈岭北用一根细草穿了那条草鱼的腮帮扔在了岸上。陈岭北后来绝望地在水中慢慢蹲了下去，只露出一颗头浮在水面上，像一个夜色中的浮标。他的目光如同一只夜鸟一样，扇动着翅膀开始四处巡游。他好像看到了远处黑黢黢的小树林，小树林里深藏着深不见底的秘密。陈岭北的头缓缓地下滑，水就慢慢地漫了上来，漫过了下巴、嘴巴、人中、鼻子、下眼眶。此刻陈岭北的目光与水面持平，看到的是水面上正在上浮的一层雾气。然后他整个头部沉入了水底，沉入水底的时候他仿佛看到了寡嫂棉花倚在门框上的样子，而他的父亲和弟弟、妹妹木讷地站在门口不远的空地上，手中都捧着一只碗，大概是在喝一碗玉米糊。他们喝玉米糊的声音稀里哗啦地响了起来，和水声混在了一起。陈岭北潜到了水底，整个身子贴在水底的卵石上，像是要葬在水底一般。终于，他屏不住呼吸，整个人迅捷地往上蹿。他没有想到，他像一头箭鱼一样射向天空，并且顺势带起了许多水花在空中翻滚的时候，另一个人也刚游到了这边，和他一样纵身跃出水面，同样带起了一片水花。

两个光着身的男人，像两条发呆的鱼一样相对而立的同时，都用手捋了一把脸上的水珠。陈岭北对面的男人发出了一声尖叫，他没有想到会在冬天的深夜，月光以下的晴江溪的水底，出现另一个男人。而陈岭北听到的这个声音，竟然是一句日本话。

陈岭北迅速地猛游几下游到了岸边，然后赤条条地直起身子向岸上飞快地奔跑。那个男人也在向岸上奔跑，他们闹出了湿漉漉的动静，把夜色中的宁静完全打破了。陈岭北奔到了那堆衣裳边，迅速地抓起衣服上面的毛瑟手枪，对准了那个湿淋淋的陌生男人。陌生男人手中拿着的却是一只照相机，他用照相机对着陈岭北，好像要用照相机击毙陈岭北似的。他微张着腿，看上去样子滑稽得像一只站立起来的青蛙。陈岭北对准这只湿淋淋的青蛙扣动了扳机，弹仓传来咔的一声空响。陈岭北知道根本没有子弹上膛。

陈岭北和男人对视了很长一段时间，他们身体上的水不停地滴落在地上。一阵风吹来，吹响了树丛里的叶片，发出哗哗的声音。陈岭北在风吹树叶的声音里觉得有些凉，他放下枪，开始麻利地穿衣服。男人也开始穿衣服。他们穿好衣服后都没有离开，而是在地上坐了下来。他们并排坐着，望着面前的晴江溪怎么也流不完的水。

这个男人就是来自日本国岛根县的高月保，给《文艺春秋》写稿的作家。现在他是一名战地记者，他认为他的武器就是照相机。他湿漉漉的身子裹着有些紧身的日本军衣，因为冷，他的身子在不停地颤动着。他在身上翻找起来，翻到一盒长寿烟。高月保给陈岭北递了一支烟，给自己嘴上也叼上一支，然后他划亮火柴点着了烟。两个人在溪边腾云驾雾地抽起了烟，一团漆黑之中，在水声中明明灭灭的烟头，像两颗跌落在溪边的星星。

我知道你是日本人。你死到中国来干什么？陈岭北说。

我为大东亚共荣而战。高月保用笨拙的中国话说。

你回你老家共荣去，你找你家老婆共荣去。你跑到别人家里共个什么荣。

我没有老婆。

抽完一支烟以后，两个人都不说话。一会儿高月保又翻出烟盒，抽出一根烟递给陈岭北，自己嘴上也叼了一根，高月保掏洋火柴时，才发现洋火柴已经用完了。两个人就叼着香烟，长久地坐在这充满了水声的寒冷的夜晚。后来高月保问陈岭北有多少军饷，陈岭北说没有军饷，但是国军的军饷还是不错的。

不知道什么时候，陈岭北和高月保都站起了身。那天高月保站在溪岸边，风一阵阵吹来，他不住地紧着自己身上的衣衫。高月保觉得这阵晴江溪岸吹来的风，一直灌进了他的身体，让他有了一些冰冷的欢愉。他说，喂，这个送给你。

陈岭北转过头的时候，看到高月保手里托着一块东洋肥皂。

高月保把一块还有九成新的东洋肥皂送给了陈岭北。陈岭北想了想，最后他接过了鱼一样滑溜的肥皂。他觉得他完全可以把这肥皂送给最爱干净的小浦东。他还放在鼻下用力地闻了闻那块肥皂，肥皂夹带着青草的气息十分细腻地钻进他的鼻腔。他觉得胸腔处清凉了一下。

在这样绵长的清凉中，他看到高月保转身离去，他湿答答的身子好像裹在衣服里，像一个新鲜包扎起来的粽子。陈岭北对着粽子的背影喊，喂，你就不想回家？

高月保头也不回地回答，刚来支那的时候很新鲜，现在特别想回家。你为什么不回家？

陈岭北笑了，像对一位老朋友一样喊，我想回家娶棉花。

棉花是谁？

棉花是我嫂子。我嫂子苦，她一个人撑着我家。她给我做了一双布鞋，我一直带在身边。她还把一个玉镯子当掉了，拿钱去警察局里保我。喂，她叫棉花……

高月保没有再理会他，而是一直往前走着。陈岭北喋喋不休的声音，在暗夜里显得无比清晰，仿佛能传到远处黑黝黝的山谷。他看着高月保矮小的身影歪歪扭扭地在他的视线里越走越远，最后完全被一片黑暗吞没。这时候他突然觉得高月保其实长得有些滑稽。在回戚家祠堂的路上，他一直在想着这个问题。后来他终于想清楚，高月保的脖子很短，短得几乎没有脖子。

陈岭北想到了嫂子棉花红润而健康的脸，以及脸上的雀斑。她在门口井台边打水的时候，整个身体弯成一张弓的形状，随时可以把天空射穿的样子。他想棉花就像是一口深井，力气如同井水一样总是用不完。但是他觉得他应该为棉花造一间大瓦房，让他陈家的媳妇棉花舒舒服服地住进去。等到他把香河正男送到南通新四军驻地后，他就回到枫桥镇上当一名小裁缝。拿剪刀比拿枪安全得多，也赚钱得多。

陈岭北捧着那块被风吹干了的东洋肥皂，以及渔网和一条巴掌大的草鱼迈进戚家祠堂大门的时候，后背上突然出现了两支长枪。枪管就硬生生地顶着他的后背，硌得他生痛。一只手伸过来，抓起了陈岭北手上的东洋肥皂，放在鼻子下闻了闻说，东洋肥皂。

说话的人是黄灿灿。黄灿灿反背着双手，绕着陈岭北走了一圈。然后一盏马灯亮了起来，那轻轻摇晃的暗红色光线里，陈岭北看到了黄灿灿得意扬扬的脸，以及举着枪的蒋大个子和田大拿。黄灿灿手里托着肥皂说，命都快没了，还有心思去弄来这肥皂。

陈岭北笑了，说，让你的人把烧火棍收起来，别走火了。

黄灿灿说，收枪？收枪可以，你说说这东洋肥皂是从哪儿弄来的。

陈岭北说，一个鬼子送给我的。

黄灿灿说，他为什么没有送给我？

陈岭北说，因为你没有去晴江溪捉鱼。

黄灿灿看了看陈岭北手中那条巴掌大的鱼，挥一下手说，没想到你裁缝做得好，谎话也编得像你做的衣裳一样，光滑、平整、柔软……你得说清楚，你是不是在大冬天的捉了一条小得可怜的鱼，就跟东洋鬼子勾搭上了？

陈岭北说，我没有勾搭上，我不过是拿回来一块肥皂。你把肥皂还给我，我得送给小浦东。他喜欢用肥皂。

黄灿灿大笑起来，不过是拿回来一块肥皂？你知道你这是什么把戏？这是汉奸的把戏。除非你当时就杀了那个鬼子。

陈岭北说，他手无寸铁，只有一只照相机。我不能杀。

黄灿灿说，你不能杀？那就给我绑起来！

陈岭北笑了，你要是敢绑我，我就敢让你脑袋搬家。

黄灿灿拔出了手枪，枪管朝上紧紧地抵在陈岭北的下巴上，陈岭北的下巴不得不向上抬了起来。黄灿灿把脸贴在了陈岭北的脸前，陈岭北闻到了黄灿灿口中喷出的混浊的口气，这让陈岭北不由得一阵反胃。黄灿灿咬牙切齿的声音随即跟了上来，张团长炸得什么也没剩下，你还和日本人眉来眼去？

陈岭北说，你已经欠了我陈家一条命，你是不是想再欠一条命？

黄灿灿说，只要我手指头一动，你的脑浆就从头顶往天上喷。

陈岭北说，那你的脑浆，一定也会从脑门往外喷。不信你抬头看一看。

黄灿灿抬起了头，这时候他看到了屋顶上一动不动地蹲着一个人影。那人影就像一只巨大的猫头鹰，只有偶尔眨巴的眼睛中透出一道精亮的光来。黄灿灿不由得打了一个寒战，因为他看到屋顶上的人影，举着一杆枪一直瞄着他。

陈岭北大声说，他，李歪脖，百步穿杨，更不用说穿你这么一个目标那么大的臭皮囊了。他，李歪脖，是我支队最厉害的狙击手，最多一次战斗中灭了十二个鬼子兵。你动手吧，我特别想看看你的脑门是怎么往外喷脑浆的。

黄灿灿不再说话，但是仍死盯着陈岭北。陈岭北甚至能听到黄灿灿睫毛闪动的声音，他手中的手枪也十分缓慢地下滑，滑到陈岭北胸膛的时候，他扣动了扳机，传来的却是一声空响。他的枪里根本没有装子弹。这时候黄灿灿得意地笑了一下说，你太小看人了。

这时候李歪脖也随即收枪，仰天躺在了瓦片上。那杆长枪像他的生命一样，被他紧紧地抱在怀里。他的目光开始奔向无边无际的灰白的天空，灰白的深处是深井一样的黑暗。然后他的目光从天上降落，罩在了一个在瓦片上四仰八叉躺着的人身上，那就是他自己。李歪脖还看到了祠堂天井里的四个人，黄灿灿的枪已经收起来了，正在往腰间的枪套上插手枪。蒋大个子和田大拿也收了枪，而陈岭北的手中拿回了那块肥皂。

在马灯微弱的光线下，可以看到陈岭北被一层红光笼罩着。黄灿灿这才看到，陈岭北的脚仿佛是被溪中的尖石割破了，正在不停地淌血。陈岭北却一点也没有发觉，他在这样一个无比绵长的暗夜里大喝一声，小浦东给我滚出来。

吱呀一声，东厢房门打开了，小浦东揉着眼睛走到了陈岭北的身边。陈岭北把东洋肥皂塞在了他的手中，小浦东愣了一会儿，突然发出一声吹叫，在这暗夜里像是突然敲响的一记锣声。立即有骂骂咧咧的声音从厢房里传出来，其实除了骂声以外，李歪脖还听到了放屁、磨牙，以及说梦话的声音。李歪脖是狙击手，他的听力和目力都无比敏锐。他把目光从天际收回，然后他沉沉地想要睡过去，睡过去以前他听到黄灿灿十分清晰的声音。

黄灿灿说，姓陈的，有种你和我下一盘象棋。

李歪脖不知道这局象棋谁输谁赢。他就斜躺在屋顶上，像一棵被月光晒干的白菜。只有黄灿灿自己知道，那天在马灯红红的光线里，他破天荒地连输三局象棋。

他望着一脸得意的陈岭北说，娘希匹。这时候戚家祠堂的偏门吱呀一声开了，一个黑影闪进祠堂。他是国军三十五团的报务员朱大驾。他穿过了冰冷的街道，刚刚从油条西施牛栏花温暖如春的被窝里回来。

他觉得整个人都很轻，一是因为牛栏花掏空了他胀得满满的身体，二是牛栏花把他钱袋里的军饷也掏走了。朱大驾不是不心痛，他在计算着那些军饷可以买多少根油条啊。但是他很快还是感到了愉悦，他觉得牛栏花其实就是一根巨大而可口的油条。

尘世间所有的情事……

21

新四军给养员六子站在西厢房柳春芽的面前，显得有些局促不安，所以他不时地提拉着裤管。一碗浓白的鱼汤就放在桌面上，正冒着热气。酥烂的鱼身露出了骨架，上面还卧着几片姜，让这碗鱼汤香气扑鼻。桌子边上坐着柳春芽和张秋水，柳春芽说，他自己为什么不端来？

六子说，陈队长说了，他才不给女人端东西呢。

柳春芽笑了，说，那他为什么要下河捉鱼？

六子说，陈队长说了，他无事可干，捉鱼解闷。

柳春芽说，那他为什么不自己喝了这鱼汤？

六子说，陈队长说了，他又没怀小孩，他要是怀了小孩，肯定就自己喝了。

柳春芽说，陈队长是不是什么都想好了，连我会怎么问他都想过了？

六子想了想说，这个他没有告诉我。你喝汤吧，凉了就不好喝了。

六子说完转身就走，他一点也不敢在两个漂亮女人的房里多待一会儿。走到门边的时候，六子突然停住了，转过身来对柳春芽说，陈队长下河，不知道怎么把脚给弄破了，流了好多的血。国军黄连长说，至少有一大碗的血。

六子说完向门外走去。柳春芽在桌边俯下身，喝了一口浓酽的鱼汤，那润滑的鱼汤顺着她的喉咙下滑的时候，突然鼻子有点儿酸了。张秋水坐在桌子的另一边，她隔着鱼汤升腾的热气，望着柳春芽喝汤的样子说，我真想嫁给他。

柳春芽抬起头来说，你为什么想嫁给他？你连他几岁都不知道。

张秋水笑了，说，他能对你这么好，对自己的女人肯定就更好了。

柳春芽没法儿接口，想了想就索性不接口了。过了一会儿柳春芽说，你信命吗？

张秋水说，我不信。

柳春芽说，我以前不信，现在有点儿信。你要是想嫁给他，你就找他去！你胆子大一点，你就说你娶了我吧！

张秋水笑了，一会儿她重重地点了一下头说，好，我说你娶了我吧！

朱大驾是一个没有远大理想的人。他觉得他根本就不需要理想。他从无线电学校毕业，本来想要找一份在邮政局当发报员的工作。但是他后来稀里糊涂地投军了。他的家境还是不错的，在老家安昌镇上，他的老爹朱有才在临河的街面上开了一家镇上最大的花圈店。朱有才自作主张，把一个胖墩墩的姑娘泥鳅娶进了家门。身在军营的朱大驾回过一趟安昌镇，但是没有承认那个黑得发亮、胖得像面包的泥鳅是自己的老婆。

他在院子里跳起脚来大声地对着朱有才吼，要当老婆给你自己当去！

然后朱大驾在泥鳅的泪光中跳上了河埠头的一条小船。那船在河道上越走越远，穿过一座座石桥的桥洞，抛下河道两边的街巷。朱大驾迅速地消失在鱼米之乡安昌镇，消失得像一缕从烟囱里飘向天空的烟一样，最后无影无踪。但是他现在十分想回家，他觉得泥鳅的身子像门板一样结实，她有着一个肥硕的屁股，说不定适合生儿子。他还得侍奉爹娘，他已经害怕了战争，在战争中那些头、脚、手以及肚肠在炮弹的轰炸声中满天乱飞。他害怕自己身上的什么东西，也飞上了天空。

但是现在他不想回家了。他觉得牛栏花家比自己远在安昌镇的家要温暖得多。他选择了一个普通的黄昏走上街头。街西面的屋顶上，夕阳像火一样烧着，仿佛要把整个四明镇都给烧掉了。在十字街口他碰到了油条西施的男人戚威武，戚威武扛着那杆生锈的猎枪要去山上打猎。其实他从来没有打到过什么猎物，连一只蚂蚁也没有。他特别年轻的时候在一个皎洁的月夜，跟着人去山上打猎，结果遇上了鬼打墙，怎么转也转不到山下来。他是被人抬回四明镇的，抬回来的时候整个人都被汗水浸湿了，可是他的胸前仍然紧紧地抱着那杆猎枪。

戚威武雄壮地往前走着。他不停地告诉镇上的人们，他说，我要打野猪去。他妈的，我要把山上的野猪全部打光，看它们还敢不敢糟蹋庄稼。

其实在广袤的飘荡着猪粪气息的田野，已经没有任何庄稼了。田野就像昏睡过去一样，绵软无力、死气沉沉。只有那条河流像是永不停息的血管，仍然发出单调的水声。朱大驾听到戚威武在向他打招呼，戚威武说，我打猎去。

朱大驾心底里爆发出一阵大笑，朱大驾说，顺便打个鬼回来。

戚威武愣了一下，憷然地说，鬼也能打死吗？

朱大驾说，野猪只要一枪就能击中，鬼要连开两枪才能杀死。

戚威武不屑地说，我知道。我还能连这都不知道吗？

戚威武走了。他大步流星地消失在四明镇。然后朱大驾来到了油条西施牛栏花家的院外，为了给牛栏花一个惊喜，他偷偷地把头露出了墙头向院里观望。院里生长着桃花一样茂盛而新鲜的牛栏花，一个穿着黄大衣的男人胸前挂着一副望远镜，腰上还吊着一把口琴，像一坨牛粪一样，牛皮烘烘地站在牛栏花面前。而他的身后，是一个叫便宜的少年山匪和两名持枪的山匪。

牛栏花的眼睛笑成一条线，她说，你有很久没来了。

男人什么话也没说，像鲁智深倒拔杨柳一样，把这棵生长在院子里的桃树给连根拔了起来。男人把牛栏花扛在了肩上，一脚踢开房门，然后脚一勾房门又合上了。牛栏花母鸡一样咯咯咯的笑声传了过来，一会儿笑声不见了，只有牛栏花轻而难以压抑的叫声，从门缝里丝丝缕缕地钻出来。朱大驾的心就像被刀割了一下一样痛起来，他听到牛栏花不停地咬牙切齿地说，坏人，坏人，坏人。

坏人就是麻三。朱大驾失落地把目光从围墙上收回，他知道自己今天成不了牛栏花的"坏人"了。朱大驾像斗败的公鸡一样低垂着翅膀，有气无力地走在回戚家祠堂的路上。这时候他突然又想回家了。他开始想念十分精明的安昌镇小商人朱有才，有时候他甚至还会想一下结实的泥鳅。

<h2 style="text-align:center">22</h2>

几天以后的一个中午，陈岭北抱着自己瘪轮胎一样的肚皮坐在门槛上。他好像是在认真地听肚皮咕噜叫的声音，在肚皮连绵的叫声中，他看到了油条西施牛栏花向这边深情款款地走来。冬天的风正好经过牛栏花，把牛栏花额前的头发和衣角都吹了起来，吹得有些惊心动魄。陈岭北承认牛栏花是个漂亮的女人，这样的女人像树木灌满了浆，充满了劲道。她朝陈岭北妩媚地笑了一下，陈岭北的肚皮就叫得更厉害了。

陈岭北用小裁缝的目光迅速地打量了一下牛栏花，只一眼就用目光替牛栏花量好了尺寸。他叹了一口气，知道牛栏花的身材其实十分适合穿旗袍，不过牛栏花肯定是没有旗袍的。因为穿着旗袍不适合炸油条。陈岭北望着越走越近的牛栏花说，你是给朱大驾送油条吧。

这时候陈岭北已经看到了牛栏花挎着的一只小篮里，有三根黄亮的油条。牛栏花站住了，她挎篮的姿势让她整个身体略略扭了过来，呈现出一种好看的弧线。她说，你怎么知道我找朱大驾？

陈岭北笑了，说，咱们这儿他最好这一口。

陈岭北的话让牛栏花随即脸红了，她突然意识到陈岭北的目光中有一丝恶作剧。她走到了陈岭北的身边，抬腿要往里跨进去。她说，让开。

陈岭北就缩了缩身子，让牛栏花越过门槛跨进了祠堂。牛栏花响亮的声音响了起来，姓朱的，你给老娘滚出来。

朱大驾没有滚出来。倒是许多伤员瘸腿烂手地从厢房里费尽心力地走了出来，他们是来看一朵花的。张秋水正在倒一盆替蝈蝈清洗伤口后用过的盐水，那盆水刚好落在了牛栏花的面前。牛栏花不慌不忙，连脚也没有抬一抬。那水迅速地被铺天井的石板吸去了，留下一片潮黑的影子。张秋水看着牛栏花，牛栏花的大眼睛也看着张秋水。张秋水的心里不由得冒起一阵酸劲，她觉得这个年纪明显比自己大了好多的女人，像一朵海棠花一样娇着艳着，明显有着一种淡淡的光，把自己懵懂未开的年龄给压了下去。

陈岭北转过身子朝向天井，却仍然坐在门槛上。他望着牛栏花的背影，背影里有一根粗黑的辫子，像一根黑色的油条一样垂在牛栏花的后背。碎花衣衫里面，裹着的是匀称的骨肉。陈岭北就想，朱大驾这是从哪儿修来的狗屎运。然后，牛栏花的声音再次响了起来，朱大驾，你要是个男人，你就给老娘滚出来。

朱大驾仍然没有滚出来，倒是黄灿灿滚了出来。黄灿灿迈着八字脚，摇摇摆摆地挤开众人走到了牛栏花面前说，他饿了，滚不动了。我替他滚出来了。这时候陈岭北从门槛上站起来，走到了牛栏花的身后，轻声地说，你的辫子编得真不错。

牛栏花转过头来，斜了一眼陈岭北说，你不会是看上我了吧？

陈岭北认真地摇了摇头说，就算你是西施，就算你是貂蝉，就算你是杨玉环，就算你是王昭君，我都不会看上你。我看上了我嫂子棉花，我要回家娶棉花。

这时候牛栏花已经十分明白，她明白她碰到一个喜欢坐门槛上的人，是一个话多的人。陈岭北说，朱大驾，你有种你就滚出来。

牛栏花也跟着喊，朱大驾，你有种你就滚出来。你别像个女人似的扭扭捏捏的。

黄灿灿望着牛栏花篮子里闪闪发亮的油条，咽了一口唾沫，明知故问地说，我是朱大驾的连长，我是他长官。我现在问你，他是你什么人？

他是一个缩头乌龟。牛栏花不屑地说。

这时候朱大驾出来了，一张脸苍白得像纸一样，头发蓬乱得如同一只秋天落光了树叶的树上的鸟窝。看上去他是单薄而萧瑟的，他走到了牛栏花面前，牛栏花笑得像盛开的鸡冠花。她伸出手去，想摸一下朱大驾的脸，朱大驾却一甩手把她的手打开了。

牛栏花想了想，仍然忍着，脸上堆满笑，把油条伸到朱大驾面前说，吃。

朱大驾仍然把牛栏花的手打开了。牛栏花举着油条的手愣在那儿。

朱大驾有气无力地说，以后你不要再来这儿找我。我很快就要回家了。我家里有朱有才，还有泥鳅。我不要什么油条，听说山匪爱吃油条。

牛栏花脸上的笑容慢慢收了起来，突然咬着牙说，你有泥鳅稀奇啊？泥鳅能跟我比？我从来没见过你这样心眼比针眼小的男人。

牛栏花转身要走，她的辫子因为转身的幅度有些大，所以有点儿像蝴蝶一样飞起来。黄灿灿劈手夺过了牛栏花手中的油条，说，他不是男人，我是。我吃。

黄灿灿大口地吃起了油条。陈岭北的手也伸了过去，抓住了篮子里的一根油条。蒋大个子和李歪脖，两个人的手同时抓住了篮子里的那根油条。油条被扯断了，两个人胡乱地将断成半截的油条塞进了嘴里，然后他们开始打架。他们都认为，自己手中断了的半根油条，显然比对方的短了一截。所以他们开始了一场昏天暗地的扭打，李歪脖是新四军狙击手，蒋大个子是国军机枪手。两个枪手都没有用枪，而是在戚家祠堂的天井里打得头破血流。

牛栏花终于迈出了门槛。她的背影在陈岭北视野里消失，消失以前她留下了一句话。她说，都不是什么东西。

陈岭北就认真地想，在牛栏花的眼里，这些打过鬼子的国军和新四军的伤兵，怎么都不是东西了呢？陈岭北一边想一边跨过了人群，看都没有看李歪脖和蒋大个子一眼，径直走到了不远处靠在廊柱边上向这边观望的张秋水身边，把油条递了过去。

陈岭北笑了，说，吃。

张秋水摇了摇头。

陈岭北就叹了口气说，你摇什么头呢？你要是饿坏了，你怎么照顾那个小东西？

张秋水说，小东西是什么？

陈岭北说，小东西就是那个腰上挂着两把号的断手兵。他又会吹唢呐，又会吹军号，就是不会打仗。

张秋水说，你胡说，他会打枪。

陈岭北笑了，说，那你跟他一人一半。他正在长身体呢，他要是个子长不高，以后娶不上漂亮老婆。

张秋水突然觉得，陈岭北这个新四军里的老兵队长，说起话来那么多，而且有些阴阳怪气的。但是她还是愉快地接下了油条，飞快地奔进厢房去找蝈蝈。这时候陈岭北才转过身来，他看到除了李歪脖和蒋大个子，新四军和国军两边的人，也在动手推搡了，仿佛一场群架一触即发。

陈岭北大声吼，谁也不许动，就让他两个打。千万别出人命了。

黄灿灿大声说，兵荒马乱的，出个人命一点也不稀奇。

陈岭北说，让他们摔跤，不许用拳用脚。

黄灿灿说，好，摔就摔。但是咱们得下注，陈岭北，你要是有种，咱们赌大洋。

陈岭北的手下意识地护了一下斜挎在身上的牛皮公文包里的二十八个大洋。公文包里还有游击分队队长留下的另外十个大洋。但是他一个也不能动，不能动是因为十个大洋不是他的，而二十八个大洋，他必须再凑齐两个大洋凑成三十大洋。三十大洋是他的耻辱，当年就因为少了这三十大洋，眼睁睁地看着柳春芽成了别人的女人。

黄灿灿笑了，大声地说，看到了吧，看到了吧，这就是一个小气鬼。

陈岭北也笑，大声地说，大家都看看吧，我就是个小气鬼。大家看看小气鬼长什么模样。

黄灿灿一下子变得无话可说，这让他变得十分懊恼。他猛挥了一下手说，别吵了，让他们两个人好好摔一跤。肩和屁股同时都落地的，算输。小气鬼不押注，咱们押。

蒋大个子和李歪脖，其实进行了一场没有输赢的摔跤。在他们的角力中，冬天正不紧不慢地向前行进。新四军阵营里的人没有押注，他们不能押注，他们有纪律，当然也因为他们根本没有钱。在嘈杂的人声里，蒋大个子和李歪脖都脸红耳赤，想要把对方压倒在身下。这是一个热闹非凡的愉快的冬天。

第三部分

———— ★ ————

四明镇的日与夜

植子，我知道我快死了

23

香河正男的心底涌起淡淡的忧伤，他感到了来自地下的寒意正穿透那层薄薄的稻草，经过他的皮肤，进入他的骨头。所以他直起身子，站了起来。站起身子的时候，觉得脑子有些晕眩。所以这个比水底还安静的黄昏，他在天井里站了好长时间。在他迈进厢房的时候，轻声说，植子，我真想回家。

一个十六岁短发少女的形象，就十分逼真地浮现在了他的面前。像一张染了色的照片。

24

植子，我一辈子不会忘记那个清晨。那天有雾，我醒来的时候，看到看守我的那个叫小浦东的新四军兵靠在墙上睡着了。我抱着你寄来的慰问袋，悄悄地经过了他的身边。我特别想要出去走一走，在这个被中国人称为祠堂的地方，差一点让我给憋坏了。小浦东就在这个时候醒了，他说，侬想到啥地方去？

我用一块断砖砸在了他的头上，他整个身子就如面条一般地沿着墙壁软了下去。看得出来，他是一个十分爱干净的中国人，脸色白净。他和别的兵不一样。我其实不太分得清他们谁是蒋介石的军队，谁是新四军。这里面还有女人，说是救护队的，最近又来一个孕妇。植子，其实我不是想要逃跑，我只是想要出去走走了。

那天我背着慰问袋，走出了祠堂的大门。天色还早，沉睡的小镇完全没有醒来。偶尔地，我能听到谁家的小孩哭闹的声音。雾一直笼罩着我，我就在雾里穿行，我就在青石板的街面上走来走去。早起的点心店，已经开始做生意了。不知道为什么，中国人把早餐店叫成点心店。点心是什么意思？

我不知道在这条并不长的街道上走了多少个来回。我只知道那些若即若离裹着我的雾，在晨光的照射下，慢慢地散开了。我喜欢那种热量，那种太阳的热量钻到我的身体里去，像是上蹿下跳的兔子一样。我觉得整个人都要飞起来了，所以我就开始奔跑。街上行人越来越多，好多人都看着我，像看一个疯子一样。植子，我觉得我那时候像一只飞行的鸟。

这条热气腾腾的街上，人越来越多，他们像是神怪小说里的人一样，突然从地底下冒了出来。我想我大概是饿了，我走向了一个包子铺，手里拿着一个中国人使用的大洋。我颤抖着手伸出去，用蹩脚的中国话说，包子。

就在这时候，一只麻袋套在了我的头上。我的眼前一片黑暗，随即拳脚落在了我的身上。后来我被人扛走，最后又被扔在了地上。我想我一定是鼻青脸肿的，麻袋被解开的时候，我才发现我是在破庙里。因为我看到一个菩萨十分威严地瞪着铜铃一样的眼睛看着我，他的手里还托着一个塔。植子，他是不是要把我镇在塔底？

那天我看到了戚杏花，他没有脚，就半躺在一块木板上。我还看到了戚威武，他抱着一支猎枪，像一个打手一样。他们的名字我都是后来才知道的。我看到戚杏花在吧嗒吧嗒地抽着一袋烟，他长着一对老鼠眼，他用老鼠眼一直盯着我看。不知道为什么，我觉得庙里有那么多人，却又那么安静。这是一件令人恐怖的事。果然，我看到了一只缸，中国人称它为七石缸，就是说可以盛放七石粮食的一只缸。缸被石块架了起来，缸里有半缸水，缸下的柴块正在燃烧着,所以缸里在不断地冒着热气。

植子,我知道我快死了。

那天我被扔进了缸里。在扔进缸里以前,他们把你寄来的慰问袋从我身上扯了下来,狠狠地扔在地上。然后几把大砍刀就架在我的头上。我知道我不是被煮熟,就是被砍死。我很后悔,我觉得我宁愿去一个叫南通的地方,那边有许多的新四军,据说他们缺少一个山炮教练。那是从帝国部队缴获的一种型号的炮,他们学着开炮的时候,炮身就直打转。我为什么愿意去南通,是因为我想回家。植子,等打完了仗,我就想回家看看你,看看你是什么样的一个女孩。

我感到缸里的水越来越热,我的血管和骨头都已经开始酥化。这时候门被撞开,我看到陈岭北带着一帮子人冲了进来,他的胸前交叉背着一把盒子枪和一只牛皮公文包,看上去很老土的样子。显然他急了,他的额头上全是汗,破旧的军衣也被汗水浸透。他不停地张大着嘴巴喘息着,然后他拔出了盒子枪,梗着脖子对半躺在门板上抽烟的戚杏花说,放了他!

戚杏花阴着一双老鼠眼。他干咳了几声,拿烟杆在门板上猛敲了几下说,放了他?他是日本兵!

陈岭北说,他是一名山炮教练,我得把他送到南通去。

戚杏花笑了,说,我不知道什么南通,也不知道山怎么会有炮。我只知道日本人杀了咱们镇上很多人。有一个叫旺财的,被日本人灌进麻袋,扔进了它山堰的河水里。麻袋中还放了一颗开了弦的手榴弹。旺财被炸成碎片,喂了鱼。

缸下的火越烧越旺,我的头上全是汗,而几把大砍刀仍然死死地压在我的头上、脖子上,我的后肩膀上已经流出了血,植子,我想我快被煮熟了。我就趴在缸里哭,我不知道该说些什么,后来我说妈妈,我说妈妈,我说妈妈,我说妈妈,我说妈妈妈妈妈妈我想回家。

那时候戚杏花又慢条斯理地装了一袋烟。一个小伙子替他点着了烟，他美美地抽起来。然后又咳嗽一声说，还有……

这时候人群就闪开了，有十八个年纪不太一样的女人从人群里走到前面，排成了一排。后来我知道她们是王传香戏班的，她们是被人从江桥镇请来四明镇唱三本大戏的。因为据说是一座庙里的文殊菩萨生日了，菩萨也有生日吗？植子，这一点我一直都没有搞清楚。不说生日，说她们，她们在路上被皇军碰上了，皇军大概是欺负了这些演员，按戚杏花的说法是轮奸了。我觉得这话我应该能相信。戏班主王传香被皇军砍了头，一脚就踢得远远的，这把十八名女演员给吓坏了。她们到了四明镇，结果一本戏也没有唱。有人寻死觅活，但是被拦下了。用戚杏花的说法是，好死不如赖活着。

那天陈岭北把毛瑟手枪扣在了戚杏花的脑门上。那个叫戚威武的忙拉着猎枪的枪栓，我看他手忙脚乱的，连枪都掉地上了。倒是戚杏花的小胡子抖动了几下，一点也没有退缩，还是神色平静地抽着那袋烟。他吐出一口烟说，你开枪吧。

这时候十八个女演员里，有一个三十多岁的女人突然披头散发地举着一把镰刀向我冲了过来。她很像是一头愤怒的母豹，眼睛圆滚滚地突了出来。她什么话也没有说，但是她的嘴像夏天的狗一样呼哧呼哧冒着热气。陈岭北知道她是想劈了我，所以陈岭北冲了过去，一把抓住了她的手腕。但是镰刀还是飞快地从她手中飞了出来，钉在了我的后背上。我听到了皮肉被割开时的声音，我想，我今天一定是死定了。

那天陈岭北涨红着一张脸也疯了，他和施启东还有李歪脖冲过来，用长枪挑开了架在我头上的大砍刀。陈岭北一把将我从缸里提了出来，扔在地上。我想我很像是一只快要煮熟的鸭子。我以为陈岭北会和他们有一场血拼，就在大砍刀们再次围上来的时候，陈岭北和那些新四军的兵全收起了手中的武器。

这时候我还看到了黄灿灿，黄灿灿身边站着一个大着肚子的女人，听他们在祠堂聊天的时候说起，这女人好像是一个团长的老婆。而团长已经被皇军的炸弹给炸得没影了。他们一直很安静地看着陈岭北，我看到两个人眼睛里的内容，都很复杂。

植子，我怎么会忘掉那天的这一幕呢？陈岭北和他的兵一动不动，终于镇上的人们用拳头和木棍对付他们，但是他们仍然笔直地一动不动地站着。他们高声地喊，他们喊爹，喊娘，喊姨，喊姑，喊舅，喊伯，喊姐妹，喊哥弟，喊婶娘，他们喊五花八门的称呼，然后说，香河正男是一个有用的人，他会教新四军的人开山炮，山炮是打日本人的。打一千日本人，打一万日本人……陈岭北说，我们可以被你们打死，但这个人不能死。

但是镇上的人还是没有停手。我算是看出来了，其实新四军不敢真的动枪。他们像烂了的茄子一样被揍得鼻青脸肿。陈岭北死死地护着我，他整个人就趴在我的身上，我突然觉得，他像我的哥。植子，我没有哥，但是他真的像我的哥。

后来有一个女人站了出来。她叫牛栏花，据说镇上的人都叫她油条西施。她吼了一嗓子，我从来没有听到过嗓门那么响亮的女人的声音，她那一嗓子把所有的人都镇住了。牛栏花说，这叫窝里斗！

那几个一直在围殴陈岭北的壮汉摇晃着走到她面前说，威武家的，你滚开。

牛栏花就站在陈岭北和我的面前说，我不滚开。有种你杀拿枪的鬼子去，你杀一个不拿枪的鬼子算什么英雄？

这时候戚杏花突然又开始咳嗽。我算是知道了，他一咳嗽基本上就是要开始说话了，他说，算了，放他们一马，让他们都走吧！

可是有一个叫刘三秃的人突然跪了下来，他用膝盖走路，而且走得非常快。植子，我有一次在戏院里看中国戏的时候，也看到过有演员用膝盖走路。中国人喜欢用膝盖走路，而且走得那么快，这真是一件奇怪的事。刘三秃的脸上糊满了泪水，他说话的声音是含糊不清的，他说话的时候我看到他的门牙已经掉光了，嘴巴张成了一个山洞的形状。我听到人群里有人在议论，有人说刘三秃的儿子和媳妇带着两个小孩回娘家的时候，全部被皇军给杀了。植子，皇军为什么要杀那么多老百姓，如果有本事，应该和中国军人去拼命。你说是不是？

刘三秃就跪在戚杏花的那块门板前。刘三秃号啕大哭，他说，戚四爷，不能轻易放了日本人。刘三秃边说边从身上拔出了一把磨得锋利的杀猪刀，那刀子的光把我的眼睛给刺了一下。刘三秃突然站起身来，他握着那把刀向我冲过来。就在这时候，我清晰地看到戚杏花使了个眼色，一个男人手中的木棍呼地挥向刘三秃，刘三秃随即被敲昏在地上。

戚杏花咳嗽了一声说，走吧！

就在我们要离开的时候，有个男人将你的慰问袋踢了起来。那袋子像一个扁平的足球，飞向了七石缸下面还在燃烧着的火堆。植子，那时候我简直要急疯了，我宁愿自己被火烧了，也不能让慰问袋被火给点着。我像一个疯子一样扑上去，伸手从火堆里掏慰问袋。我的手被火给烫伤了，慰问袋也烫出了几个小洞。那时候我将慰问袋紧紧地抱在了胸前，像抱一件价值连城的宝贝一样。后来我蹲了下来，不停地哭着，我说植子，我说植子植子，我说植子植子植子……没有人能听得懂我在说什么。

戚杏花突然吼了起来，还不快滚！一定要等我们后悔吗？

陈岭北挥了一下手，施启东背起我就走。施启东的个子很高大，趴在他的肩膀上，我突然觉得很温暖。这是一个中国男人的肩膀，他多么像是我的一个兄弟。他奔出了破庙，飞快地奔跑在街道上。我觉得他简直就是一只沙漠里奔跑的鸵鸟。

植子，我是一个没有骨气的战士。

25

被煮得浑身红通通的香河正男被施启东扔在了戚家祠堂天井的石板地上。香河正男怀里仍然紧紧地抱着慰问袋，他直起身子，面对着陈岭北说，对不起，长官阁下，给您添麻烦了。

陈岭北说，你的麻烦大了。

香河正男说，什么麻烦？

你把小浦东给打晕了。

香河正男说，真是对不起。长官，我有点儿饿。我想吃东西。我是俘虏，你们要优待俘虏。

陈岭北突然一个扛摔将香河正男摔翻在地，一把扭过了香河正男的手，往上反提着，香河正男痛得龇牙咧嘴。陈岭北涨红了一张脸吼，优待？你差点让我们都没命了，懂不懂？

这时候黄灿灿和柳春芽站在了陈岭北的面前。柳春芽一直望着气喘吁吁的陈岭北说，我真不愿意看到你打一个俘虏。

陈岭北扭过身子，盯着柳春芽，一字一顿地说，不要你管。

柳春芽靠近了陈岭北说，你可以不让我管，可我还是不愿意你那么小气。

陈岭北说，我怎么就小气了？

柳春芽说，你没张团长大气。

陈岭北心下有些懊恼，但他还是松开了扭着香河正男的手，拍拍手掌对柳春芽说，别老给我提张团长，他跟我没关系。

柳春芽说，有关系。你是他舅爷。

陈岭北说，胡说！

那天围观的人群慢慢散开以后，香河正男换上了中国老百姓的服装，他那件背上被镰刀割了一道口子的军服被扔在墙角。陈岭北叫来王

092

木头给香河正男上了伤药，躺在一块棺材板上的香河正男不停地哼哼着，他的怀里仍然紧紧地抱着那只慰问袋。陈岭北蹲下身子，用手去扯香河正男的慰问袋。香河正男急了，说，你要干什么？

陈岭北转身说，我帮你缝一缝，你的这个招魂袋破了。

香河正男说，什么是招魂袋？

陈岭北说，你去问那个国军的蝈蝈就知道了，听说他以前是小道士。

香河正男松了手。他看到陈岭北掏出了针线包，仔细地替他缝着慰问袋上几个被火烫破的小洞，动作娴熟麻利。陈岭北看到了香河正男好奇的目光，这时候他才发现，香河正男的眼神无比清澈，比老家光棍潭的水还要清澈。

陈岭北说，我以前是裁缝，懂吗？裁缝，就是帮人做衣服的。

香河正男咧开嘴笑了，懂，裁缝。

陈岭北说，你那伤口还痛不痛？

香河正男摇摇头，又点了点头，说，有点痛。

陈岭北说，下次不要再乱跑了，你下次要是再敢乱跑，你就没命了。

陈岭北用嘴咬断了线头，把慰问袋扔还给了香河正男，说，你把这招魂袋当宝贝似的。

香河正男笑了，说，这就是宝贝。

那天晚上，陈岭北睡得很沉。他觉得自己整个人是浮在水面上的一块旧木板，没有目标地在水面上漂流着。在水流的前进中，这块木板浮浮沉沉。阳光均匀地洒在木板上，让他觉得仿佛进入天国一般的安宁。他梦见了故乡丹桂房，丹桂房的土埂外，生长着一条不停流动的小溪。小溪的上游是大悟和大竺两个村子，小溪的下游是枫江。溪面上水汽氤氲，河岸边的野花鳞次栉比地开了起来，十分热闹的样子。乌鸦的叫声响起来，和麻雀的叫声一起纠缠并且笼罩着村庄。丹桂房的村口是一棵老桑树，在陈岭北的梦境中，老桑树正在冒出新芽，而桑树边上的一口池塘正冒着热气。

村庄仿佛变得热闹起来，许多人都搬出了棉被来晒，五花八门的样子。他们像陌生人一样，只看了陈岭北一眼，仿佛是不认识的。但是不管怎么样，陈岭北觉得自己的身体里长满了春天。接着他梦见了早已亡故的爷爷陈大有，陈大有穿着黑色的衣服，撑着一把黑色的大雨伞。

陈大有威严地望着陈岭北说，你要是不赶紧回来娶了你嫂子，我不会放过你！

陈岭北的梦是杂乱无章的，像一丛丛胡乱生长的野草。他从梦中醒来的时候，就再也睡不着了。这时候大门口只有一个轮值的哨兵，看样子是国军那个已经有五十多岁年纪的小蔡。陈岭北就用手枕着头，他听到不远处白身子棺材里，黄灿灿传来的粗重的呼噜声。夜色深沉，横七竖八躺在地铺上的国军和新四军的战士明显都已经睡着了。陈岭北想，柳春芽和她肚里的小张团长睡着了吗？

等待黎明的过程，显得无比漫长。陈岭北想起了虎扑岭伏击战临战前四天，他开始在擦枪的时候闹情绪。他擦着那把老掉牙的"汉阳造"说，老子想回家娶棉花，老子打仗打厌倦了。一个声音出现在他的面前，声音说，谁是老子？

陈岭北停止了擦枪，他看到了一双绑腿。然后他往上看，看到了连长的身子，以及连长胡子拉碴的脸。连长其实是个很挺拔的人，听说家里蛮有钱，但是不知道怎么的，跟着同学投了新四军。陈岭北一直认为只有像他这样走投无路的人才会投军。

连长蹲下了身子说，老子想回家了？

陈岭北将枪一丢说，是，老子想回家了。这仗什么时候才能打到头！

连长说，捡起来！

陈岭北看到围过来的许多双脚，觉得没了面子。他笑了，我不捡。要捡你捡。

连长把枪捡了起来，蹲在那儿开始默不作声地拿过一块布头擦枪。他擦得十分认真，枪膛也用通条捅得干干净净。他把擦好的枪交给了身边的小文书，然后他站直了身子。显然他因为蹲的时间太久，站直身子的时候他脚麻了。他用手敲击着腿，对身边的两名战士说，绑起来，黑屋子，七天。

连长说话很干净，好像是不愿意多说一个字，但是把他想要说的全表达得十分清楚。两名战士冲上去的时候，陈岭北和他们扭打起来。陈岭北的领口被扯破了，他大声地吼叫着，他说，你当个小连长有什么稀奇，老子弄个军长给你看看。连长突然抽枪，枪管就顶在了他的头上。但是陈岭北仍然青筋暴绽着。陈岭北不停地喘气，胸脯起伏着。有种你开枪，陈岭北说，你开枪我就省得回家了。

陈岭北仍然记得那天他被关进黑屋子没多久，就下起了雨。他看不到雨，但是他听到了雨声。他要在黑屋子里被关上七天。到第四天的时候，他突然被放了出来。门打开的时候，明晃晃的阳光直射在他的脸上，让他一下子睁不开眼，让他的眼泪也随即流下来了。他闭了好长时间的眼睛，慢慢睁开，才适应了这样的明亮。在一片白晃晃的明亮中，他看到连长背着双手站在他的面前，脸上挂着微笑。他身边的小文书，两手平伸托举着那杆陈岭北的"汉阳造"。

陈岭北说，我还有三天。

连长说，黑咕隆咚的屋子里，你怎么知道你过了四天？

陈岭北说，我从来不做白日梦，可我梦见了我爷爷四次，他让我回家娶棉花。

连长脸上的笑容慢慢地收了回去，冷着脸说，你真想回家？

陈岭北说，我不信你就不想回家。

连长说，日本人不走，我不回家。一天不走，一天不回家。一年不走，一年不回家。一辈子不走，一辈子不回家。

陈岭北说，你疯了。

连长说，闲话少说，你接枪。

陈岭北懵懂地从小文书手中接过了枪。连长说，明天清晨在虎扑岭有一场伏击战，打完仗你要是还活着，继续关三天黑屋子。要是你死了，人死账烂，这三天的账一笔勾销。

连长说完转身走了，小文书紧紧地跟了上去，留下陈岭北站在黑屋子的门口捧着一杆"汉阳造"发愣。

陈岭北把思绪拉了回来，黄灿灿仍然从白身子棺材里传出呼噜声，他的一条腿像面条一样挂在棺材帮上。陈岭北从地铺上起来，慢慢地走向了那口棺材。他走向棺材的路显得无比漫长，像是一条怎么样也抵达不了的回家之路。黄灿灿的呼噜声仍然在不时地传来，陈岭北踩着呼噜声向前走的时候，想到了那个年轻而挺拔，而且还十分英俊的连长。他在那场虎扑岭伏击战中战死了，小文书也战死了，全团只剩下十八名伤兵。

陈岭北走到了白身子棺材前，黑咕隆咚中黄灿灿突然坐直了身子，把陈岭北给吓了一跳。黄灿灿恶毒地笑了，哧的一声，听上去很刺耳。黄灿灿说，原来你是想下黑手。

陈岭北说，你太小看我了。

黄灿灿说，那你想干什么？

陈岭北说，我睡不着，就想说说话。

黄灿灿从棺材里跳了出来，说，行，那咱们坐下来说。

两个人坐在了天井的空地上。他们有时候会抬头望天，天空没有星星，灰蒙蒙的一片。然后慢慢地，天色就从遥远的地方亮了过来，这亮像是潮水一样漫过来的。在漫过来的过程中，第一声鸟鸣啾的一声落入了戚家祠堂的天井。

梳头歌

26

给养员六子双手托着一只脸盆，李歪脖拎着一只空荡荡的口袋，两个人垂头丧气地站在陈岭北面前。六子说，我找不到米了。他捧着的脸盆里，躺着几只瘦得不能再瘦的螺蛳和一只瘦得只剩下一张皮的青蛙。六子说，这青蛙本来在地底下睡着了，好不容易被挖到的。

李歪脖是被六子连哄带骗一起去找粮食的。六子送给李歪脖一颗子弹，因为李歪脖一直在收集子弹。李歪脖拿到子弹以后，兴高采烈地拿起一只空米袋和六子一起去找粮食。李歪脖是狙击手，可他自称正确叫法是神枪手。神枪手永远都缺子弹。这时候施启东晃荡着走了过来，他手里拎着一只老鼠的尾巴。他把老鼠扔在了陈岭北面前说，开荤。

陈岭北的肚子又咕咕咕地叫了起来。他把手伸进了那只斜背着的牛皮公文包里，在那只钱袋里掏挖着。他在剩下的二十八个大洋中，恋恋不舍地拨出了三个大洋。现在，他的大洋只有二十五个了。他把三个大洋小心地安放在六子的手心里。其实他的牛皮公文包里，还躺着十个大洋。但是他不太想去动那十个大洋。他认为那一定是那个胡子还没有长全的游击分队队长要派用场的。他不仅留下了公文包，还留下了香河正男，以及让陈岭北接替他当队长的一道命令。陈岭北觉得莫名其妙的恼火，一个游击分队队长，怎么可以命令新四军正规部队的老兵？但现在看上去他已经很像一个队长了，开伙没有米了，队长如果不出钱，谁出钱？

王木头显然是越来越空闲了，一空闲他就开始在天井里晒他的破药箱和一套阉猪的亮闪闪的小弯刀，同时他也抽空晒晒自己。他觉得如果再不晒晒自己，自己差不多就要发霉了。他躺在地上晒自己的时候，总会有事没事哼上几句黄色的小调。这个漫长的阴冷季节里，伤员们身体里该取出来的弹头，都已经取出来了。没有取出来的弹头，就在伤员们的皮肉里呼啦啦地生长着。现在他们还来不及做的，无疑是把伤养得差不多了，就走上回家的路。

朱大驾有事没事，会在屋子里调试那台其实早就坏掉了的步话器，所以他是永远都没有办法收到信号的。没有信号，就等于没有命令。没有命令的国军某部三十五团仅剩的十八名伤病员，一个个都想在这兵荒马乱中回家。

黄灿灿对国军的兄弟们就说过，他妈的，兄弟们，回家娶老婆生孩子！

27

蝈蝈的屁股上永远吊着一支铜唢呐和一支军号。他是个话不多的人。有时候他就像一块空地上的普通的石头，不容易被人记得，却又一直存在着。蝈蝈的目光始终在张秋水的身上飘忽，如果按照年龄，他得叫张秋水一声姐。他从没有叫过张秋水姐，他开口说话的时候，对张秋水是没有称呼的。

张秋水就站在屋檐下，两只手搭在小腹上，安静得像挂在廊柱上的一串红辣椒。她的目光像烟一样袅袅婷婷，飘浮在天井里。张秋水想着的是要回到她的武汉老家去。她记得那个半夜，在路灯光的映照下，她和另外六名同学齐聚在十字街头。她们是从家里逃出来的，她们想要甩脱家，就像想要甩脱那个漫长的黑夜一样。那天晚上她们一直很兴奋，觉得这个世界上，什么事情都是可以发生的。然后她们遇见了部队，部队的长官就是后来的张团长。她们果断地参加了救护队。那时候她还是个学生，像一粒正在往上生长的豆芽。那十分朴素的棉布衣，一直都紧紧包裹着她往上拔节的身子。然后在枪炮声里，她变得越来越粗粝。在风声和枪声的裹挟中，她的个头又往上猛蹿了一蹿。

现在，她觉得她特别地想家。所以她告诉蝈蝈说，弟弟，武汉是有一条很长的江的。知道武汉吗？

蝈蝈说，不知道。

张秋水就叹了一口气，因为她无法让蝈蝈知道武汉究竟是怎么回事。后来她说，武汉在民国二十七年就打过一场大仗了。

张秋水开始没日没夜地想家。她想家的时候，不告诉任何人，连蝈蝈也不告诉。有一回她在厢房里关着门，哭得天昏地暗。她记起了自己和妈妈吵了一架，吵架的当晚她就跟同学们一起走了。如果没有那一架，她至今可能都不会离开家半步。她觉得妈妈一定是后悔吵了那一架的，因为她也后悔了。那天她趴在桌子上哭，大概是想把整个下午都用眼泪打湿。她抬起红肿的眼睛，看到了腆着大肚子的柳春芽就站在她的身边，手里拿一把断了好多齿的牛角梳，朝她微笑着，像一个姐姐的样子。柳春芽说，你哭吧。

张秋水就继续哭。哭了一阵又抬起红肿的眼睛，看到柳春芽仍然在微笑着。

柳春芽又说，你哭吧。

张秋水摇了摇头，用袖子擦擦眼睛说，我哭不动了。

柳春芽说，哭不动就把眼泪擦干了，我来给你梳个头。我能梳好多样式的上海头。

柳春芽说完，就用那把断了好多齿的牛角梳给张秋水梳头。柳春芽唱起了梳头歌：一梳梳到头，富贵不用愁；二梳梳到头，无病又无忧……柳春芽眼睛的余光，看到了厢房门口一个小个子男人就倚在门框上。他看得十分认真，柳春芽和张秋水不约而同地转过头去，看到了香河正男。他的眼睛里闪动着柔和的光，喉结不停地滚动着，最后滚出几个蹩脚的中文。香河正男说，植子，植子她的头发一定很好，像青草一样。

香河正男想到了植子。植子的那封皱巴巴的信一直藏在他的胸前，信中说，我要告诉你一件事。井上惠美自杀了，她是井上中尉的妻子，为了让丈夫安心地在支那参加圣战，她把一把剪刀插在了自己的胸口。她死得很美，像一朵硕大的花。为她送行的时候，皇后也来了，皇后亲临了井上惠美的"遗德显彰会"……可是，你觉得这样的死亡有意义吗？战争把日本国的女人和孩子们都牵扯了进来。就算你在支那战场上很勇敢，可我也不会认为你是勇士……

香河正男想，植子一定是个单眼皮的姑娘，她的脸上布满了像星星一样的灰色小雀斑。她的脖子不一定很长，但她的腿很结实，走起路来可能就像是一阵海风。对了，她更像一丛蓬勃的青草……想到这里，香河正男的眼睛眯了起来，他觉得冬天仿佛变得暖和起来。

28

那天柳春芽就坐在屋檐下给伤兵们缝破衣服。陈岭北蹲在太阳底下和她说话，他说，爷爷让我回家把棉花娶了。陈岭北说话的时候，眼光就在天井里乱转。他看到好些伤兵在晒太阳，王木头叼着一根从伤兵那儿得来的香烟，笼着袖口在天井里走来走去。没有消炎的药，你们就得乖乖在这儿多待一阵。你们这帮浑蛋，还没全好就都想着回家，路上也得让你们烂胳膊烂腿。浑蛋！

陈岭北笑了。他看到不远处小浦东脱光了上衣，用一盆热水在擦着身子。小浦东的身子骨瘦小，一排肋骨像要愤怒地撑破皮肉似的。在一片热腾腾的雾气中，他专注地擦着身子，这让陈岭北十分担心，他会不会把那层薄得不能再薄的皮给揉破了。

柳春芽边缝着衣服边说，那你是怎么想的？

陈岭北说，我觉得我要好好对她。她多不容易啊。

你这是在还债。

总比欠债不还好。

柳春芽咬断了线头，低垂着眼帘说，你会后悔的。

陈岭北的眼睛死盯着柳春芽说，难道你嫁给姓张的就不是在还债？

柳春芽愣了一会儿，突然愤怒地将那件刚补好的衣服往地上一扔说，我不许你这样说他！

陈岭北不再说话，他看到柳春芽的脸涨得通红，双手抱着肚皮，好像这肚皮随时都会掉在地上一样。陈岭北的心里就不停地难过起来，他认为本来这肚皮里的一坨肉是他陈岭北的，现在隔着这一层肚皮，里面活生生地生长着一个小张团长。这样想着，他失落地站起了身，揉了揉发麻的膝盖。这时候牛栏花从大门口进来，走到了祠堂的天井里。她穿着一件绿色的上衣，看上去像一株绿得发青的青菜。她是来请朱大驾帮她写一封信的，她说，朱大驾你给我滚出来。

朱大驾果断地离开了那台老掉牙的没有信号的步话器，快步从屋里蹿出来，站在了牛栏花的面前。牛栏花扭了一把朱大驾的脸说，帮我写封信。别给我嬉皮笑脸的。

朱大驾说，好的。

牛栏花说，字给我写得端正一点，不然你就不像我请的大先生。

朱大驾说，好的。

牛栏花皱了皱眉头说，你就会说"好的"吗？

这时候黄灿灿从那口白身子棺材上跳了下来，迈着八字脚走到了牛栏花的身边说，小蔡写字比朱大驾好多了，他是文书。你要写信，你找小蔡没错。

牛栏花瞟了黄灿灿一眼说，老娘爱找谁就找谁。

黄灿灿说，那你为啥要找朱大驾？

牛栏花说，朱大驾除了心眼小，其他啥都好。

黄灿灿说，你就不怕你那个老是抱着一杆生锈的猎枪走来走去的男人吗？

牛栏花说，你给我闪开，不要在我面前嚼舌头。

牛栏花一边说，一边顺手把陈岭北腰间插着的那双布鞋给抽了出来。她的目光落在布鞋的那个子弹孔上。陈岭北像是被抽空了全身的骨头一样，突然觉得浑身乏力。他抬起疲惫的目光，望着牛栏花兴奋而红润的脸说，你要是个男的，你现在肯定趴地上了。

牛栏花说，你什么意思？

陈岭北说，我的意思是我会把你的皮给剥了。

牛栏花倒抽了一口凉气说，你不是新四军吗？

陈岭北说，新四军也有发火的时候。

牛栏花看了陈岭北好久，她突然觉得陈岭北的单眼皮小眼睛，变得神采奕奕起来。牛栏花笑了，说，大驾怎么就不能像你一点点。

陈岭北说，千万别像我，我只是个小裁缝。

可我觉得你很男人。牛栏花迅速地抓了一把陈岭北，眼神水汪汪地流转着，迅捷地看了一眼左右压低声音说，要不咱俩好？

陈岭北看了不远处似笑非笑的柳春芽一眼说，管好你的两条腿，别再给我胡乱地叉开了。不然我把你撕成两片。

牛栏花冷笑了一声，你忘了在破庙里是谁帮你说过话？要不是我，你的皮已经被剥下来做成皮衣裳了。

陈岭北说，就算你救过我的命，也不能随便动我的布鞋。

牛栏花说，稀罕。

牛栏花说完将鞋重重地拍在陈岭北手上，一扭一扭地走出了戚家祠堂。朱大驾跟在牛栏花的屁股后头往外走，陈岭北一闪身挡在了朱大驾面前，说，你就不怕腰给折断了？

朱大驾说，不要你管。

陈岭北看了看黄灿灿说，那黄连长你来管。

黄灿灿说，这破事我没法管。

陈岭北无奈地移开身子，朱大驾冷笑了一声大步走出了祠堂。陈岭北小心而仔细地将布鞋插回了腰间，轻轻地拍了拍，像哄一个熟睡的婴儿。但话却好像是对黄灿灿说的，他说，连你都管不了，那我更管不了。

流水情节

29

无所事事的养伤的日子，像檐头的滴水一样，不紧不慢地滴着。冬天已经开始起白霜结薄冰了，这就意味着雾天正在离去，而寒意日渐加深。有霜的日子，总会出来白晃晃的太阳，在天上忘乎所以地挂着。那天陈岭北在日光底下，和黄灿灿在天井里连杀三盘象棋。黄灿灿连赢三盘，把陈岭北搞得有点儿垂头丧气。第三盘下完了的时候，陈岭北抱着自己的头发了一会儿呆，他想不通自己怎么就会连输了三盘呢。那天一个戴着斗笠的年轻人踩着一片白光，歪歪扭扭地走进了天井。年轻人的目光落在小浦东的身上，他笑了一下，露出一排白牙。他和小浦东聊了一会儿，小浦东就跑到了陈岭北身边。小浦东在陈岭北耳边说了一阵，陈岭北伸了一个懒腰，打了一个绵长的哈欠，站起身走向了东厢房。

让他过来。陈岭北懒洋洋地说。

年轻人在东厢房里边喝一碗热茶边告诉陈岭北，上头已经知道了游击分队全部阵亡，也知道香河正男在陈岭北的手上。现在命令陈岭北尽快动身，率领虎扑岭伏击战中剩余的伤员，押解香河正男赶往南通，和那儿的新四军部队会合接受整编。年轻人是四明山游击交通站的，这是一道新四军军部中转过来的命令。看上去年轻人赶了一夜的山路，他的样子稍微有点儿疲惫。陈岭北不知道他是什么时候离开东厢房的，总之他像一个影子一样飘了出去。世界安静起来，陈岭北发了好长时间的呆。他不知道是怎么起身走出厢房的，总之他后来把大家集合在了一起，当然包括香河正男。他望着面前一张张木然的脸说，命令来了，让我们尽快动身。

大家都一言不发，懒洋洋地靠在墙角或者地铺上。好长一段时间后，小浦东说，我想回阿拉上海去。

大家都没敢说回家。每个人都说比较想家，按施启东的说法，兵荒马乱的，家里人在不在都不知道了。陈岭北后来站起身来拍拍自己斜挎着的公文包说，没有命令谁也不许走，我是队长。得把香河正男押到南通后，能回家的再回家，我也回家。爷爷说了，我得回家娶棉花当老婆。

大家都没说话。陈岭北继续说，我还有三天禁闭没关呢，我得到南通把这禁闭给补齐了。我没欠过人什么，禁闭也不能欠。我也不是不想回家，我比大家都想回家。但是听我的，先到了南通再说。

陈岭北说了很多，但是伤员们仍然都没说什么。他们像是很疲倦的样子，懒得理会陈岭北。只有能听得懂中文的香河正男，好奇得像一只出没在走廊上的猫一样，瞪着一双懵里懵懂的眼睛望着陈岭北。他看到后来陈岭北用木炭把一阕《满江红》写在了照壁上，自己站在天井里对着照壁开始唱《满江红》。他唱得十分无趣，尖细的声音在祠堂里没有规矩地飘来飘去，像一团被谁扔了的破棉絮。

凭栏处，潇潇雨歇……三十功名尘与土，八千里路云和月……陈岭北这样唱。不知什么时候，雨水从遥远的地方密集地赶来，在这个四四方方的天空中落了下来。陈岭北就站在雨中，看着屋檐下走廊上，那些陆续逃离天井的新四军伤兵。陈岭北就像一个奇怪的人，站在雨中一遍遍唱《满江红》。陈岭北突然之间的壮怀激烈，让这些伤兵觉得有些不可思议。

施启东说，疯了疯了疯了。

章大民说，癫佬。

黄灿灿坐在棺材沿板上，远远地看着天井里雾气腾腾的陈岭北。他不知道陈岭北为什么要把自己搞得像一个疯子一样，看样子这个铁了心回家成亲的隔壁邻居，心里想着的还是去南通。后来黄灿灿听到雨声越来越密集了，雨声里小浦东走了过去，六子也走了过去，最后一个个地站在了雨地里，跟着陈岭北唱《满江红》。更让黄灿灿觉得不可思议的是，香河正男也走到雨地里去了。他不过是一个日本战俘，就像猫总是喜欢把自己想象成小型的老虎一样，黄灿灿认为香河一定把自己想象成新四军了。

一直到陈岭北身子一歪，像一堵被水酥化的泥墙颓败在雨地里，他们才停止唱歌。他们七手八脚地把陈岭北抬到屋檐下。柳春芽远远地看着，她终于蹒跚着挪动两条腿，扶着自己滚圆的肚皮走了过来。张秋水找了张小凳子，让柳春芽坐下来。柳春芽坐下了，一直看着这个一脸是水的陈岭北，什么话也没有说，只是叹了一口气。她觉得雨是越来越大了，屋檐上的瓦片被雨水冲击，迅速地形成一道雾墙。

陈岭北显然被淋坏了。他在说着胡话，胡话清晰地落进了柳春芽的耳朵。

陈岭北说，柳春芽，柳春芽，柳春芽……

柳春芽牵动嘴角笑了一下。她的脸上涌起了一阵酸楚，好久以后她伸手在陈岭北的脸上轻轻拍了拍说，你有点儿出息行不行？

章大民和给养员六子找几块旧门板劈了，在陈岭北身边烧起了一堆火。陈岭北的身体弥漫着一层水蒸气，他身上的酸臭味仿佛也被雨水唤醒了，一阵阵地散发开来。他十分像是一笼早餐店里刚出笼的包子，热气腾腾。

陈岭北想起当年嫂子棉花嫁进门的时候，他喝醉了。当时他是当伴郎的，当伴郎他就得拼命地替哥哥挡酒，挡着挡着他就倒在了新娘子的脚前。新娘子一点也没有慌，说，他肯定累了。然后新娘子用一根针挑破了他太阳穴的皮肉，一粒黑细的小血珠爆出来。一会儿陈岭北的酒就醒了。

第二天嫂子棉花给他洗了衣服。他看到的是棉花圆润如一张拉开的弓一般，不停动作着的背影。他的家里多了一个略微显得有些陌生的女人，这让小院子里的空气都变得更加清润起来。陈岭北就想，这个世界其实是由无数的水灵灵的棉花组成的，不然的话就是一片焦燥的尘土。陈岭北再用力地想了一下，这一回他听到的是他肚皮里咕噜噜的叫声。

这时候，传来一声马的嘶叫声。陈岭北看到不远处的墙角，被蝈蝈称为大河的瘦马正用一双可怜巴巴的眼睛四处张望着。大河一定是饿坏了，它有好久没能吃到上好的草料了。

陈岭北想，大河的家在哪儿？

30

戚家祠堂里的人谁也没有想到，麻三会在抢了汪村大户汪十发肥厚的一票后，又捎带着绑来了一个正行进在冬天的泥路上的戏班子。戏班子正在赶场，他们结束了一场某个村庄的大戏后，用两辆大车装上戏箱。车帮子上挤满了戏子，像一车丰收而热闹的庄稼一般歪歪扭扭地往前赶路。路过戚家祠堂的时候，他们的队伍停了下来。麻三是向后仰躺在一匹瘦马的马背上的，便宜一直拉着马缰。麻三喊了一声停，马就停了下来。麻三慢慢地在马背上直起了身子，抬眼望了望阴沉的天空下那古色古香的戚家祠堂。麻三笑了，他的嘴里还叼着一根象牙做的牙签，那是他从汪十发家中绑票时，顺手从八仙桌的一个小西洋铁皮盒上拿来的。

麻三就坐在瘦骨嶙峋的马上。他不是抢不到马，不是买不起马，他只是觉得有点儿舍不得换下这匹瘦马。瘦马其实也看到了站在门口的蒋大个子，他是在站岗，但是瘦马瘦弱的目光中，并不知道国军某部三十五团的机枪手蒋大个子这是在站岗。它扬了扬蹄子，打了一个酣畅淋漓的喷嚏，然后它觉得主人麻三肯定是要下马了。

瘦马果然就感觉到麻三从马背上烂泥一样地滑溜了下来，摇摇晃晃地走向了蒋大个子。蒋大个子的嘴角牵紧了，把枪举了起来。他举枪的时候，所有山匪的枪也都对准了蒋大个子。麻三的小胡子和他嘴里的牙签同时抖动了一下，他一把抓住了蒋大个子的枪管，顶在自己的胸膛上，咻的一声笑了。

你开枪。你打我一个窟窿，我的人打你一个马蜂窝。麻三说。

这里面没东西可以抢，穷得只剩下屋顶上一堆瓦片了。蒋大个子说。

麻三说，我不抢东西。我是送戏上门来了，看见没有，戏班子唱戏，不要钱。比天上掉馅饼还划算。

麻三说完，把顶在自己胸口的枪管拨开。他大摇大摆地向祠堂里走去，蒋大个子一直看着他的背影，看上去他身上披着的大氅显得有些长了，所以远远看过去只看到一件衣服在向前移动。便宜和陈欢庆等山匪都跟着进入了小门，一会儿大门从里面打开了。蒋大个子看到两辆装戏箱的车子和戏班子的戏子们一起进入了祠堂的天井。

麻三就站在陈岭北和黄灿灿的面前。他们一动不动，站成一个等边三角形的样子。后来麻三的小胡子又抖动了一下，他开始绕着两个人转了个圈，然后说，我不是来绑票的。

陈岭北说，就算你想绑，你也绑不走什么。

黄灿灿说，你想要动手，我们的"黑胖子"也不是吃素的。

麻三的眼神四处乱晃，他果然看到了高傲地立在祠堂角落的那挺笨重的马克沁机枪。那确实是一个敦厚的"黑胖子"。麻三把目光从"黑胖子"身上收回来，盯着黄灿灿和陈岭北说，我看到你们在虎扑岭打的那一仗了。你们都够狠。

麻三边说边拍了拍胸前挂着的日本产望远镜，他把象牙牙签小心地收进口袋里，十分文雅地甩了一下他挂在额前的一缕头发说，我是来和你们交易的，不是来和你们交火的。

没两个时辰，天井一口支起的大锅里就开始飘出浓郁的肉香。火苗在不停地托举着什么，发出呼啦呼啦的声音。麻三让便宜搬来一把太师椅放在大锅边，他坐了下来，拔出靴子里的刀开始直接在锅里割肉吃。麻三吃肉的时候，小胡子不停地上下蠕动着，像两条兴奋的黑色毛毛虫。而祠堂小戏台上，戏班子已经在卖力地唱戏了。在这个寒意浓重的冬天里，戏班子演的却是咿咿呀呀的春天。春天在杭城读书的梁山伯要送祝英台回家，一共送了十八里路，一直送到长亭。春天的水袖，把这个冬天给舞得气温也回暖了。麻三看戏看得很认真，他一边吃肉一边听着两个戏子的爱情。听完了一出折子戏，第二出就在锣鼓声中要开场了。麻三把刀子插进锅里的熟肉里，对院子里咽着唾沫的国军和新四军伤兵说，上山吃香喝辣，还可以养伤，还可以把自己养肥。你们谁想来动一嘴这锅里的肉，就算是想要跟我上山。

铁锅上弥漫着肉香。田大拿的喉结不停地滚动着，咽下一口唾沫。他偷眼看了看四周，看到了平静的张秋水，看到了蠢蠢欲动的蒋大个子和小蔡，以及大概是饿坏了的小浦东和伸着脖子的蝈蝈。在这样的人群中，还有一个日本兵香河正男，他望着那锅里翻滚着的肉块，终于向前走了过去。

他的手伸向那把插在肉上的被热雾笼罩着的刀子时，陈岭北突然一枪托砸在他的腿弯里，他的一条腿随即跪在了地上。陈岭北又砸出了第二枪托，香河正男的另一条腿也跪了下来。陈岭北单手举着长枪，枪管转过来抵在香河正男的胸口说，你想当山匪？

香河正男嘶吼着喊，我是日本人。

陈岭北也青筋暴绽地吼，可你是新四军的俘虏。

这时候国军三十五团的田大拿像是鼓足了勇气似的上前说，饿死不如撑死。吃！

黄灿灿突然一个勾脚，把田大拿钩倒在地。田大拿站起来，阴沉沉地望着黄灿灿。田大拿说，别管闲事。

黄灿灿说，我是连长。

田大拿说，屁长。我们被打散了，我们没有连。连排都没有，你屁个连长。

黄灿灿说，只要还剩下我一个人，我就是我们连，我就是我们连的连长。

那天陈岭北和黄灿灿第一次联手挡在了众人面前。张秋水的目光越过高个子兵的脑袋，热切地落在陈岭北身上。陈岭北的袖子高高地卷起，整个人升腾着热气。他的眼睛带着钩，钩中有了一些阴狠，目光从一个又一个国军和新四军伤兵的脸上扫过。那目光仿佛像沉着而有力的脚步，一下下踩在了众人的心坎上。他那杆缴获来的"三八大盖"，也在缓慢地移动。此刻他就是一扇沉重的铁门，挡在了众人的面前。然后他腾出左手一把拉起了跪在地上的香河正男。

陈岭北大声地说，上等兵香河正男，你给我站直了！

香河正男仿佛受到了鼓舞，猛地一挺胸，笔直地站立着。

麻三叹了一口气，不停地摇着头，边摇头嘴里边发出啧啧啧的声音。麻三又用刀子割了一小块肉塞进嘴里，然后边嚼边口齿不清地说，你们这群软骨头就听这两个人的？这两个人有啥本事还是有啥来头？他们有香有辣吗？他们有钱有粮吗？都没有！

麻三顿了顿，站起身来有力地说，可我老鼠山上有！

黄灿灿和陈岭北对视了一眼，都向麻三走去。他们在离麻三一尺远的地方站住了，黄灿灿说，我们想回家。回家了，就什么都会有了。

做梦！麻三打断他，中国到处都是窟窿，像一只漏气的皮球一样。你还说什么都会有？再说兵荒马乱的，你们怎么回得了家？

人群中有了一阵小小的骚动。陈岭北笑了，走到大铁锅边，割了一块肉，还让小浦东找来一只碗舀了一碗汤。陈岭北捧着那碗肉，走向柳春芽住的房前，慢慢用脚推开了房门，然后走了进去，再用脚一钩，房门又合上了。

麻三望着那扇门，他不知道陈岭北这是什么意思。所有人都望着那扇门，好像那扇门里面是另外一个世界。好久以后，门打开了，陈岭北拿着一只空碗走了出来，他蹲下身小心地将碗放在屋檐下的空地上，然后直起身子说，麻三，刚才那个吃了肉的人，是国军三十五团张团长的遗孀柳春芽。张团长已经战死了，被日军的炮弹炸得一丁点儿肉都没剩下。柳春芽怀的是张团长的遗腹子，柳春芽替遗腹子吃了肉。柳春芽不可能跟你上山当山匪，你要是心痛那碗肉，你把张团长的魂带去老鼠山当山匪吧。

黄灿灿一步步迈着八字脚走向麻三，大声地说，张团长战死的时候，最后一句话是，虎扑岭就是我葬身之地，各位兄弟来生再见！麻三，你愿意他当你缩头乌龟一样的山匪吗？

戏子们早就停止了唱戏。戚家祠堂里安静得一片死寂，风吹动檐草的声音，都能听得十分真切。锅里的肉汤正噗噗地冒着泡，锅下的那堆慢慢小下去的火焰，偶尔被风吹刮发出呼呼的声音，或者爆出一两块柴块炸裂的声音。在一片安静之中，戏台上那个演梁山伯的戏子突然嘶喊了一声，不能！

没有人接他的话。麻三的头缓缓后仰，仰在椅子背上，看着一眼望不到底的天空。天空十分遥远，他的目光就在没有尽头的遥远里漫无边际地穿行着。麻三的两条腿，四仰八叉地伸着。他的样子看上去有些滑稽，身上的那袭日军呢制军大氅包裹着他的五短身材。他的手开始向下摸索，在胸前他摸到了他心爱的牵着一根绳线的口琴。他把口琴凑到了嘴边，吹了起来。他吹的是军师陈欢庆教他的《长城谣》前三句，但是他吹得非常跑调。仍然没有人说一句话，麻三坐直了身子，失望地叹口气说，陈欢庆。

陈欢庆走到了他的面前，满眼忧伤地看着他。麻三叹了口气说，我这口琴学了那么久，怎么还是吹不好？

陈欢庆想了想说，其实你不是学口琴的料。

麻三又叹了一口气，他从椅子上站起了身，目光在祠堂的角角落落里转了一遍。他的目光在那扇关着的柳春芽的房门前停留了好久，然后移开了，移到了国军的那匹叫大河的马身上。大河一言不发，看上去它好像是一点也不快乐的样子。

麻三后来说，走人。

麻三让人把戏班子放了。他十分不高兴，因为陈岭北和黄灿灿让他的心情变得无缘无故地沉重起来。他带着他的人马迅速地在祠堂消失，如果不是因为在天井里留下了一口锅和一锅的肉，就好像是这帮山匪没有来过一样。

陈岭北后来和黄灿灿对视一眼笑了，他们异口同声地说，吃肉！

"黑胖子"和海棠

31

麻三离开后没几天，天井里的那口孤零零的铁锅还在，像一只独眼怅惘地望着天空。铁锅从锅沿开始生锈了，生锈的痕迹正在向锅的深处蔓延。有好些伤兵总会有意无意地望向那口铁锅，回忆几天前争抢着肉和肉汤的情景。现在他们的肚皮恢复了原状，总是争先恐后地发出咕噜咕噜的声音。在这样的声音里，黄灿灿和陈岭北在太阳底下又杀了一盘象棋。

那天他们下的赌注有点儿大。因为黄灿灿的棋瘾突然上来了，缠着陈岭北要下棋。他们的赌注不太公平，如果黄灿灿输了，输掉的是那挺马克沁重机枪；如果陈岭北输了，是替国军的兄弟们缝补破衣裳。他是裁缝，他除了缝补破衣裳他还能干什么？打枪他是可以的，但是这些当兵的谁不会打枪？就像农民会种地那样简单。所以陈岭北仍然不愿意，陈岭北的意思是，我要重机枪干什么用？只要把香河正男送到南通，我就回家和棉花过日子去。和棉花过日子，就是去地里干活。去地里干活，雇几个人抬着这架笨重的黑铁，放在地头一点用处也没有。难道用这重机枪打麻雀？

陈岭北很有条理地给黄灿灿分析，一挺马克沁重机枪对他来说，什么用也没有。陈岭北的分析让黄灿灿瞠目结舌，但他最后还是不依不饶地拉着陈岭北狠狠地下了三盘象棋。那天两个人杀得天昏地暗，观战的国军和新四军伤兵把他们两个人都围成一只水桶的形状。最后黄灿灿一声惨叫，他输得一塌糊涂。陈岭北站起身的时候，围观的人群闪开了一个豁口，陈岭北整了整衣领，有点儿得意地走向"黑胖子"。陈岭北看到了国军机枪手蒋大个子，紧紧地抱着那挺机枪，虎视眈眈地瞪着他。

陈岭北笑了，说你抱着我们的"黑胖子"干什么？

蒋大个子说，"黑胖子"是我的命。

陈岭北的脸沉了下来说，就算"黑胖子"是你的命，那你的命也是我的。

陈岭北的话还没有说完，新四军伤兵施启东、李歪脖和章大民摇摇晃晃地走向了蒋大个子。蒋大个子的眼泪随即流了下来，嘴唇不停地颤动着，红着一双眼睛敌意地望着他们。陈岭北淡淡地看着那挺被黄灿灿叫成"黑胖子"的机枪说，扛回去。

蒋大个子仍然紧紧地抱着"黑胖子"，眼泪不停地流下来。他说，老婆，这是我老婆，你们不能动她。

李歪脖突然从后背上麻利地卸下了狙击步枪，枪管抵在蒋大个子脑门上，一拉枪栓，大声地说，愿赌服输，就算这挺马克沁是你的老婆，那也是你们黄连长把你老婆输了。

章大民厚着一副嘴唇，十分嘴笨地补一句说，愿赌服输！

蒋大个子仍然紧紧地抱着"黑胖子"，他的眼神里充满了绝望。黄灿灿突然走过来踢了蒋大个子一脚说，起来，别哭丧着脸，咱国军家大业大，输得起。输了一个老婆，老子给你娶两房小妾。

那天蒋大个子无望地恋恋不舍地撒开了手。他喜欢钢铁的硬度，所以当他的手离开那黑色的铁时，如同骨肉分离一般让他疼痛。施启东、李歪脖和章大民抬起那挺机枪，把它安置在东厢房的角落里。这时候柳春芽和蝈蝈从西厢房的一间屋子里出来，蝈蝈手上的伤明显好多了，脸色也好看了不少。他的胡子开始越来越茂盛地生长，那一片灰黑的绒毛，在他稚气的脸上显得极不协调。他慢慢地把唢呐举了起来，突然朝天吹出了一首《我问天》。那是他的师父海三两的独门暗器，说是自己胡吹着吹出来的一个调。那时候海三两大声地用漏风的声音对蝈蝈说，问天问地问苍生，问江问河问湖泊，问各路神仙和妖障……然后海三两吹出了这一首惊天动地的《我问天》。

在《我问天》无比苍凉的唢呐声中，黄灿灿蹲下了身子，他的脸差不多和蒋大个子的脸贴在了一起。黄灿灿说，没出息。

蒋大个子说，那真的是我老婆。没了老婆，我的心一下子就空荡荡了，没有边际似的。

黄灿灿说，胡说，我是连长我说了算。你那老婆就算是被连长没收了。

蒋大个子长号了一声，悲伤和愤怒的心情在他的身体里像两股绳，不停地纠缠冲撞。最后他像一扇门板一样扑向了黄灿灿，一下子就把黄灿灿扑倒在地上。

黄灿灿和蒋大个子扭打滚动，差不多有点儿像池塘里的水被抽干时两条翻滚的泥鳅。黄灿灿在滚动中，解开了腰间的匕首套，他再一次翻身上来压住蒋大个子的时候，匕首压在了蒋大个子的脖子上。黄灿灿笑了，喘着气说，不要急。

蒋大个子说，是个人谁都会急，老婆都被人给霸了。

黄灿灿说，机枪子弹在咱们手上呢。新四军有枪无弹，想要子弹，那仍然得国共合作。

这天晚上，李歪脖在一盏马灯下，仔仔细细地把陈岭北赢来的马克沁机枪擦了一遍。他热爱的其实是狙击步枪，但是他也对"黑胖子"充满着好奇。他觉得子弹出膛时，带着温度螺旋形疾速奔出枪膛时的速度，会让他的血液流动加快。

祠堂很安静。李歪脖把沾着枪油的布收起来，一抬头看到了蒋大个子。李歪脖盯着蒋大个子说，你想干什么？

蒋大个子指了指"黑胖子"悲痛欲绝地说，你要对我老婆好一点。

32

那天蒋大个子牵着清瘦得明显有点儿仙风道骨的军马大河去了街上，回来的时候大河晃晃悠悠，四条腿像是筛筛子一样抖动着。它的身上坐着一个叫海棠的女人。海棠穿着一件红棉袄，远远看过去，像着了火一样地艳。大河迈开的蹄子十分缓慢，它好久没有吃到草料了，这让它觉得在祠堂里的生活，简直是一场望不到尽头的噩梦。它亲眼看到蒋大个子用五块大洋，从春花院里赎出来一个比他年长好几岁的大脸盘女人海棠。所以那么便宜地赎了出来，是因为海棠从几年前开始，就没有一个光顾她的客人了。海棠无比落寞，在这落寞的年岁里，她没事儿干嗑了好几年的瓜子。

大河看着蒋大个子把大屁股女人海棠扶上了自己身上，然后蒋大个子在大河的屁股上拍了一记。大河无奈地却又有气无力地往前走去，走到戚家祠堂门口，大河觉得它的力气差不多全用完了。当它走进天井的时候，所有人都围了上来。这其中包括一个叫柳春芽的大肚婆和一个叫张秋水的姑娘，当然更多的都是那些光棍汉。海棠叼着烟杆，她吸烟的时候，烟杆黄亮的铜头就明明灭灭着一颗火星，红得和她穿着的棉袄一个颜色。她在马背上朝天喷了一口笔直的烟，然后轻蔑地望着那些眼睛里装满了无比羡慕的男人。海棠又抽了一口烟说，你们得给老娘做个证。

田大拿走到海棠的面前说，做什么证？

海棠说，蒋大个子说要给我一个金戒指，但是他现在没钱，所以他欠着。但是欠着的账也是账，他欠我一个金戒指！

田大拿盯着海棠胸前鼓鼓囊囊的两坨肉，咽了一口唾沫说，我给你一个金戒指，要不你跟我？

田大拿的话还没说完，就被蒋大个子猛地推开了。蒋大个子的手伸出去，握住海棠的腰，把红得像一团火似的海棠扶下马来。海棠虽然是胖的，却胖得轻盈。她从大河身上下来的时候，轻盈得像一只燕子掠过插满稻秧的明晃晃的水田。蒋大个子的脸上写满了得意，大声地嚷着，黄连长，你把我的老婆输掉了，我照样再买一个回来。

陈岭北的眼睛四处张望着，却没有看到黄灿灿。一会儿黄灿灿的脚从棺材里伸了出来，原来他躺在白身子棺材里睡懒觉。他整个的身子，像一条蛇一样游了出来，不太稳妥地落在地上。他揉了一把眼睛，打着哈欠走到了火一般红艳的海棠面前。

黄灿灿说，你是蒋大个子的女人？

海棠斜了黄灿灿一眼，说，看样子是个当官的。

黄灿灿轻蔑地笑了，说，芝麻绿豆官而已……不过……黄灿灿环视了一下祠堂天井，接着说，这儿我说了算！

海棠的眼角飘了起来，在黄灿灿面前扭了一下她有些发胖的身段，举起那根烟杆去托起黄灿灿的下巴。黄灿灿却没有看她的大脸盘一眼，劈手夺过海棠手中的烟杆，盯着海棠看。海棠反而凑近了过去，他们的脸差不多就要贴在一起了。

黄灿灿哧地笑了，说，你信不信我把你撕成两片。

海棠的眼角漾起密集的笑意，说，你舍不得。

黄灿灿拿起了烟杆，猛抽了一口，把烟全部喷在了海棠脸上，然后转过头对蒋大个子说，把你女人的裤带看紧了。

蒋大个子瞪了海棠一眼，然后哈着腰，说，连长，女人不懂规矩。

黄灿灿沉下脸说，女人本来就不需要懂什么规矩。你答应给她的金戒指，你就是把骨头拆了卖了，也得给。不然你就不是三十五团的人。

蒋大个子拼命地点着头，说，那当然，那当然，那当然……他仿佛是想不出来应该在黄灿灿面前说什么似的，懵然地接过了黄灿灿递还过来的烟杆。

黄灿灿反背着双手离开了，离开的时候他说，这烟不错。

水中的女人们

33

戚家祠堂里已经有了三个女人。三个女人像正在生长的绿萝，生机勃勃。不知道哪根脑筋搭牢了，黄灿灿让人去镇上转悠了半天，弄来三只七石缸。七石缸就放在厢房里，说是送给三个女人沐浴的。那天红红的火焰生起来，水被烧开了，一桶桶掺了凉水往七石缸里倒。一会儿西厢房里就热气腾腾，三个女人站在缸前，她们觉得升腾的热气已经让她们无比幸福了。当她们剥掉臃肿的衣衫，白着蚕一般的身体坐进缸里的时候，那些温水像从四面八方拥过来的小鱼一样，迅速地扑咬上来。特别是柳春芽，她坐在缸里浮浮沉沉，身体一漾一漾，像一片水中的浮萍。她幸福地抚摸着自己隆起的肚皮，想，冬天仿佛就要过去了。

冬天其实远远没有过去，暖气腾腾的西厢房外却是一片寒意，乱窜的风从四面八方吹来；屋角的水沟里，积了一层薄冰；而天井里的石板地，仿佛是冻得更加坚硬了。陈岭北就站在这样的坚硬上，一直看着少年号兵蝈蝈笑。蝈蝈蹲在屋檐下面的台阶上发呆，他知道自己离老家临安已经很近了，但是他还是没能回家。他看到陈岭北向他招了招手，他就站起身来向陈岭北走去。陈岭北用嘴朝西厢房努了努，蝈蝈马上就明白了。他大步地走到西厢房的门口，笔直地像一根蜡烛一样插在门口。蝈蝈听到屋里三个女人沐浴弄出的水声，这些水声就像春江里浮着鸭子的暖水一样，让蝈蝈也涌起了一阵暖意。蝈蝈十分乐意在这儿站岗，他手臂上的枪伤正在痊愈中。他几乎能听到伤口痊愈时长出嫩肉发出的咝咝声。

蝈蝈转眼的时候，看到田大拿蹲在西厢房的转角，像一只丑陋的蝙蝠一样，紧紧地趴在窗子边上向里窥探。他看到最多的也就是一团白晃晃的云雾，整个屋子被热气给灌满了。蝈蝈一把揪住田大拿的腰带，把他从窗户上揪了下来，像从墙上摘下一幅年画。

那天陈岭北和许多人都看到了，恼羞成怒的田大拿一脚就把小巧玲珑的蝈蝈给踢得飞起来了。田大拿看到蝈蝈飞起来，又掉下来，直直地落在天井的石板地上。田大拿的一只脚随即踩了下去，说，管老子闲事，你一定是吃错了药。

这时候的风一阵一阵吹了过来，那浓重的寒意让田大拿的清水鼻涕都下来了。他拿袖子擦了一下鼻涕，然后抬头望了望天。天井上空一朵硕大的云平移着飘过，一会儿被风给吹散了，零落成破棉絮一般的碎片。田大拿对着天空说，他妈的，风真大。

陈岭北慢慢地走到了田大拿的身边，突然亮出一把生锈的裁缝剪刀架在田大拿的脖子上说，你要是再动动，我把你命根子剪了。

田大拿的嘴角扭了过来，不停地抽搐着，他的嘴里哈出一阵阵热气。他哈出的热气，让陈岭北一阵反胃，剧烈地干咳了一声。这时候田大拿的目光穿过寒冷的空气投在不远处的那口白身子棺材上，棺材上坐着晃荡着一双脚似笑非笑的黄灿灿。

黄灿灿说，娘希匹的，陈岭北，你管什么闲事？

陈岭北说，这不是闲事，这是比天还大的事。

黄灿灿说，再大的事它也是我堂堂国军的事。

陈岭北说，国军也得讲王法吧，国军专门偷看女人洗澡？

116

黄灿灿好像有些恼了，他从白身子棺材上滑下来，迈着八字脚走到了陈岭北和田大拿面前，轻声说，要不你们再打一会儿？

国军和新四军的人都围了上来，迅速地围成了一个圈。黄灿灿盯着陈岭北说，你不怕被姓田的打伤了？

陈岭北说，我连命也不怕丢。

黄灿灿叹了一口气，对田大拿说，你想打就打吧，他连命都不要了，如果你也不要命，那就打。

黄灿灿说完一步步向后走去，打啊，他说，打啊，你们。有种你们两个人里打死一个！

田大拿的脸上露出了哭笑不得的神色。陈岭北冷冷地盯着他。田大拿说，兄弟，这事儿别闹大了，比芝麻还小的一件事。

陈岭北说，可我觉得这事比天还大。

田大拿一转头，看到了嘴角流着血的蝈蝈。他已经从地上爬起来了，不知道从哪儿找来了一块碎瓷片，紧紧地握在手里，手上被割出了血。他正一步步地向田大拿走来，眼神中露出刀子一样冷的神色，牙齿紧咬着嘴唇，嘴唇已经被咬得一片青紫并且沁出了血水。田大拿的心有些慌了，田大拿带着哭腔说，黄连长，国共是一家啊。

这时候西厢房的门开了，张秋水头发湿淋淋地站在了门口，她一边歪着头擦着头发，一边向天井里的人群张望着。别吵了，张秋水说。她的发梢还在不停地往下滴水，而她的脸上漾起了潮红。她的身体变轻了，所以她的声音也十分轻地飘了过来。

她说，陈队长，你要是不嫌弃，要不你娶了我吧？

陈岭北一下子愣在了原地，手中的那把裁缝剪刀不知道往哪儿放。众人都欢呼起来，让出一条道来，这是一条通往张秋水的道路。然后张秋水的身后出现了同样湿淋淋的、腆着个大肚皮的柳春芽。柳春芽笑了，眼睛眯成一条线的形状。柳春芽说，刚才我们沐浴的时候，秋水姑娘突然问，陈队长靠不靠得住。我说他以前靠不住，现在靠得住。

张秋水一步步地沿着这条众人让出来的道路向前走。几步路却走得无比漫长，风从她的额头奔过，吹乱了她湿答答的头发。这条路让她想起了当年她离开武汉之路，她参加了湖北青年抗敌总团，然后和另外六名同学一起出来投军，直到同学们全部阵亡只剩下她一个人。她看到身边的国军和新四军的士兵，站成乡村小道边上的两排树。那些树一言不发，只有荒草一样的长久没有洗过的头发被风吹乱。

其实这时候张秋水特别想念家里的爹和娘，她不知道此刻的武汉冷不冷。她的眼眶里甚至蓄满了泪花。在浙江鄞县四明镇这个没有亲人的异乡，她觉得完全可以找一个托付终身的男人。她在陈岭北面前站住了，一字一顿地说，你娶了我吧！

蝈蝈一直望着一株小麦一样生长着的张秋水，他突然听到自己用尖细的声音喊了一声，他说，你胡说八道。众人的目光便循着声音落在蝈蝈身上，在大家眼里，蝈蝈衣衫褴褛，腰间不伦不类地吊着一支军号和一支唢呐，仿佛是一个沿街卖乐器的小贩。他的胡子已经开始兴师动众地生长了，却不茂盛。喉结明显突出，有时候会因为激动而上下滑动。他最多算半个男人。

张秋水根本就没有理会他，在张秋水眼里，他是一个弟弟。

张秋水的目光殷切地投在陈岭北的脸上，她在等待着陈岭北给她一个答案。陈岭北的嘴唇动了动，他的目光越过张秋水的肩膀，看到腆着肚皮的柳春芽也慢慢走来了，在他们不远处站定。

柳春芽说，你娶了她吧！

柳春芽的声音很低，仿佛不是对陈岭北说的。陈岭北盯着张秋水说，我得娶棉花。

谁是棉花？张秋水插了一句。

棉花是我嫂子……柳春芽也知道的。

张秋水的目光里迅速地升腾起失望的雾气，她眼眶里蓄满的泪水终于掉了出来，笔直地摔落在石板地上。张秋水带着哭腔说，爹，娘，我想回家，我要什么时候才能回到家？我现在只剩下回家了。

那天张秋水在天井里坐了下来，她直接坐在了石板上开始号啕大哭，她要把离家出走这几年的所有委屈都哭出来。人群慢慢散开了，他们一点也不想听张秋水这个花一样的女人的哭声。他们觉得听了这样的哭声会难过，或者会胃痛。蝈蝈给柳春芽搬来了一把太师椅，柳春芽就坐在太师椅上不停地劝着张秋水。然后海棠叼着一根烟杆从西厢房里出来了，她走路的时候，肥硕的屁股就不停地滚动着，像大象的两只晃动的耳朵。她一手搭在太师椅的椅背上，另一手举着烟杆朝天吹。三个女人的形状，很像是一个高低不平的螺旋形的图案。海棠喷出的烟，在她们的头顶盘旋着，然后慢慢散去。海棠最后说，哭有个屁用！

海棠后来又加了一句，别指望着男人。这年头，只有自己靠得住！

海棠的话音刚落，国军文书小蔡和新四军给养员六子回来了，他们手中各拎着一只死蛇一般软塌塌的布袋，异口同声地说，啥也没找到。

黄灿灿说，今天什么日子？

小蔡扳着手指头说，今日大雪。

黄灿灿抬头望了望灰蒙蒙的大雪的天空，咬了一下牙，仿佛是下了很大的决心说，杀马！

大家都听到了自己肚皮发出的咕咕声。那匹叫大河的瘦马就靠在墙边，它有气无力的样子，很像是会被风吹倒的一堵草墙。它睁着一双白晃晃的眼睛，看了一眼站在天井里萧瑟得像一棵枯草的香河正男。香河正男的怀里抱着那只从不肯离手的慰问袋，他在年关将近的日子里，开始想念植子。一阵冷风吹来，香河正男缩了缩脖子，他觉得他离开自己的家乡太久了。他害怕找不到回家的路。

第四部分

★

男人的较量

杀马记

34

植子，"大雪"是中国的一个节气。国军的黄连长说要杀马，我看到那匹叫作大河的瘦马被牵到了天井中央。大河几乎已经走不动了，它站在天井中央的样子，让我感觉到这是一匹马形状的纸风筝，随时都能被风吹走。

马是黄连长亲自杀的，他卷起了袖子，手里拿着一把"三八大盖"的枪刺。他一步步走到了大河身边，看到大河流下了眼泪。大河一直都望着四明镇的天空，这时候天空中飘下了第一片雪。植子，多么神奇的一件事，大雪这天，戚家祠堂天井上方那正方形的天空中开始下雪了。黄连长的枪刺噗的一声刺进了大河的脖子。大河没有挣扎，它十分安静，脖子上的血洞里喷出一股腥味的鲜血。我想它不是不想挣扎，它一定是没有力气挣扎了。最后它叫唤了一声，颓然跌倒在地上。雪很快铺天盖地地落下来，迅速地盖在了马的身上，这使得地上的鲜血看上去又白又红，有点儿触目惊心。

植子，黄连长这个看上去十分壮实而暴躁的人哭了。他把枪刺丢在了石板地面上，铁器落地时清脆的声音中，黄连长双腿一软跪了下来，跪在大河的身边。他的脸上全是泪，一会儿他身上就落满了雪。植子，多么美的雪啊，铺天盖地铺天盖地铺天盖地。马灯亮了起来，夜晚正式来临了。那个叫柳春芽的孕妇，穿起了一件绣着牡丹的棉旗袍。据说她的藤箱里装了好几件旗袍，全是那个叫陈岭北的新四军队长当年给她做的。我搞不懂他们是什么关系，他们若即若离，像好朋友也像敌人。

陈队长并不愿当队长，但是现在为了押送我到南通，他必须是队长了。植子，天井中间架起了铁锅，那个在四明镇上当过兽医，同时也给伤员治病的王木头用一把锋利的刀子开始剥大河的皮。植子，中国人真残忍，他们怎么能够杀死一匹马呢。他们有些伤员的伤还没有完全好，所以他们还得过些日子回家。

植子，我也真想回家啊，可以喝到我想喝的清酒……

35

一口黑色的国军行军锅卧在天井的中央，柴火噼里啪啦地燃着，锅里的马肉在翻滚。和上次不一样的是，上次炖的是麻三带来的肉。现在香味开始飘荡起来，像长了脚似的，跑进了厢房，跑到了祠堂的任何一个角落。一只蜘蛛在屋角勇敢地织网，它闻到了马肉的香味时，不由得发了一会儿呆。它摇了摇头叹口气，它想，怎么又吃肉了。

行军灶边围了一圈国军的人。陈岭北带着小浦东、六子和一帮新四军的人远远地站在东厢房的屋檐下。所有人的肚皮都咕咕咕地欢叫着，这让陈岭北觉得有点儿难为情。他隔着飞飞扬扬的雪，看到远处国军阵营里柳春芽和张秋水都在看着他，他就挺了挺身子，仿佛要把饥饿给挺过去，也仿佛是表示他一点也不饿。

黄灿灿望着众人，十分平淡地说，都拿刀子割肉吃吧，给老子别噎着。

行军灶边一点也没有乱，每个人都排着队开始割肉，一刀刀下去，割的肉都差不多大小。报务员朱大驾这时候跌跌撞撞地从祠堂外冲进了天井，手里拎着一把酒壶。他气喘吁吁地把酒壶递给了黄灿灿说，连长，你要的酒给你打来了。

雪其实一直都没有停，黄灿灿就坐在行军灶边上，胡须和眉毛都白了。他眨了一下眼睛，眼睛进了雪片让他感到一阵沁凉。黄灿灿把酒壶嘴塞进嘴里，猛喝了一口酒，然后对陈岭北大吼了一声，过来求我，我给你马肉吃。

东厢房屋檐下的一排人相互看了看，他们没有动。他们没有动是因为陈岭北没动，所以他们不敢动。一会儿，陈岭北终于上前了，一步步地在天井积了雪的石板地上踩出一排子脚印来。陈岭北笑了，说，求你给我马肉吃。

黄灿灿说，你不是石头人吗？石头人不求人，也不吃肉。

陈岭北笑了，重复了一句，求你给我马肉吃。

黄灿灿说，你们不是"三大纪律八项注意"吗？你要知道吃人家的嘴软，拿人家的手短。

陈岭北说，活命比嘴软重要。"三大纪律八项注意"不要了，我暂时忘掉了。

陈岭北转过头去，对屋檐下李歪脖等人大喊，纪律不要了，吃肉！

大块头施启东沉重的身体向天井里迈出了一步。刚刚迈到天井里，就随即被大雪裹挟了。在他的不远处，地上随便地扔着那张马皮，马皮上还有许多新鲜灿烂的血。施启东啪地立正了，面对着陈岭北说，报告队长，我们要纪律，不要马肉。

陈岭北也大喊，命没了，纪律还有啥用？

施启东再次啪地立正说，报告队长，宁愿没命，也要保持军队的作风。

陈岭北有些恼了，说，你张嘴就来，一套一套的，你这是唱高调不要性命。你看着我吃，我吃了你们就可以吃。

陈岭北说完拿起刀子，麻利地割下一片熟肉扔进嘴里，十分满意地咀嚼着。黄灿灿愣愣地看着陈岭北夸张地吃肉，不经意间手里的酒壶也被陈岭北劈手夺过。陈岭北认真地对着壶嘴喝了一口酒说，好酒配好肉，好铁打好钉，好男当好兵。

黄灿灿笑了，说，你手下不听你指挥，你是个傀儡。

陈岭北说，怎么就不听指挥了？

黄灿灿说，他们没来吃马肉。

陈岭北说，那是他们自己不想吃，我不能按着牛头去喝水。

黄灿灿说，那你犯纪律了。

陈岭北大口地嚼着马肉说，不犯纪律，我是你同村老乡，老乡吃你的马肉不犯纪律。

陈岭北这时候才发现黄灿灿一口也没有吃，他想了想，像是明白了什么似的，神色有些黯然下来。陈岭北抬眼看着国军的士兵们，围着行军锅进行着一场雪中的盛宴。高高的马灯把这片雪地照得一片亮堂，遥远的雪从天上落下来，被风一吹，在每个人的头上盘旋。这个寒冷的大雪夜，东厢房屋檐下的章大民带着施启东和小浦东、六子等十七名新四军，大声地喊，我们不饿，我们回家就能吃猪肉。

陈岭北得意地看了一眼黄灿灿说，看到了吗，这就是新四军。

文书小蔡一直用阴郁的眼神望着东厢房屋檐下的新四军士兵，他走到黄灿灿身边轻声说，你该让他们吃点儿。

黄灿灿说，我不是让他们过来吃吗？国共一家，联合抗日，我没不让他们吃。

小蔡说，可刚才你说让他们求你，他们怎么落得下这个面子？

黄灿灿想了想，觉得也有点儿道理，但是他嘴上不服输，大声地说，肉容易坏，兄弟们一会儿把肉放在屋檐下吹冷风，大家吃饱了进屋睡觉。

黄灿灿说完，自己一个人跌跌撞撞地向那口白身子棺材奔去。他滚进棺材的时候，那硬木头硌得他的身子骨有些发痛。他在想，夜深人静，新四军的人一定会过来偷马肉了，说不定还是陈岭北第一个偷。这样想着的时候，他的心里就叽叽咕咕地笑了一下。他得意扬扬地把左腿举了起来，一只脚挂在棺材壁上，摇摆得像一口西洋座钟。

柳春芽边抚摸着自己的肚皮，边打了一个饱嗝。她摇摇晃晃走到了陈岭北面前，看了陈岭北好久以后轻声说，你们吃吧，你们不吃肉怎么上路？

陈岭北什么也没有说。他已经吃不下肉，因为黄灿灿也没有吃一块肉。陈岭北突然觉得很无趣，他看到了正在小心地捧着一块马肉啃着的蝈蝈，蝈蝈的嘴上油光光的一片，他的肚皮已经很圆了。后来他终于瘫倒在地上，他吃撑了，动不了，倒在地上像一只直喘气的蛤蟆。

但是他的目光可以动，他的目光再一次飘起来飘到半空中，从空中往下看，可以看到四四方方的天井被几盏马灯照得贼亮。雪似乎小了一点儿，但是始终地不肯歇。陈岭北的目光可以看到乱舞的细碎如鸭绒的雪花，然后可以看到的是一口安静而孤独的行军锅，冰冷而坚硬地睡着了。行军锅的身下是已经熄灭的一堆柴火。柴火堆中，偶有几粒火星被风一吹，红亮得十分夺目，像秋天挂在树上的火柿子。

天井里已经没有别的人了，只留下蝈蝈和柳春芽。香河正男一步步走向柳春芽的时候，柳春芽就简单潦草地笑了一下。香河正男的喉结滚动着，好久以后他才说，我要吃肉。

柳春芽笑了，说，我看出来了。

柳春芽麻利地用一把刀子把肉割了直接递到香河正男的嘴边。香河正男张开了嘴，像一个孩子一样边脸带笑容边开始大口地吞咽马肉。好吃，他口齿不清地说。

柳春芽是没有弟弟的，但是柳春芽突然觉得香河正男像自己的弟弟。究竟是雪白的牙齿像，还是单眼皮像，她想不出来。一阵夜风吹来，让柳春芽觉得夜色变得无比清新，她能想见自己的鼻子一定是红了。寒意中大地像收拢创口一样，正在慢慢地结冰。柳春芽后来望着一盏马灯的光芒对香河正男说，你真不该来中国。

那天香河正男望着柳春芽走向西厢房的背影，他缓慢地蹲了下去，他发现天井里只剩下自己一个人。从小镇的某户老百姓家里，传来孩子的哭声，一会儿哭声就没有了。这其中还夹杂着几声狗叫，那狗叫得有点儿力不从心，仿佛是对这个寒冬有点儿不满似的。香河正男抬眼望了望那盏亮着的马灯，想，这灯光大概也是结了冰，一点也没有力道。

植子，我今天吃了马肉，那是我觉得味道最好的肉。我记得那个叫柳春芽的中国女人，你大概就长成了她这样的是不是？短发，眼睛很大，温婉得像一块棉布。植子，听说她男人死了，是个团长……

鸡毛掸子的冬天

36

清晨来临了。黄灿灿从白身子棺材里探出头来，远远地向着行军锅张望着。然后黄灿灿从棺材里爬出来，走到了行军锅边上。他像被冻掉了一截似的，明显得如同一株经历了秋霜后的蔫白菜。他站在行军锅边一言不发，锅里的肉一点也没有少，不过是冻得比昨天夜里更结实了而已，像一颗颗黑而坚硬的手雷。好久以后，黄灿灿嘴里咬牙切齿地蹦出几个字，饿死你们！饿不死的石头人！

那天黄灿灿垂头丧气地弓着身子出现在四明镇早晨的空气里。他走出祠堂后，如同一条找不到方向的狗一样摇着尾巴顺着围墙转到了祠堂后墙，在那儿他放了一泡存了一夜的热尿，抖抖身子迈着八字脚再往东边绕回去。就在后窗口，他看到了地上一堆触目惊心的鸡毛，这让他眼前浮起一只形象鲜明的公鸡来。他在这清晨的新鲜空气里笑了，仿佛闻到了鸡肉的香味。他十分得意地从地上抓起一小撮鸡毛。很快，他和这鸡毛出现在陈岭北的面前。

黄灿灿的手里躺着安静的鸡毛，面对面站在陈岭北面前。黄灿灿说，我以为你们是铁打的，原来你们是泥捏的。

陈岭北一直反背着双手。他看到黄灿灿向蒋大个子招招手，门板一样的蒋大个子就晃了过来。黄灿灿把鸡毛认真地放在蒋大个子的手心里，说后墙根还有一堆鸡毛，你去镇上用这些鸡毛做一把鸡毛掸子回来。

那天陈岭北花了半天的时间，把连他在内的十八个伤兵和香河正男集合在东厢房里。一张破旧的四仙桌上安静地躺着余下的为数不多的几根鸡毛。这时候的天井里已经站了一个穿着灰黑色长衫的高个子法国传教士，他的中国名字叫杜仲。杜仲站在早晨的太阳底下，太阳把他的影子拉得很长，使他看上去像一个天井里长出来的高大的木桩。他是被黄灿灿请来的。黄灿灿让人出去转了一圈，手下人在街上碰到了灰头土脸正四处找鸡的杜仲。杜仲养了三只鸡，现在还剩下一只。他认为一只鸡会很孤单。

黄灿灿讨好似的望着杜仲的脸，尽管杜仲蓝颜色的眼珠子让黄灿灿感到有点儿反胃，但黄灿灿脸上还是堆满了笑容。黄灿灿说，杜仲先生您放心，陈队长一定赔你两只鸡。

陈岭北在东厢房里其实是能听到屋外天井里黄灿灿幸灾乐祸说话的声音的。陈岭北的目光再一次在众人身上一一掠过，东厢房里安静得可怕，好像是每个人都停止了呼吸。那四仙桌上的几根鸡毛，像熟睡的婴儿般躺着，仿佛在回忆昨夜它们的生前往事。

陈岭北沉着一张刀把子脸说，有种你自己站出来！

人群中小浦东歪歪扭扭地站了出来，他站在了墙壁边上，像挂在墙上的一件蓑衣。陈岭北笑了，说，你连法国佬的鸡都敢偷？

小浦东说，我以为偷的只是鸡，我从来没想到过那是法国佬养的鸡。再说法国佬养的鸡它还是鸡。

陈岭北说，嘴比茅坑石板还硬？行，关黑屋子还是打军棍？自己选！

这时候天井里传来了歌声。陈岭北顺着木格子窗户往外头看，看到黄灿灿人模狗样地带着国军的伤兵们在唱新四军的歌，他们唱的是"三大纪律八项注意"，而且把"不拿群众一针一线"唱得抑扬顿挫。东厢房里的陈岭北一点也没有生气，早晨的一缕阳光越过屋檐，斜斜地穿过天井，落在了厢房里面，把许多伤兵的脸照得半明半暗。

陈岭北对半明半暗的李歪脖说，把小浦东给我捆了吧。

东厢房的门在尚未结束的歌声里突然打开了，新四军的兵员脚步纷乱地拥了出来。国军三十五团救护队员张秋水刚好在梳头，她倚着一根廊柱梳着她的一头秀发。然后她看到小浦东被捆成一团，扔在了杜仲的面前。小浦东的脸在石板地上重重地磕碰了一下，这让他的颧骨钻心地疼痛。然后他看到杜仲穿了一双半新旧的千层底布鞋，布鞋的鞋面很干净，显然没有经过雨水和泥地。小浦东特别喜欢这样的干净，顺着杜仲的黑色教袍往上看，杜仲显得有点儿一尘不染。这时候陈岭北晃荡着走了过来，从腰间的枪套里拔出毛瑟手枪打开扳机抵在小浦东的后脑勺。所有新四军伤兵包括香河正男，像一扇屏风一样伫立在杜仲和小浦东的面前。

陈岭北对杜仲笑了。陈岭北说，法国和尚，你能不能饶了小浦东？偷鸡摸狗的事，就是这小子干的。

杜仲耸了耸肩说，真是不能理解，偷鸡干什么？仁慈的主面前，这是多么龌龊的一件事情啊。

陈岭北的枪仍然顶着小浦东的头说，法国和尚，你叫什么名字？

杜仲说，杜仲。不过……你可以叫我杜神父。

陈岭北皱了皱眉不耐烦地说，杜神父，你给个痛快的，到底是饶了小浦东，还是想让我毙了他。新四军军纪严明，军令如山，我保证说到做到。

小浦东显然已经吓坏了，他号啕着大叫起来，说，我是饿，队长我是饿坏了。谁饿坏谁都会这样，还有人饿极了杀人吃呢。小浦东在惊惶中一把抱住了陈岭北的腿，像是在发大水时一探手抓住一根可以救命的稻草一样。

陈岭北不理会小浦东，眼睛直勾勾的，有点儿瘆人。陈岭北咬着牙说，怎么样杜神父，你说到底要不要杀了他？

杜神父说，不能杀！

陈岭北笑了，收起毛瑟手枪一脚踢开了小浦东，对杜仲说，这可是你自己说的。

陈岭北边说边往斜挎在胸前的牛皮公文包里掏，掏了半天恋恋不舍地掏出一个大洋。他抓过了杜仲多毛的手，把一个大洋豪迈地拍在杜仲的手心里。杜仲点了点头，他学中国人的样，咬了咬那块大洋，十分考究的样子。张秋水远远地看着，她不由得笑了，觉得陈岭北有时候像一个大孩子。祠堂的侧门开了，蒋大个子拿着一把刚做成的鸡毛掸子走了进来。黄灿灿接过鸡毛掸子，扔在了陈岭北面前。黄灿灿的脸上不见一丝笑容，而是冷冷地说，这鸡毛掸子，是你们新四军偷鸡摸狗的罪证。

陈岭北脚一钩，鸡毛掸子像一只癞头雄鸡一样扑腾着翅膀飞了起来，落在陈岭北的手里。陈岭北将鸡毛掸子随手插在自己的后脖子上，看上去十分滑稽。国军三十五团的士兵们都笑了起来，在国军士兵七零八落的笑声中，柳春芽打开了门，一手扶着肚皮一手扶着门框，忧心忡忡地望着陈岭北。她觉得陈岭北仿佛和以前的小裁缝不一样了。

陈岭北转过身对杜仲说，杜神父，咱们这十来个兵走到哪儿，这鸡毛掸子就跟到哪儿。这掸子就像鞭子，谁要敢再偷个鸡摸个狗，这掸子就抽烂谁的嘴。

杜仲望着形状滑稽的陈岭北，他把手里的大洋抛了起来，大洋在阳光下发出"嗡"的一声鸣响，在空中滑翔了一会儿稳稳地落下来。杜仲一抄手接住了，十分满意地把大洋放进了口袋里，并且吹了一声响亮的口哨。陈岭北说，这个大洋够买五只鸡。

杜仲说，你这是什么意思？

陈岭北说，意思就是，今天老子送你三只鸡。

杜仲的笑容收了起来，他不再说什么，而是像一缕瘦长的风一样穿行着离开了祠堂。他离开的时候，看到伤兵们如同已经散架的用竹片搭成的瓜棚，歪七竖八地站在那儿。血水从他们没有痊愈的伤口渗了出来，仿佛是身体的一扇打开的门。王木头在角落里虎虎生威地磨着一把阉猪刀，这刀子一直被他当成手术刀在用。他抬眼看了一眼刚跨出门槛的杜仲的背影，掷地有声地说，这个法国佬有点儿门道，他是会看病的。

陈岭北突然觉得索然无味，回家的愿望在他的心里越来越炽热，像一棵春天的草一样疯狂地生长着。杜仲离开后他变得一句话也不愿意多说，后来他坐在东厢房的门槛上想了很久，终于明白自己不愿说话是因为饿得快说不动了。多说话明显是在浪费力气，他得把力气藏着。回家那条铺满阳光的路，在他的脑海里显得无比漫长，像一道通向天边的光线。

凌乱的时光

37

那天饿得头晕目眩的陈岭北带着狙击手李歪脖和给养员六子一起去山上打猎。他们带了三支"三八大盖"和一支毛瑟手枪，在山上转悠了半天，差一点找不到下山的路。直到黄昏他们一无所获，最后李歪脖突然在红通通的夕阳下站成一幅剪纸的形状，他屏住呼吸，沉着地扣动了扳机，一枪打中了一只骨瘦如柴的野兔。那野兔在夕阳下形成一道好看的弧线，然后跌落在树丛中。李歪脖自己则被一支弩射出的箭射穿了小腿。那是捕野猪的猎人设在草丛中的绊弦，不小心让李歪脖如同喝凉水塞牙缝般给踩着了，一头栽倒在这个小小的机关上。李歪脖惨叫一声，他跌扑在草地中，一张脸刚好贴在草地上。他看到了一只漂亮的蚂蚱，在草尖上纵身一跃，跳进了一片红通通的如海洋一般漫无边际的夕阳中。然后他看到陈岭北拎着一只瘦兔的脖子皮，一跳一跳地向这边跳过来。

陈岭北把兔子往地上一扔说，李歪脖，你别给我装死！

李歪脖什么话也没有说，只是有些伤感地望着那只血淋淋的野兔。他腿上的弩箭，像突然长出来一根骨头一样，突现在皮肤以外。李歪脖说，我不是装死，我大概是真死！

那天陈岭北把他背回祠堂后，王木头掏出那把雪亮的阉猪刀，轻轻割开了李歪脖的皮肉。王木头费了九牛二虎之力，满头大汗地把那支弩箭和李歪脖的骨肉分离，然后他蹲在一只水桶边洗他那双血手。那天他不客气地收下了陈岭北让六子剥了皮的野兔肉，没人给他治伤的钱，他就把通红的瘦兔肉红烧了美美地吃了一顿。陈岭北只留下了一只孤单而忧伤的兔头，他让六子熬了一大锅的兔头汤，包括李歪脖在内的十八名新四军兵员，以及香河正男围在一起喝起了幸福的兔头汤。他们喝汤的声音十分夸张，稀里哗啦地，淡黄的液体顺着他们的喉咙下滑。陈岭北转头的时候，看到了东厢房花格子木窗上露出张秋水格子形状的脸来。张秋水笑了，露出一排白牙。

陈岭北走出东厢房，站在张秋水面前。

张秋水的一双手背着，她好像有些局促的样子，磨蹭了好久以后才说，听说你在老家是裁缝。

陈岭北转过头，看看不远处坐在椅子上的柳春芽，她捧着自己心爱的肚皮坐在一堆明亮的光线里，显得无比圣洁与安静。陈岭北说，她怎么那么多嘴？她还说什么了？

张秋水又笑了，她的眼眸里盛满清凉的湖水，她说你人好，会做旗袍和短褂，就是没钱。

陈岭北阴沉着脸说，我也就是差了三十个大洋而已！

张秋水说，可我觉得兵荒马乱的，钱有什么用？枪才有用！

陈岭北的目光变得柔和起来。在阳光下他能看到张秋水脸上细密的绒毛，以及洁净如蛋皮的脸蛋。陈岭北抽了抽鼻子，他闻到了张秋水身上青草一样蒸腾着的气息，带着淡淡的腥味。张秋水的手从背后抽了出来，她的手心里躺着一只熟鸡蛋。

陈岭北说，哪儿来的？

张秋水的眼中荡漾着无数细碎的波浪。张秋水说，别管哪儿来的，你吃就是了。

然后张秋水就看着陈岭北小心翼翼地剥开一只熟鸡蛋的壳，她的心里装满了无边无际的甜蜜，她愿意看着陈岭北吃下她的鸡蛋。不远的地方，坐在椅子上的柳春芽笑了。陈岭北转过头去，望着这个差点和他成亲却又阴错阳差嫁给了张团长的女人。她的眼睛眯成一条缝，像是要睡着的样子。蝈蝈像卫兵一样站在她的身边，他的喉结翻滚了一下，刚好看到陈岭北将一小块蛋白扔进嘴里，也看到了张秋水站在陈岭北身边目光中含着大片的柔情。

蝈蝈的胃里不由得泛上了一阵阵的酸水。

　　整个下午，黄灿灿带着国军的兄弟们躺在天井里晒太阳。天井的石板上铺了一层干稻草，稻草的气息就一直在祠堂里飘荡。这完全是一个温暖的下午，让人能听闻到街巷上传来的嘈杂人声和混乱的气味。黄灿灿他们全都仰天躺在稻草上，黄灿灿觉得他的骨头要全部酥化了，他觉得如果这样一直在阳光底下睡下去，睡下去，该是多么好的一件事。在温暖的冬阳下他突然想到了侄子小狗，小狗战死在了虎扑岭伏击战中。黄灿灿的眼泪开始奔涌，他的眼眶一直被泪水浸泡着，让他的眼角痒痒的。那些眼泪歪歪扭扭地掉在稻草堆里，黄灿灿的心里就涌起无限悲伤，他说，大哥，我没能带回小狗……

　　陈岭北远远地坐在东厢房的门槛上，看着一堆国军士兵被晒成了一团团烂泥。他看到仰躺着的黄灿灿突然对着无边无际的蓝天吼了一声，回家，明天老子就回家！

　　陈岭北就想，明天国军就要动身了，而自己手下的伤兵们，估计还赶不了远路。

　　黄灿灿又吼了一声，小蔡，小蔡你他娘的带大伙儿唱个歌！

　　小蔡已经五十多岁了，他躺在稻草堆里一言不发是因为他在想念他的家乡，那是一个靠近上海的叫枫泾的小镇。小蔡摸了一下光秃秃的头皮，清了清嗓子，轻轻地哼了一声，麦子扬花，阿拉要回家……

　　小蔡的声音越来越响，那些躺在稻草堆上的伤兵嘴唇轻轻嚅动着，接着越唱越响，麦子扬花，阿拉要回家……回家见爹娘，回家吃老酒，回家讨老婆，回家生儿囡。麦子扬花，阿拉要回家……回家开山种地，回家捞虾捕鱼，回家盖大屋，回家过日脚……

　　陈岭北坐在东厢房的门槛上，他看到柳春芽和张秋水从西厢房里走了出来，紧随其后的海棠嘴里叼着一根烟杆，将烟喷得生机勃勃的。烟雾紧紧包裹着她，使她看上去仿佛是一位得道的仙姑。东厢房里新四军的伤兵也出来了，他们都一言不发地站在墙角，远远地听天井石板地上那堆稻草丛中的国军伤兵们唱一首叫《回家》的歌。陈岭北开始想念棉花，在他的脑海里，所有亲人的面目都渐渐模糊，只有棉花在井台边打水和在溪边捣衣的身影越来越清晰。棉花不停地劳作着，像一棵野地里茁壮成长并随风摇曳的野花。陈岭北突然觉得，这样的女人才是可能让他家三间草房里的生活风生水起的女人。

后来是黄昏来临，气温下降了不少，地气中开始升腾寒意。黄灿灿有点儿恋恋不舍地从草堆里起来，用力拍打着裤腿上的草屑。他扫了一眼睡在草堆上的人群，发现少了报务员朱大驾。黄灿灿就骂了起来，娘希匹的，朱大驾又去油条西施那儿吃白食了，不仅吃油条，还吃人……

众人都哄笑起来。在众人的哄笑声中，黄灿灿迈着八字脚一摇一摆走到了陈岭北面前说，我们明天回家。

陈岭北说，那你在家里等着我。

黄灿灿笑了，说，我等着你找我算账，等着你为你哥报仇。

陈岭北说，我得先去南通，把香河正男送到部队后我就回家。

这时候杜仲像一个影子一样飘进了祠堂的天井，他身上有一种奇怪的类似于肥皂的干净的气息。陈岭北看到杜仲身上背着一只标着"十"字的药箱，他轻轻地拍了拍药箱，对陈岭北说，你们都回不了家。

黄灿灿挤到了陈岭北的前面说，我们回不回得了家，不由你说了算！

杜仲说，你们的伤会发作。你们在兵荒马乱的路上倒下，那你们就永远也回不了家。

那天陈岭北和黄灿灿对视了一眼。陈岭北特别喜欢杜仲说的"兵荒马乱"四个字，这让他想到了广袤的田野和零落的村庄，以及四处升腾起的硝烟和炊烟，和枪炮沉闷而有力的声音。这时候他觉得中国就像是一个伤兵，浑身上下七零八落的零件都需要修整。陈岭北想到这儿笑了，对黄灿灿得意扬扬地说，你走不成了。

黄灿灿说，老子就算死在路上也得走，老子一天也待不下去了，老子得回家再开铁匠铺。

陈岭北说，你死了没人惦记，你手下那些兵死在路上，你赔得起？你那狗命不值钱！

黄灿灿没有再说什么。他看到杜仲蹲下了身子，夕阳下他像一只黑色的大虾，他打开了药箱说，一个一个来。

一直到半夜，王木头一直在给杜仲打下手。王木头看上了杜仲的那只药箱，那药箱里装了一些奇怪的东西，比如听诊器和镊子，以及酒精灯……杜仲显得十分疲惫地收拢药箱的时候，已经是半夜时分了。

王木头闪动着狡黠的眼神，盯着杜仲的大胡子说，一百大洋，我买下你的药箱。

杜仲轻笑了一下说，做梦。

这是他第一次笑，陈岭北突然发现，杜仲的牙齿很白。他的牙齿一直隐藏在他的一丛大胡子里。那天杜仲没有回他的裕德堂，而是留在了祠堂。黄灿灿恭敬地把那口本来属于戚杏花戚四爷的白身子棺材留给了杜仲，这让杜仲感到无比兴奋。他不停地拍打着棺材的板壁，甚至还拍出了某种节奏。他还在笨拙地爬进棺材的同时，看到了站在不远处的蝈蝈。蝈蝈的两侧腰间各挂着一把唢呐和一把军号，杜仲说，喂，我要跟你学吹号。音乐，音乐，我喜欢音乐，你会拉手风琴吗？

蝈蝈懵然地摇了摇头。蝈蝈想起了师父海三两，除了吹长短不一的号，师父还会舞桃木剑和拉胡琴。至于手风琴是什么，蝈蝈不知道，也不想知道。他对这个衣衫整洁、穿着教袍、会治病的法国人一点也不感兴趣，他只知道留意张秋水。张秋水梳头的样子经常出现在他的梦中，梦中他没有叫张秋水姐姐，而是叫她秋水。他想以后娶张秋水当老婆。

蝈蝈转身走了。他十五岁的身影晃过了天井，双脚踩过天井的那堆稻草，像一个梦游者一样走向西厢房。他看到不远处的一盏马灯下，站着脸上泛着油光的日本人香河正男。蝈蝈在心里叫他拖油瓶，他想不通为什么新四军要把这个日本拖油瓶像累赘一样带在身边。香河正男看到蒋大个子背着一杆长枪，摇摇晃晃地斜着穿过天井，走出了侧门去祠堂的门口换岗。

植子，我们已经在戚家祠堂住了很久，蒋介石军队的士兵们想要回家，但是被一个法国神父阻止了。他想让他们养好伤再走。他们都想着回家，我也想回到日本。如果我能活着回来，我在踏上岸后的第一件事，就是要去找你。昨天我尝了慰问袋里你寄来的昭和糖，甜到了我的心里去。这个冬天一点也不冷，哪怕我已经成了新四军的一名俘虏，但我还是因为你而感受到阵阵暖意。植子，回日本的时候我会给你带中国的食品，中国有好多好吃的食品，有一种糕，叫桂花糕，能香死一个人……

植子，那名叫杜仲的法国神父自从来过祠堂后，就开始跟着那个叫蝈蝈的中国道士学吹唢呐。他们站在天井里，吹各种各样的曲子。法国神父吹的曲子十分难听，像是牛叫一样。但是他很可爱，他像一个大男孩。植子，那个新四军的头目陈岭北，现在最大的愿望是把我押送到一个叫南通的地方，他也急着想回家。他说他把我送到南通后就要回老家去，听说他想娶一个叫棉花的嫂嫂。嫂嫂怎么可以嫁给丈夫的弟弟，这是一件多么奇怪的事啊。但好在她嫁与不嫁，和我都是无关的。

战争还没有结束，可每个人都在想着几时能回家。植子……

青春记

38

海棠坐在一张太师椅上往烟杆的铜烟管里装烟丝，不远处身边的两张圆凳上坐着张秋水和柳春芽，海棠的面前站着人高马大的蒋大个子。海棠慢悠悠地点着了烟，美美地吸了一口，然后把烟全吐在了蒋大个子身上。蒋大个子立即像着火一般，全身冒起了烟。海棠斜了蒋大个子一眼，她仍然穿着通红的一身衣服，像一颗正燃着的炭，在这铅灰色的冬天里，给祠堂增添了一点儿喜气。海棠说，男人是怎么样的，男人就是陈岭北那样的！春芽妹妹和秋水妹妹，你们说是不是？

张秋水拼命地点着头，说，是是是，我就觉得他像个男人。

柳春芽不说话。好久以后才说，他好像有点儿变了。柳春芽边说边意味深长地斜了张秋水一眼。

蒋大个子说，他是新四军的，我们是正规部队的。

海棠冷笑一声，又往蒋大个子身上喷了一口烟。新四军怎么了？老娘在说男人，不在说什么军不军的。军不军和老娘有什么关系？

蒋大个子说，那他哪儿像男人了？该有的我都有，不比他少，怎么他就像男人了？

海棠又冷笑一声说，他说话算话。你答应给我的金戒指呢，画墙上给我看看，是吧？

蒋大个子不由得局促起来，他实在想不出他在什么时候才能有钱把这金戒指给海棠补上。蒋大个子清楚地记得他在春花院里向老鸨付了赎金，然后老鸨坐在一张绣凳上又替海棠问蒋大个子要了一个金戒指。蒋大个子什么都答应了，但是他实在是没有钱了，所以他说他欠着。他说有借有还再借不难。然后他蹲下身把肉嘟嘟的海棠背在了身上。他背着海棠走出春花院，扶海棠骑在了一匹叫大河的瘦马上。往戚家祠堂走的时候，海棠那烟杆的火星就不停地明灭着。一路上蒋大个子不停地告诉海棠，很快他就可以和伤兵们一起沿路回家了，回到家他就要和海棠生八个儿子传宗接代。

后来柳春芽和张秋水不愿再听海棠的冷嘲热讽了，她们看不得一个高高大大的男人低眉顺眼的样子。她们走出了那间屋子的时候，看到了从外面匆匆回到祠堂的蝈蝈。蝈蝈的手缩在宽大的军衣衣袖里，他神秘地向张秋水使了个眼色。

张秋水说，什么事儿？

蝈蝈不说话，匆忙地向杂物间大步流星地走了过去。他的另一只手笔直地垂着，显然是那只受伤的手骨头碎裂还没有完全恢复。柳春芽叫住了张秋水，她说秋水。

张秋水站住了，拿眼看着柳春芽。柳春芽说，你小心点儿，他长大了。

张秋水笑了，说，他不过是个孩子。

柳春芽说，孩子也有长大的一天，我是过来人。

张秋水没有再理会柳春芽，而是跟着蝈蝈去了杂物间。蝈蝈坐在草堆上，拍了拍旁边的那堆草，张秋水就在蝈蝈拍过的草上坐了下来。张秋水又说，什么事？蝈蝈从袖笼里伸出了手，手掌里托着一块蛋糕。

杜神父自己做的，蝈蝈说，他让我教他学吹唢呐，每学一次给一块蛋糕。你吃！

张秋水犹豫了一下，还是接过了蛋糕。她小心翼翼地咬了一口，生怕蛋糕有毒似的。后来她像老鼠咬食一样，细而缓慢地把蛋糕吃掉了。蝈蝈一直在边上认真地看着张秋水吃蛋糕，吃完蛋糕的时候，蝈蝈突然在张秋水的脸上亲了一下。

张秋水愣了半天才说出话来，她的眼睛瞪得很圆。我是你姐姐呀。她说。

蝈蝈一直喘着粗气，他突然又伸出手在张秋水的胸前摸了一把。张秋水愤怒了，猛推了蝈蝈一把说，你喝了迷魂汤了。蝈蝈的呼吸越来越粗重，张秋水那小而精致的胸脯让他的血轰地涌向了脑门。他像是不管不顾似的，一把将张秋水紧紧抱在了怀里，用双手箍住，生怕张秋水长出翅膀来飞走。张秋水挣扎起来，但是她没有喊叫，她知道只要她一声喊就会有很多人踢开门冲进来，然后把蝈蝈拎出去扔在地上，像拆开一口柜子一样把蝈蝈拆得七零八落。张秋水挣扎的时候，蝈蝈的嘴就在张秋水脸上乱拱。不经意间蝈蝈看到了张秋水脸上布满了眼泪。张秋水终于不动了，蝈蝈反而慢慢地松开了手。张秋水脸上突然多出来的泪水，让蝈蝈手足无措。后来蝈蝈伏在地上，给张秋水磕了几个头，抬起头的时候一脸的怅惘。他急了，眼眶中全是着急的泪水。他突然拔出了那把随身带着的开路刀，把刀子塞在张秋水的手中。

张秋水在好久以后才擦干脸上的泪，她把开路刀插回了蝈蝈的刀鞘中，轻声说，弟弟，以后不许胡来。

蝈蝈拼命地点着头。张秋水后来又想了想，十分赞许地说，蛋糕很好吃！

抢粮记

39

那天黄灿灿和陈岭北又坐在了门槛上。其实在很多年前穿着开裆裤的光阴里，他们就喜欢两眼发直地坐在同一条门槛上。黄灿灿家世代打铁，所以坐在黄家门槛上时，总是能听到屋子里风箱抽动的急促的咕噜声，以及叮叮当当的打铁声，那声音单调而绵长，很容易让人昏昏欲睡。黄灿灿后来顺理成章当了一名铁匠，抡大锤把胳膊抡得比陈岭北的大腿还粗。陈岭北也喜欢铁墩上那火红的铁块在锤打中变软的样子，软得像一块发红的松糕。但是陈岭北却成了一名裁缝，他一点也不喜欢拿着剪刀和软尺的样子。陈岭北使用的第一把剪刀，是黄灿灿打出来送给他的。那时陈岭北正趴在桌子上吃饭，一把明晃晃的剪刀颤颤悠悠地钉在了碗边的桌面上。黄灿灿倚在门边说，这把剪刀送给你！

黄灿灿的目光笔直地望向远方说，杜神父说得没错，我想还是半个月后走。

半个月后走就是过了冬至了。

冬不冬至跟咱们没多大关系。活着就好。

可是跟米有关系，这半个月你能喝西北风吗？

黄灿灿说，我就想和你商量一下，要不咱们干一票吧。麻四要带着和平救国军帮日本人押粮车经过四明镇。

陈岭北说，麻四是哪个浑蛋？

黄灿灿说，麻四是老鼠山上大当家麻三的亲弟弟，在和平军夜袭队里当小队长。

陈岭北，那你直接说是个汉奸不就得了。

黄灿灿说，那就算汉奸吧，反正他要带他的金绍便衣支队为鬼子押运粮食。咱们干一票，够吃三个月。

陈岭北想了想说，哪儿来的消息？

以后你会知道的，现在你不用问消息从哪儿来。

可靠吗？

得了大米四六开，我六你四。

我说消息可靠吗？

成不成交你说一句爽快话！

陈岭北想了想，眯眼顺着黄灿灿的目光望向远方，远方其实一个人影也没有，这让他的目光变得更加绵长。陈岭北后来收回了目光叹了口气说，不干也不行，好些伤员的伤口还没全好，走不了长路，总不能让人饿死在这祠堂里。

40

张秋水站在屋檐底下，看着一盏在风中晃来晃去的马灯。玻璃罩子里发出红红的光线，让整队完毕的国军三十五团的八名士兵和新四军的十名士兵脸上红光一片。陈岭北和黄灿灿就站在排头，他们在无声地验枪，拉枪栓的声音此起彼伏。张秋水的目光一直都像一只飞累的蜻蜓一样，疲惫地落在陈岭北的头上。她突然十分担心陈岭北这一次踏着夜色出去，就再也回不来了。

柳春芽不知道什么时候站在了她的身后。柳春芽很淡地笑了，说，你被他迷住了。

张秋水说，你胡说。

柳春芽说，那你脸红什么？

张秋水就没有再说话，而是咬了咬嘴唇。柳春芽说，你担心他回不来？

张秋水像是豁出去了一般说，是的，我就担心他回不来！

柳春芽说，回不回得来，那得靠命。能嫁给谁，那也得靠命。

那天晚上对于张秋水来说显得无比漫长。柳春芽早早睡着了，她抱着她滚圆的肚皮发出了轻微的呼噜声。海棠躺在一块门板上，仰天架着二郎腿吧嗒吧嗒地抽着烟杆。屋子里安静得能听到蚂蚁走过的脚步声。张秋水忍不住说，海棠姐，你担不担心你家蒋大个子。

海棠想了想说，我才不担心呢。他是个骗子！

张秋水在黑暗中眨巴着眼睛说，你说他们能回得来吗？

海棠想了想说，当然能回来。蒋大个子反正能回来，要是他回不来，他不是觉得他亏死了吗？刚替老娘赎了身，自己先死了，哈哈。

张秋水说，你怎么笑得出来的？

海棠愣了一下，一会儿她突然冷笑一声说，我知道你记挂的是谁。你记挂新四军那个分队的队长。你放心吧，他死不了。听说他是个裁缝，裁缝出身的人个个都是人精。

为什么是人精？

因为天天都对着一块布算尺寸，不精才怪。

张秋水不再说话了。她睁着眼，看到光影中海棠烟杆的铜头上亮着一小粒火星。后来那火星熄灭冷却了，海棠收起了烟杆。她打了一个充满烟草气息的哈欠，然后转过身去侧着身子妥帖地睡下了。张秋水瞪着一双眼睛，看着海棠的侧影像夜色中的山岭，迂回曲折地延伸着。不到一炷香工夫，海棠打起了粗重的呼噜声。张秋水就知道，漫长得无边无际的黑夜就剩下自己一个人睡不着了。

天快亮的时候，张秋水模模糊糊地要睡着。她听到了一声公鸡忘乎所以的啼叫，她就想，一个晚上过去了。然后她沉沉地睡了过去。她是被由远而近的潮水一般涌过来的脚步声惊醒的，接着是大门被打开的声音。张秋水猛地坐直了身子，她看到柳春芽和海棠像睡得死过去一般地还在打着呼噜，就一个人蹑手蹑脚地起床。天井里已经镀上了一层灰白的亮色，东边的天空露出了几抹红色的晨霞。张秋水的目光准确得像一张网一般捕捉到了陈岭北，陈岭北正在指挥这些伤员把粮食堆成一堆。黄灿灿拨开忙乱的人群，迈着八字脚大摇大摆地走向了那口白身子棺材，他像是被棺材吸了进去一般一下子就不见了。

棺材里传出黄灿灿的声音。黄灿灿说，娘希匹的，把老子累死了。睡觉！

陈岭北转过头来的时候，触到了张秋水的目光。张秋水笑了一下，陈岭北还给她一个笑容。然后陈岭北对李歪脖说，你今天一枪一个，我记下了你一共干掉了七个救国军。到了南通，我给你向上面请功。

李歪脖歪着脑袋瓜说，请什么功呀，多给我几发子弹让过瘾就行。功又不能当饭吃。

陈岭北正想要说什么，突然屏住了呼吸，神色变得凝重起来。一会儿他说，有人来了。

这时候张秋水刚好数完了人头，她一共数到了十七颗人头，加上棺材里黄灿灿的头，一共十八个头。走的时候和回来的时候一模一样，一个也没有少。张秋水就笑了，然后她看着那堆麻袋装着的米，幸福地露出了牙齿。接着她看到了麻三突然出现在天井里，像是从天上掉下来一样。麻三仰着头看了看东方的红色的晨霞说，他妈的，这天气真好。

麻三依然披着一件救国军的黄呢大氅，他粗短的脖子就缩在大衣领子里，陈欢庆、便宜和一大堆喽啰迅速地拥了进来，像回到自己家门一样。便宜搬来了一把太师椅，麻三在太师椅上坐了下来。麻三的老鼠眼里发出一道道精光，蝈蝈倚在西厢房的一扇门边，看到麻三的胸前挂着一把口琴，而他的腰间则挂着一只明晃晃的手表。麻三咧开嘴笑了，早晨第一道阳光穿透云层从遥远的天际直直地滚落下来，这让麻三嘴里的那颗金牙不时地闪过一道金光，这金光使得蝈蝈不由自主地眯起了眼睛。

麻三说，把三头猪给我赶进来。

立即有两个喽啰，手里挥着藤条，把三头壮实敦厚的猪给赶了进来。三头猪用好奇的目光打量着祠堂里的一切，一些伤兵、一些装着米的麻袋、几个山匪，以及棺材、神主牌……显然这些对它们来说，都是十分陌生的。它们本来生活在老鼠山上，从小打草养猪出身的麻三有一天突发奇想，在山匪窝里建了一个猪圈养了十多头猪。这些猪喝着山风长大，气势强大，看上去连每一根猪毛都充满匪气。现在这些猪用审视的目光看着祠堂里的一切，它们不约而同地看到白身子棺材的板壁上搭上了一只手，又搭上了另一只手，然后一个懵里懵懂的男人从棺材里爬了出来。男人揉了揉眼说，你们吵得老子睡不着觉！

太师椅上坐着的麻三哧的一声笑了，他轻声说，老子才是老子。

然后麻三站起了身，一步步走到黄灿灿的面前，一下一下有节奏地敲着棺材板说，这儿是你说了算吧？

黄灿灿看了陈岭北一眼，点点头说，可以说是。

麻三不停地搓着手，他大概是感觉到冷了。他搓着手说，你们怎么知道运粮消息的？

黄灿灿说，这个用不着你来管。

麻三说，这三头猪换你抢来的所有大米，要不就是一场火并。你自己选。

你为什么非要这些大米？

我这是在救我弟弟麻四的命。他的大米没了，不被日本人毙了我就不姓麻。你们一定要帮我。麻三在说这些话的时候，金牙齿在太阳底下一闪一闪。

黄灿灿冷笑一声说，那我凭什么一定要帮你。

麻三转过身来，无限忧伤地抬眼望着祠堂天井白晃晃的上空。他说我没向日本人告密，也没搞偷袭，就因为你们是中国人。你不答应可以，那咱们就只剩下火并了。你拼不过我。

天井里安静了下来，大家都不说话。冬天的风中，三头猪不停地发出哼哼唧唧的声音，它们茫然四顾，不知道天井里将会发生什么。陈岭北后来说话了，说，我答应拿猪换大米。

黄灿灿说，你答应了不算，我答应才算。

陈岭北说，那咱们赌一局，要是我赢了，拿大米换三头猪。

黄灿灿不说话，一会儿，一副象棋放在了高高堆起的装米的麻袋上。黄灿灿和陈岭北隔着麻袋站着，开始下一盘象棋。

陈岭北抬头的时候，突然看到空中飞过一行凄凉的"人"字形的大雁。

麻四被两名日本兵拖走了，拖走的时候他十分担心自己的两条腿会被拖断，或者被磨去脚后跟。后来麻四被扔在了船头正治准尉的面前，像一只冬天里有点儿失去了水分的冬瓜，他的额头不小心磕在冰冷的地面上时，觉得这泥地显然已经结了冻。他饱满的额头略略上扬时，看到了一双日本军官的靴子。顺着靴子往上看，他看到的是船头正治一张刮得青青的络腮胡脸。船头正治笑了一下，十分从容地解开手枪皮套的金属扣子，抽出了一把南部十四年式半自动手枪。子弹上了膛，枪管冰凉而沉重地扣在了麻四的太阳穴上。这使得麻四的身子开始发热，身上全是汗水，额头上的青筋没有规律地跳动着，脑袋仿佛"嗡"的一下装进几千只蜜蜂。那是麻四最狼狈的一天，他闻到了一股尿臊味，这让他空白的思绪里掺杂进了一丝丝的害羞。然后他狠狠地闭了一下眼睛，觉得这真是一个无地自容的季节。

船头正治准尉是千田薰联队下面的一名中队长，就驻扎在江桥镇上，隶属于"春兵团"。船头正治要执行的命令是把押送粮食不力的和平救国军夜袭队小队长麻四给送上西天。船头正治在这个下午觉得阳光充沛、时间充足，所以他一点也不着急。他要让麻四着急，但是没有想到麻四一急就一泡尿灌在了裤裆里。这让船头正治准尉十分生气，他说"八嘎耶路"，然后一脚踢翻了麻四。现在他想要真正地开枪了，就在他要扣动扳机之前，他觉得眼皮跳了一下，这使他很不高兴。就在迟疑的片刻，麻三带着人赶着三辆车到了军营的门口。

麻三喊，别开枪，杀了他会脏了你的枪。

那天船头正治兴致勃勃地接受了麻三的两件礼物，回绝了一件礼物。两件礼物，一件是被追缴回来的大米，一件是一把据说是皇城里流出来的古董尿壶。回绝的一件礼物是春花院里带出来的一个婊子。船头正治果断地挥了一下手，指着婊子说，把这个婊子给我带走。

那天船头正治没有杀麻四，但他还是兴致勃勃地割下了麻四的一只耳朵以示惩戒。船头正治从麻三嘴里打听到，麻三和抢粮的一帮浑蛋火并了，最后麻三勇敢地打败了敌人，敌人落荒而逃。麻三在船头正治面前不停地打着哈哈，他当然听到麻四的一声惨叫，一只耳朵落在了地上。然后船头正治穿着皮靴的脚落在了耳朵上，用力地踬了踬。麻三看到麻四脸上血糊糊的一片，一些鲜血从他捂着脸的手指缝里流出来，像红色的眼泪。

船头正治的手重重地拍在麻三的肩膀上，说，你很哟西的。你是大日本皇军的朋友。

那天麻三摆了一桌酒菜让麻四在醉仙楼里狠狠地撮了一顿。兄弟两个隔着一张八仙桌对坐着，还有一个弹琵琶唱弹词的年轻女人贴着墙根替他们唱着曲。麻三一言不发，看着麻四边狼吞虎咽边不停地骂娘。麻四已经很胖了，如果再继续吃下去，一定会胖得不成样子。麻四主要在骂抢粮的浑蛋，他认为肯定是四明山的游击队，他说，天杀的游击队，我一定一个个剿灭。他说话的时候，因为缺了一只耳朵而贴着的纱布不停抖动着，麻三一直担心那纱布会掉下来。他等着纱布掉下来，可是纱布却一直没有掉下来。

麻四说，你在看什么？

麻三说，我在看你脸上的纱布什么时候掉下来。

麻四这时候才愤愤不平地叫起来，该死的游击队，土鳖。

麻三说，你别骂土鳖了，你那些东洋鳖怎么对你的，你为啥一句也不说？你再给东洋鳖做事，小心有一天连小命也送掉。

麻四猛地摇着头说，你放心，日本人不会乱杀人。日本人主要是想要占地盘。

麻三说，让你给麻家传宗接代，你却想让麻家断子绝孙。

麻四拿起一只鸡爪啃了一口说，奇怪，运粮消息是谁传出去的，我只告诉过你一个人。

麻三冷笑一声，那要是你的手下都只告诉一个人，得有多少人知道运粮的消息？

那天晚上，麻三和麻四在醉仙楼门口清冷的灯光下分开。麻三连夜回到了老鼠山，站在老鼠山一阵一阵的山风中，他可以看到连绵的四明山黑黝黝的山影。他想游击队站在哪一棵树的身后？躲在哪一个山洞的里面？他不由得抓起胸前的口琴往嘴里塞，吹响了不成调的难听的音符。他一点也不知道与此同时在里浦村，三十名村民被日本兵的三八式步枪刺刀赶到了晒谷场上。狼狗狂吠的声音在暗夜里传得很远，在火把毕剥燃烧的声音里，船头正治在专心地吃着爆米花。他特别爱吃爆米花。他几乎告诉船头中队里的每一名士兵，爆米花是一种成仙的米。

一条眼神阴郁的日本狼狗后来停止了狂吠，看样子它大概是想要休息一下。它摇头晃脑地走到了船头正治的身边。这时候船头正治刚好吃完爆米花，他拍了拍手上爆米花的碎屑淡淡地说，全杀了。

机枪的声音就噼里啪啦地响起来，村民们歪歪扭扭地倒在地上。船头正治离开晒谷场的时候，抽了抽鼻子，他仿佛还能闻到秋天晒谷时谷子遗留在晒谷场上的稻香。后来他为自己点了一支香烟，美美地吸了几口后他将燃着的烟插在了一名年轻男人的嘴唇里，十分礼貌和恭敬地说，安息吧。年轻男人是后背中弹死去的，他的脸上看不出惊恐的表情，反而看上去他像是正在悠闲地抽着烟。在不停升腾的烟雾中，船头正治的皮靴跨过了他的身体向驻地走去，一批日本士兵随即紧紧跟了上去。

船头正治那天向联队长千田薰报告的是，打死了抢粮的三十名四明山游击队员，抢回了大米。

千田薰却坐在办公桌前笑了，他的一双脚搁在办公桌上，所以船头正治能看到军靴的鞋底纹，立体而清晰地呈现在他面前。他还看到千田薰手上戴着的手套白得耀眼，千田薰正在用心地擦着手中的那把战刀，仿佛是在对着战刀说话。

千田薰说的话是，你骗人！

41

植子，那个叫戚杏花戚四爷的人又来了，他的半截身子坐在一张门板上，被人抬进了祠堂。他的身后跟着一堆镇上的人，他们送来了两坛酒和一百斤地瓜，还在祠堂的门口用竹竿挑着放了一挂鞭炮。在听上去热闹非凡的鞭炮声里，戚杏花的小胡子不停地抖动着。他对着陈岭北和黄灿灿笑了，说，带来的东西请笑纳。

黄灿灿大笑起来说，当然笑纳。

植子，我知道戚杏花是因为得到了蒋介石军队和新四军抢了大日本皇军粮食的消息，才来到祠堂感恩的。看上去他们的关系开始越来越融洽。戚杏花走的时候，那双老鼠眼看了我一眼。他看我的时候我后背心上那个被镰刀割开的小洞，就一阵阵地发麻。我差点死在这个连脚也没有的小个子男人手上，幸亏当初陈岭北救下了我。至今想来心有余悸。

植子，晚安。

告密者

42

麻三站在老鼠山的一棵歪脖子松树下发了一个下午的呆，远处站着的便宜和陈欢庆都不敢过去，怕吵着了麻三。冬天的日光是很干净的，云层稀薄，阳光像银针一样直射下来。麻三一直弄不明白，为什么黄灿灿和陈岭北能知道和平救国军运粮的消息。负责押运粮食的弟弟麻四是告诉过自己运粮任务的，但自己只在油条西施家里折腾的时候，气喘吁吁地告诉过牛栏花。因为他觉得在床上不说话，是一件沉闷的事。但是他想不出来说什么好，所以他汗津津地抱着同样汗津津的牛栏花，说了麻四的事。他说这个在夜袭队里谋职的天杀的亲弟弟，要为日本人运粮食！运粮食！运粮食！

麻三向便宜招了招手。便宜仍然围着一块围巾，他的兔唇被围巾严严实实地箍着。其实便宜的目光十分清澈，眼眸黑亮。他站在麻三的面前，看到麻三的救国军呢子大衣衣领，已经积了一层黑色的油腻。便宜想，春天到了的时候，要去找一条水草漂扬的溪流替麻三把这件呢子大衣给洗了。这样想着的时候，他的耳畔就响起了隐隐的水声，在水声中他听到了麻三在说话。麻三说，你去查查牛栏花，我得看看牛栏花有什么名堂。

那天晚上在海角寺改成的聚义厅里，一支松明正在起劲地燃烧着，便宜笔直地站在狼皮椅不远处对着麻三说话。麻三的眼睛不停地合起来，看来他大概是想要睡了。便宜说一个叫朱大驾的国军三十五团的报务员进了牛栏花家的院子，当然，便宜一开始并不知道他是国军的，只是在他和牛栏花聊天的时候说到了国军和报务上面的事，他说他是无线电学校毕业的。接着声音开始变得春意盎然，后来是牛栏花边痛苦地呻吟边叫他朱大驾。她说，朱大驾你要让我死了，你快让我死了！后来牛栏花痛苦地长长地啊了一声。接着是长久的安静，这让便宜十分担心，他担心牛栏花真的死了。后来终于又有了声音，牛栏花放声大笑，说，我不识字。

原来是朱大驾在送牛栏花一本书。朱大驾说，不识字不要紧的，以后我念给你听。我每来干你一次，我就给你念一段书上的事。现在你来认这封面上的三个字。朱大驾对着这本书的封面，用淮北官话口齿清晰地说，金——瓶——梅！

那时候便宜就站在牛栏花家院子里一堆冰凉的月光底下，表情木然地听着屋子里所有的声音都安静下来。便宜抬头看了看天，他看到月亮已经缺了一只角，像一只秤钩一样钩在天上。便宜就在这时候迈出了院子，他进院子的时候是翻篱笆进入的，出院子的时候索性从容地打开了院门。在安静的长夜里，打开院门的声音吱呀作响，牛栏花的声音从屋里追出来。她说，谁？

便宜冷笑了一声，他想我是谁关你屁事。便宜大步流星地离开了牛栏花的家，在这个冬天的夜里他越走越热，越走越远。他的腰间插着一支二十响，他虽然只是一个十来岁的少年，但是因为腰间有枪，变得什么也不怕了。什么也不怕的便宜，像一只矫健的猎狗一样在冬天的镇上迅捷地穿行，街道、上了铺板的店铺、石板路、招牌，以及一只半夜出来散步的癞皮狗，都被他抛在了身后。然后他抵达了老鼠山的山脚，长长地吸了一口气以后，他开始发疯般地向老鼠山上奔跑起来。

便宜说完这一切的时候，麻三仿佛是已经睡着了，好长时间没有搭腔。便宜蹑手蹑脚地想要离开聚义厅，他抬眼看了一下那燃烧着的正冒着青烟的松明，以及那神架上泥塑的山神诡异的笑容，觉得夜晚是如此的神秘与漫长。便宜刚刚离开，麻三就睁开了眼睛，他打了一个哈欠，轻声对着那燃着的松明说，朱——大——驾！

三天以后朱大驾被装在一只麻袋里扔在祠堂的天井里，他是被陈欢庆带人从牛栏花的被窝里拉出来的。牛栏花一声尖叫，披头散发地说，简直是强盗。陈欢庆笑了，说，我们本来就是强盗。

牛栏花披头散发地说，你们想请"财神"是请错人了，他身上一个大洋也没有。

陈欢庆说，我们没当他是"财神"，我们当他是男人！

现在麻三坐在祠堂天井的一把太师椅上喝茶，仿佛是要看一场大戏，看上去他的样子十分笃定。他还嗑起了瓜子，不一会儿他身边的空地上，瓜子皮形成了一个圆弧形的包围圈。天井里站满了国军三十五团和新四军的伤兵们，他们一言不发地看着不停蠕动着的麻袋。张秋水站在陈岭北的身边，她轻声说，你说这麻袋里是谁呀？

陈岭北说，朱大驾。

麻袋被割开了，朱大驾果然从麻袋里钻出来，他嘴里塞着的布团被陈欢庆扯了下来。朱大驾吐了一口唾沫，说，呸，麻三，你个浑蛋。

麻三笑了，他伸了伸短而粗的脖子说，终于有人敢骂我是浑蛋了。

一名山匪突然一枪托砸在朱大驾的腮帮上，朱大驾的脸一下子肿了，嘴里吐出一摊血来，血水中混合着两粒牙齿。他没有敢再骂，他主要是怕再一枪托过来，自己的牙齿会不够用。他用求助的目光望着黄灿灿。黄灿灿坐在那口白身子棺材上对麻三说，姓麻的，你想怎么样？

麻三又喝了一口茶，他用手指头从茶缸里钩起一小撮茶叶塞在嘴里津津有味地咀嚼着，然后咽了一下，慢条斯理地说，欢庆，你是我的军师，你来说。

陈欢庆站在天井里，他突然找到了那种文人的感觉，就像当初被麻三绑上山之前站在学生们面前一样。他咬文嚼字地用古文历数了朱大驾的三宗罪：第一宗是身为国军人员，勾引良家妇女牛栏花；第二宗是从牛栏花嘴里套出了情报，使麻三弟弟麻四押运的大米被截了；第三宗是从来没人敢骂麻三是浑蛋，现在他破了例。以上三宗，都是需要付出代价的。

黄灿灿笑了，在棺材上晃荡着双脚说，什么代价？

麻三说，如果你们投奔到老鼠山，这事就当没发生过，老鼠山可以兵强马壮，我可以封你一个二当家。毕竟是女人如衣服，而兄弟如手足。你要衣服还是要手足？

这时候祠堂的门被撞开了，牛栏花披头散发地像一股旋风一样撞了进来，她的手里举着一把菜刀。她用明晃晃的菜刀指着麻三气急败坏地说，女人如衣服？你趴老娘身上的时候只会叫心肝从不叫衣服。你也不是个什么正儿八经的东西，你要是想让大驾死，那我陪着一起死。

又是一枪托砸了过来，牛栏花的手臂一麻，手中的菜刀当啷一声落在了天井的石板地上。麻三懒洋洋地伸出脚去，将那把菜刀一点点用脚钩了过来。菜刀在石板地上拖行的时候，发出了刺耳的金属声。麻三整个人软软地瘫坐在那张太师椅上，他的手摸索着像无限伸展的蛇伸向地面，把那把菜刀捡了起来，然后用手指头轻轻试着刀刃。手指上一粒滚圆的血珠随即爆出，在菜刀的刀面上圆润地滑落。麻三不由得感叹起来，慢条斯理地说，这是菜刀张三年前打的菜刀吧，钢不错。

麻三说完，那把菜刀呼啦啦打着转甩了出去，直直地钉在那口白身子棺材板上，不停地颤动着，离黄灿灿晃荡着的脚才一手指头宽的距离。黄灿灿愣了一下，随即又笑了，说要是我的人不愿跟你上山呢？

麻三皱起了眉头。他又开始嗑瓜子，嗑了几粒瓜子后他说，何苦呢，你这是何苦呢。抢粮这件事，我已经帮你在日本人那儿担下了，但我不敢保证他们是不是私底下还在追查这件事。你觉得你住在这祠堂里还可以睡安生囫囵觉吗？

黄灿灿说，那我告诉你，堂堂国军不会跟你上山，当然新四军怎么想我不知道。新四军本来就喜欢上山，四明山游击支队不就在那山上的树丛里藏着吗？

麻三脸上的笑容，一点点少了下去，最后全部消失了。他在身上摸索着，摸了半天摸到了一把小弯刀和一截苎麻绳子。这是阉猪匠用得着的东西。他把这两样东西扔在了地上说，阉了。

黄灿灿从棺材上跳了下来。所有的国军士兵除了蝈蝈以外都拔出了枪，拉动枪栓的声音此起彼伏。老鼠山上的山匪们也都亮出了枪。麻三却仍然坐在太师椅上不动声色地嗑着瓜子，嗑完了手心里的瓜子以后，麻三站起了身子说，千万别给脸不要脸。在日本人那儿，我一直把你们抢粮的事捂着。

黄灿灿觉得麻三说得很有道理，再加上朱大驾把麻三的相好牛栏花给惊天动地地睡了，本来就是摆不上台面的事。黄灿灿的枪口不知道是要放下，还是抬起来。他斜了一眼地上像一摊烂泥似的朱大驾，真想自己动手先把朱大驾给阉了。

麻三又在太师椅上坐了下来，说，你再想想清楚。

黄灿灿说，不用想，我自己的人我自己会管。

麻三说，那你得管给我看看，不是说军令如山吗？不是说军纪如铁吗？铁在哪儿？

时间仿佛被寒冷的天气给冻住了，枪栓拉动的声音热闹而响亮，却没有听见谁开了枪。只有轻微的如老鼠咬桌腿的嗑瓜子声，仍然不停地传来。柳春芽和海棠从西厢房里晃荡着出来，在张秋水的身边站住了。她们的目光投在几乎没有脖子的麻三身上。

海棠喷出一口烟轻声说，喂，你怎么把自己长成一团肉了？

这时候戚威武抱着一杆生锈的猎枪被陈岭北拎着后脖领跌跌撞撞地进来。陈岭北手一松，戚威武一个踉跄差点跌倒在地。他看到了天井里的一大群人，也看到了披头散发的他的女人油条西施牛栏花。陈岭北说，麻三你说了不算了，这个人说了才算。

麻三看到了戚威武，得意地笑了，说，我怎么就不算？

陈岭北说，牛栏花是他的女人，不是你的女人。

麻三说，那你让他说说，牛栏花到底是他的女人还是我的女人。

陈岭北逼视着戚威武，大声地吼起来，唾沫四溅。他说，戚威武，你说，谁说了算。

戚威武的脸一下子白了，他求助地看了一眼牛栏花，牛栏花扭过脸去，仿佛在望着别处的风景，比如说东厢房的一扇雕花窗。戚威武又看看麻三，麻三在专心地嗑着瓜子。戚威武终于咬着牙说，当然是我说了算。

陈岭北大声地吼，那你说，这个叫朱大驾的人你打不打算放过他。戚威武像是豁出去似的，闭上眼睛大声地吼了起来，当然是放过他，放过他，放过他！我说放过他就是放过他！

陈岭北笑了，拍了拍戚威武的肩。戚威武仍然闭着眼睛，沉浸在刚才几秒钟的豪迈中。

麻三那天又嗑了一会儿瓜子，又喝了一口茶，然后他的目光抛在衣衫散乱的牛栏花身上。麻三说，我是讲道理的人，今天戚威武是第一次那么威武，说你是他的女人。

牛栏花说，我本来就是他的女人。

麻三说，他敢这么说，我很高兴，他一直尿惯了，难得今天有点儿血性。好，我认了，但是我和这个朱大驾的事儿还没完。

麻三说完走出了戚家祠堂的天井。他走过戚威武身边的时候，停了下来轻轻拿过戚威武怀抱着的猎枪。麻三拉动猎枪枪栓的时候，那些铁锈噗噗地往下落，落在了麻三的皮靴靴面上。麻三不由得皱了皱眉头，说，你这是用来打猎的还是用来当拐杖的？

戚威武想了想，像士兵一样猛挺了一下身子说，不仅打猎，还打人。

麻三不由得哑然失笑，他说你要有胆量打人，我送你一支"三八大盖"。

戚威武说，不用，我这杆猎枪已经很不错了。我杀过好几个日本人。

麻三冷笑了一声，把猎枪抛还给戚威武，然后大步流星地走出了祠堂天井。他胸前挂着的口琴和腰间挂着的一只手表在不停地晃荡着，像两个钟摆的挂件。然后他的身影就消失了，和他一起消失的是一支山匪队伍。天井里一下子变得干净清爽起来，仿佛刚才发生的一切根本就没有发生过。陈岭北斜了朱大驾一眼，说，你管好你的步话器，不要去管别人的老婆。

朱大驾这时候已经缓过神来，说，步话器坏了，我只好管一下别人的老婆。

陈岭北说，我早和你说过，不是每个女人都能碰的。

朱大驾看到天井的不远处还站着牛栏花，牙齿痒痒地说，白给我十个大洋我也不愿再碰了。这就是浪费力气的鸟事儿。咱不再上女人的当了。

黄灿灿迈着八字脚晃到了陈岭北的面前，他十分细心地替陈岭北掸了一遍他身上的灰尘，然后认真地说，以后堂堂国军的事，你野毛部队就不要再来管。

黄灿灿的话音刚落，陈岭北突然飞起一脚踢在朱大驾的裆部。朱大驾像被敲中了七寸的蛇一样，大叫一声以后就整个人缩倒在地上，缩成一只刺猬蜷起身子时的形状，不停地痛苦呻吟着。

陈岭北什么也没有说，他朝黄灿灿温和地笑了一下说，堂堂国军，回头见。

然后陈岭北向东厢房走去，他的步子迈得十分从容，黄灿灿看了好久以后才恍然大悟地说，这分明是戏文里的步法，怎么给这个浑蛋学去了。

柳春芽腆着大肚子摇摇晃晃地走过来凑在黄灿灿身边说，我唱戏的，我知道，这是慢台步。

张秋水的目光一直没有离开过陈岭北，她看着陈岭北的背影，左右斜挎着毛瑟手枪和一只牛皮的公文包。那斜挎着的背带，把陈岭北分割成若干份。张秋水的脸上漾起了笑意，她看到柳春芽像一只大白鹅一样扶着自己的肚皮摇摇摆摆地跟上了陈岭北，她还看到柳春芽好像在和陈岭北说着什么，但是她听不到柳春芽的声音。这让她显得有些焦虑，但是又不愿匆忙地跟上去。她觉得跟上去的话她的身价就有点儿掉了。她不愿意掉身价。

张秋水听不到的柳春芽正在说的话，陈岭北却是能听到的。陈岭北听到一个柔软的声音说，岭北，你和以前不一样了，你像个担得起的男人了。

陈岭北得意的笑容只在脸上挂了半秒钟就消失了，他转过脸来认真地看着柳春芽。后来他说，春芽，我一向都是男人！

那天的麻三，大步走在四明镇的街道上。街道空无人烟，显得十分辽远与安静。在离他不远的身后，紧紧地跟着一群山匪。他们若即若离，若远若近。麻三停下脚步的时候，他们也停下了脚步。麻三后来站在街上，抬起了头，看到偶尔从他的视线里飞过的一只孤零零的大雁，这只灰色的大雁一定是掉队了，它从天空中掉下，一声鸣叫后就迅速不见了。这让麻三感到有些扫兴。麻三站在一块石板的中间，转头望向街道的四面八方。麻三说，我和你们都没完。

迷香的夜晚

43

五个长短不一的男人无精打采地站在陈岭北的面前，小浦东说他们是来当兵的，想混口饱饭吃。陈岭北说，想当兵？当了兵肚皮就更饿了，现在连老鼠都瘦得不能吃了。

五个男人不怎么爱说话，有一个还不停地流眼泪打哈欠。但是最后陈岭北抬眼望了望阴沉沉的天空，还是留下了这五个稻草人一样歪歪扭扭的男人。陈岭北想把他们带到南通去，因为陈岭北把香河正男送到南通后，自己就想回老家了。他得回家娶棉花，所以五个人来抵他一个兵，他觉得南通新四军部队一定赚了一把。这样他就能轻易地回到枫桥镇丹桂房村他的老家。

陈岭北想到这儿的时候，一场冬天的雨刚好纷纷扬扬地下了起来。陈岭北扳着手指头计算着，才发现今天已经是冬至了。晴冬至，烂过年。烂冬至，晴过年。陈岭北知道今年的大年夜会是一个大晴天，他突然感到有些苍凉。又一个年快到了，他离开家已经五个年头。

黄灿灿那天也在祠堂的大门口支起一张破桌子，桌子后边的墙上还让文书小蔡用毛笔写了两个大字：招兵。黄灿灿因为陈岭北多了五个人，如果他不招几个兵，会很没面子。但是蒋大个子是反对的，伍登科也反对，田大拿反对，小蔡也反对……反对最激烈的是蒋大个子，他早就盘算好了带着他的海棠回到老家萧山县欢潭镇过小日子。欢潭离鄞县四明镇其实不远了，只要迈开腿，走个五天七天就能走到。所有人都反对是因为说好了要回家了，你再招兵干什么？但是黄灿灿像一头拉不回来的牛，他固执地站在"招兵"那两个字前，一直从中午守到黄昏，除了一个七十多岁老眼昏花的老头来报名以外，没有一个壮年到这两个字前转一转。黄灿灿觉得很没面子，黄灿灿一没面子就骂娘。那天天还没有黑下来，黄灿灿就开始爬进棺材里躺好骂娘。天井里的雨声不厌其烦地传到黄灿灿的耳朵里，黄灿灿的心里和陈岭北一样，涌起了一阵悲凉。后来柳春芽走到了棺材边，她像观音菩萨一样安静而慈祥。柳春芽伸出了白净的手指，敲敲棺材的板壁。

黄灿灿不耐烦地说，你敲个魂灵啊？

柳春芽说，你一点也不像个连长。

黄灿灿生气地说，那我像什么？

柳春芽说，你就像糊不上墙的一堆烂泥。

麻三从牛栏花的被窝里钻了出来，他看到牛栏花嫩藕一样的身子，在空气暧昧的被窝里若隐若现。床沿边上的那扇松木门窗，被风吹得大概是松动了，发出轻微的有节奏的叽嘎声。院子里当然也在落着一刻也不停的雨。麻三同样知道烂冬至晴过年的道理，所以他开始计算着年关快到的日子，让每个兄弟都能捎上个三十斤猪肉回家。他觉得在山上当大当家也不是一件容易的事，那么多山匪要吃要穿，还总是巴望着能分粮食分猪肉。夜色不明不白地闯了进来，一盏轻巧的油灯正卖力地举着一粒火苗。

麻三特别想在这样一个冬至的夜晚喝一壶酒。

牛栏花把麻三再次拉进被窝。麻三在被窝里运动了一会儿，最后还是钻了出来。他大声地骂，说，喂不饱的母狼，想抽我的筋剥我的皮。

牛栏花在被窝里咮咮地笑。牛栏花说，不是我喂不饱，是你一点花头也没有了。你人模人样地披件二鬼子的呢子大衣，你以为你就成皇军了？

麻三有些生气了，说皇军有什么了不起，老子带那么多人完全可以当一名团长。你要是愿意，你可以叫我麻团长。

牛栏花在被窝里狠狠地扭了一把麻三丑陋的根，说，麻团长，我把你揪下来看你还认不认得自己姓啥了。

牛栏花和麻三就这样在这雨声里幸福地说着话。麻三有时候有点心不在焉，他一直在想那五个病恹恹的手下有没有做好准备工作。他让五个手下去戚家祠堂投军，投军的时候每个人腰上都捆着一小把迷香。麻三让他们晚上先点迷香放倒所有人，然后他再带人马从山上猛杀下去。他想要把国军和新四军的伤兵都绑上山，谁要是不想在老鼠山留下来，他就对谁不客气。当然他主要是想要杀了那个朱大驾。对于朱大驾和他享受着同一个女人，让他觉得自己被剜了心一般地难受。牛栏花是他的菜，为什么朱大驾也来夹一筷这碗菜。这菜被朱大驾夹过了，那这菜还算是谁的菜呢？

此刻戚威武的背上正背着那杆生了锈的猎枪，卖力地在外边灶间擀面条。他一边擀面条一边哼着愉快的小曲，他在心里说，累死你们这对狗男女，累死你们！

狗男女又狠狠地折腾了一番。这一次折腾让牛栏花像被杀翻的一头白花花的母猪，不停地号叫着，春意盎然的声音把这个完整的雨夜扯得七零八落。雨一直没有停，麻三觉得雨不停也是一件好事。当他觉得自己已经完全轻了并且神清气爽的时候，像一个懒汉一样翻了一个身从牛栏花身上滚落下来。一会儿，麻三专心地穿上衣服系上扣子，然后他看到戚威武手里捧着两碗三鲜面出现在床前，讨好地说，饿了吧？

麻三看到了戚威武肩上背着的生了锈的猎枪。他实在搞不懂戚威武为什么不给自己一枪。他不由得叹了口气，坐在小桌子边上开始稀里哗啦地吃面条。戚威武像影子一样退了出去。牛栏花还躺在床上，她不愿从温暖的被窝里钻出来，她用双掌支起了自己的下巴，眨巴着一双大眼望着专心吃面的麻三。

麻三吃完了面条，擦了一把嘴上的油，拔出一把亮闪闪的弯刀扔在床前。

牛栏花的笑容收了起来说，你什么意思？吃饱了撑的？

麻三温和地笑了，说，我一定要杀了朱大驾！

牛栏花的脸随即白了。有好长一段时间，她一句话也说不出来，只是定定地望着麻三。麻三却没有看她，他走到了松木窗子边打开了窗，立即有冰冷而新鲜的空气灌了进来，一直钻到麻三的胸腔里去。

这时候麻三看到了便宜，便宜靠在院里的门框上差点睡着了。他的脖子上围着一块密实的围巾。院门外已经集结了几十名山匪，麻三想，迷香应该迷倒那些伤兵了，差不多该出发了。这样想着麻三就迈开腿走出了房门，他连看都没有看露出白花花半截身子的牛栏花一眼，而是在戚威武面前站定了。麻三认真地替戚威武扣上了一粒衣扣，轻声说，你的猎枪生锈了。什么时候你用这猎枪对着我，你就像个男人的样了。

麻三说完，还轻轻拍了拍戚威武的脸。然后麻三大步向门外走去。戚威武解下了背上的猎枪，对准麻三的背影。戚威武用嘴巴喊了一声，叭，叭叭叭。然后戚威武的脸上露出了胜利的笑容。

麻三带着人马奔到戚家祠堂的时候，看到一盏清冷的马灯发出昏黄的光。冬天的小虫仍然不知疲倦地在马灯四周飞旋。五个内应全部跪在门口，他们的脸朝向大路，仿佛是一直在眺望着麻三的到来。

麻三看到他们的时候，心里一下子灰暗起来，他知道这些没用的手下一定是出事了。

马脸内应说，当家的，你杀了我们吧。我们罪该万死！

麻三从马背上笨拙地滑落下来，反背着双手在这五个人面前走来走去。他大概是想从这五个人的脸上看出一朵花来，但是看了好久以后，看到的仍然是五张油光光的脸。麻三不由得叹息了一声，他说，你给我说说怎么回事？

麻三终于从马脸内应的嘴里知道了事情的经过。他们晚上刚刚偷偷集合在一起，点起迷香的时候突然亮起了许多盏马灯。陈岭北背着毛瑟手枪和公文包，大步流星地从厢房里走了出来。和他一起出现的是黄灿灿，当然还有国军三十五团和新四军的伤兵。尽管他们一言不发，却像水桶一样把五个人紧紧围在了中间。五个人被用麻绳捆了起来，黄灿灿拿着迷香端详了许久以后说，全杀了，剥皮喂狗。

陈岭北坚决不让杀，说，放这些人走，不就是几个炮灰吗？

结果黄灿灿的手下，全都哗啦啦地拉起了枪栓。黄灿灿说，拿迷香来害人，老子要不是警觉就死在你们手中了。你们想要站着走出祠堂，除非扫帚柄上能长出竹笋来。

黄灿灿拔出一把在暗夜中泛着青光的开路刀，迈着八字脚一步步地在五人面前晃荡着。他突然出刀，在一名山匪的大腿上捅了一刀，那山匪随即怪叫一声抱着腿蜷在了地上。黄灿灿拿刀子在山匪的衣服上擦黏糊糊的血，说，谁敢动一动，我下一刀就砍谁。

陈岭北想，看来得动手了。陈岭北果然就动手了，他朝狙击手李歪脖使了个眼色，李歪脖迅速出枪，一枪击中了黄灿灿的军帽。黄灿灿的帽子掉在了地上，多了一个洞，但是头皮却没有伤到。黄灿灿的背脊心就一阵发凉，他看了身边的蝈蝈一眼，蝈蝈忙蹲下身子把那帽子捡了起来。黄灿灿的手指头抚摸着帽子上的那个洞，对陈岭北说，小裁缝，你敢来硬的？你是玉皇大帝派下来专门和我作对的吧。

陈岭北说，大不了咱们都开枪，三十六个兄弟全死在祠堂里。省得日本人动手，也省得麻三动手。

黄灿灿说，你这是在吓我吧，我黄灿灿最恨有人吓我。

陈岭北说，李歪脖，你听好了，你打黄连长的心脏，不要打额头，额头破相。虽然这狗头长得也不怎么样。

国军三十五团士兵的所有枪口，都已经对准了陈岭北。李歪脖的枪口却始终对着黄灿灿的左胸。李歪脖说，我打心脏，保证不差半分。

那天是柳春芽上前打的圆场。柳春芽捧着自己滚圆的肚皮，走到一盏马灯的灯光下。灯光让她的脸色变得十分柔和，她的手慢慢伸出去，压低了章大民的枪口，又压低了蒋大个子的枪口、小蔡的枪口、施启东的枪口……她把所有的枪口都压了下去。然后她说，小心走火。

柳春芽后来在一张椅子上坐了下来。她的样子看上去安静而有力。

她一言不发，却好像有许多话要说。在她柔和的目光中，五名山匪身上的绳子被割断了，他们一起向祠堂的门口走去。马脸总是担心身后的枪声响起来，所以他几乎是闭着眼睛走出祠堂的。他想如果黄灿灿真的开枪，那杀掉内应是天经地义的事，死就死啊。但是枪声一直没有响起来，站在祠堂外清凉的风中，他长长地吁了口气，才发现自己的身上全是汗水。

柳春芽那天突然来了兴致，她开始唱《梁祝》。她主要唱的是十八里相送到长亭。她的唱词让大家脑海里同时浮现起这样的场景：梁山伯和祝英台穿着干净的棉布衣衫，行走在江南的春天里。所有的花都开放了，水稻在风中摇晃，蜜蜂发出嗡嗡的声音，祝英台告诉梁山伯，家里有个小九妹，梁兄啊你的花轿一定要早点儿来抬。柳春芽唱的折子戏，让人突然都很觉得，要是不打仗的话，每个人都有可能分到一个祝英台。

柳春芽唱完的时候，走到了陈岭北的身边，看了陈岭北很久以后，她眯起眼笑了。

陈岭北说，笑什么？

柳春芽说，你一点也不像当年的小裁缝了。

这时候祠堂的偏门被推开。马脸内应带着另外四个山匪出现在大家的面前。黄灿灿说，你是回来寻死的吧。

马脸没有理会黄灿灿，而是对陈岭北说，长官，我们不走了。

陈岭北说，我不是长官，我是分队长。

马脸说，我们是老鼠山上的人。

陈岭北说，我猜到你们是老鼠山上的人。

马脸说，麻三要带人来攻祠堂，人不能没良心，我们留下来说不定可以派上点儿用场。

陈岭北笑了，说，我就猜到你们会回来。

马脸说完了这些，长长地吁了口气。他像是说大书的先生在茶楼里说一个遥远的故事，比如薛刚反唐，比如红拂夜奔，比如吕四娘刺雍正……马脸说完以后笑了，说，大当家，现在你杀掉我吧。

麻三果然一脚把他踹翻在地，锵啷一声拔出刀子架在了马脸的喉咙上。马脸仰躺在冰凉的地上闭上了眼睛。

马脸对着天空说，大当家，你下刀吧，别用太钝的刀，割不死我会疼死我。

44

陈岭北和黄灿灿的枪全收了起来，所有的人都散了。天井里一下子安静下来，陈岭北和黄灿灿一左一右，坐在天井中间的两把太师椅上，像两个夜观星象的高人。两把太师椅的中间案几上，放着一瓶酒和三只杯子，那是陈岭北让人连夜找来的。他们一直没有说话，这两个从小就住隔壁做了多年邻居的人，只要看一眼对方的眼神，就知道对方肚里有几条蛔虫。

他们在等着麻三的到来。这是一个漫长的过程，仿佛一条白晃晃的时光之河在他们的面前流淌。陈岭北想到他十八岁的时候，上猪肚山去砍柴，被一条烙铁蛇给咬了一口。他的腿红肿得像水桶，躺在床上昏睡了七天。三天里蛇医割刀下药，但是那蛇毒是嫂子棉花一口一口吸出来的。蛇医用草药救活了陈岭北，棉花的嘴却因中蛇毒而歪了一个月。陈岭北第七天醒来的时候，看到歪着嘴的棉花脸上挂满了完全盛开的笑。

陈岭北想，我不娶这样的嫂子，我还是人吗？

陈岭北听到了祠堂外的脚步声，然后有细碎的对话的声音传来。陈岭北就对黄灿灿说，大门口的哨兵撤回来了吧？

黄灿灿说，不撤回来的话早被人割断喉咙了。

陈岭北说，他们已经来了。

黄灿灿说，我又不是聋子。

陈岭北听到了祠堂大门外马脸的声音。马脸说，大当家，你下刀吧，别用太钝的刀，割不死我疼死我。

听到这儿陈岭北就笑了，陈岭北说，他们就要进门了。

他们果然进门了。麻三被一些山匪簇拥着，像绿叶丛中一朵长相难看的花。山匪们迅速散了开来，端着枪警戒，他们对天井里只有两个人在等着而感到奇怪。果然他们都听到了陈岭北的声音，陈岭北打了一个哈欠不耐烦地说，等你们那么久了，怎么才来？

麻三愣了一下，说，你别给老子耍花招。

陈岭北说，你那么大老远来，我要请你喝酒。

陈岭北说完抓起案几上的瓶子，在三只杯子中倒了酒。陈岭北说，五个你派来当内应的人都连本带利还给你了，你收到了吧。

麻三愣了一下，看看军师陈欢庆，意思是让陈欢庆说话。陈欢庆清了清嗓子，文绉绉地说，自古兵书有云，兵不厌诈也，五名内应之深入敌部，乃老鼠山麻大当家之决策。虽未决胜千里，然亦是神兵妙着也……

陈岭北和黄灿灿对视了一眼，又看着一脸得意的麻三。黄灿灿说，你别给我也也也了，我一个打铁的听不懂！

陈岭北说，我是个做裁缝的，也不喜欢听这酸不拉几的话。但我还算勉强听懂了，我没觉得派这五名内应有什么高明，一看贼眉鼠眼的就不是好人。闲话我不想说了，说了累人，麻大当家来了就是客人，咱们还是喝酒吧。

接着就开始喝酒。麻三是个喝酒容易醉的人，他醉了以后喜欢哭。麻三后来酒劲有点儿上来了，就说，我想哭。麻三刚说完，就蹲下身抱着桌腿稀里哗啦地哭了起来，他一边哭一边要求陈岭北和黄灿灿以后不要再和他的弟弟麻四过不去。

陈岭北说好端端的当什么汉奸哪，除非麻四把所有的血债都还了。

后来便宜端来了一盆冷水，一块毛巾扔在了冷水里，便宜绞了毛巾给麻三擦稀里哗啦全是泪水的脸。麻三的酒好像稍微醒了一点，然后他把脸浸在水盆里，不停地吹泡泡。好久以后他猛地从水盆里抬起脸来，带起了一片稀里哗啦的明晃晃的水。麻三用毛巾擦了一把脸，将毛巾扔在水盆里。他觉得这个冬天和自己实在是太近了。后来他说，你们跟我上山吧。

黄灿灿说，我们不投奔谁，我们是要回家传宗接代去的。

麻三说，你抢了日本人的粮，日本人不会不查。一查两查就查到四明镇上来了，到时候给你们长上翅膀也飞不了。

陈岭北说，那为什么一直到现在他们还没有行动？

麻三说，那是因为我压着，我没说出是你们干的，我也没说出你们在这儿。他们没行动，不等于他们不行动。

陈岭北说，我们要是上山了，不落草行不行？

麻三不耐烦地皱眉头，不落就不落，你以为我稀罕你们这些当兵的。我要是当兵，到现在至少当上团长了。

陈岭北想了想说，行，那我们跟你走。

黄灿灿在一边插话，说，要去你去，老子不去。大不了鱼死网破。老子是堂堂国军正规部队，当不了匪。

陈岭北说，鱼不能死，网也不能破，我们都得好好地活。有一句话的意思是不好好忍着就会坏事，大当家，让你的军师说说那是句啥话？

陈欢庆大声说，小不忍则乱大谋。

陈岭北一拍大腿说，对，乱大谋！姓黄的，你要是不跟着一起走，你那些兄弟不恨死你才怪。你自己掂量掂量！……

夜晚越来越漫长，这个纷乱的黑夜一眼望不到尽头，黎明仿佛遥遥无期。马灯晃荡的光线下，东厢房和西厢房的伤兵们都走了出来。陈岭北的目光掠过一个个人头，最后落在了睡眼蒙眬的香河正男身上。陈岭北走过去，轻轻拍了拍香河正男的脸。香河正男又紧紧地抱住那只慰问袋，仿佛里面装了一袋的宝贝。陈岭北说，我们要上山了，你不要跟丢队伍。你要是敢跟丢了，小心吃枪子。

陈岭北一边说一边斜了李歪脖一眼，李歪脖举了举枪，脸冷得像一块铁板一样，香河正男不由得背脊心发凉。他明显地感到背上被镰刀砍的伤口，已经在结痂了。那片两个指甲那么大的痂，让他时不时有痒痒的感觉。香河正男看到所有的人都在天井里整了队，黄灿灿站在队伍的最前头，他的目光和陈岭北的目光越过人头在空中相遇。陈岭北重重地点了一下头。

黄灿灿迈开八字脚在前头开始走路，王木头跟着走，海棠和蒋大个子并排着走，张秋水回过头来，一次次看着陈岭北。陈岭北一直没有动，仿佛这一场国军与新四军伤兵的迁徙与他是无关的。柳春芽就站在他的身边，对陈岭北说，你是不是不走了？

陈岭北说，我留在这儿给山上当眼线。要是日本人三天不来，我不想让我的弟兄们待山上。待山上那差不多就成了强盗。

柳春芽说，那我也得留下来。

陈岭北说，你得跟着黄连长上山，山上安全。

柳春芽说，日本人在中国，我就没有一天安全过。什么黄连长，不就是村东头的黄打铁吗？从小看他光屁股溪里摸螺蛳抓蟹长大的。

陈岭北不再说什么。他看到所有人都跟在那帮山匪后头走出了祠堂的侧门，走在最后的是蝈蝈。蝈蝈腰间的军号和唢呐，亮闪闪地晃荡了一下。然后这些人都不见了，像是去了另一个世界。

陈岭北后来和柳春芽一起迈出了祠堂的大门，看到门口街面上死气沉沉空无一人。一会儿四个男人抬着一张门板，从街的尽头疾速地奔跑过来。陈岭北终于看清了门板上半截身子的戚四爷戚杏花。门板在祠堂的门口停了下来，被放在了地面上。戚杏花抬起头，望着站在他面前的陈岭北说，你可以放心的，日本人那儿我们连一个字也不会吐出来。

戚杏花说完，长久地看着陈岭北，仿佛在等着陈岭北说一句赞许的话。陈岭北什么也没有说，戚杏花扫兴地挥了一下手，四个男人抓住门板的四只角，把门板连同戚杏花一起抬了起来。戚杏花消失了，消失得很神秘，像幽灵一样。

这时候，陈岭北看到了四明镇东边天空中辽阔的鱼肚白，夜晚终于结束了。

第五部分

★

四明镇战事

火光照亮裕德堂

45

　　这是一个和往常没有什么两样的安稳的白天，四明镇的一天开始了。陈岭北和柳春芽看上去有些游手好闲，他们像一对夫妻一样走在四明镇的大街上。尽管他们不是夫妻，但柳春芽还是絮絮叨叨地和陈岭北说起儿子的未来。柳春芽觉得儿子长大后必须是当官的，无论是当县长，还是当军长，都必须不输给他当过团长的爹。陈岭北对柳春芽的说法一点也不感兴趣，他把那套破旧的军装换下了，换了一身看上去明显有些小的捡来的破衣裳。他不时地抬头看着天，天上白花花的一片，偶尔有几只鸟肆无忌惮地在天空中滑过。如果日本人没有到中国来，如果他不是离开枫桥镇的裁缝铺，那么当初就算没娶成柳春芽，但至少也早就娶了镇上某户人家的女儿。当然，现在他想要娶的是寡妇棉花。棉花是现成的。

　　陈岭北远远地看到了鲍三春牙医铺门口不远处牛栏花的油条摊。油锅里的油在不停地翻滚着，使这个清晨看上去有些热气腾腾的味道。牛栏花是个麻利的女人，她炸油条的样子让陈岭北眼花缭乱。那双细长的筷子，不时地在翻滚的油锅里探来探去，好像要翻检出这个清晨所有的秘密。牛栏花明显看到了陈岭北，她面无表情地翻了陈岭北一眼，继续炸她的油条。

　　牛栏花看到陈岭北和柳春芽在小桌子边上坐了下来，他们一共要了三根油条，两根是柳春芽的，因为她的肚皮里还活着一个小人。他们多么像一对回娘家的小夫妻啊，柳春芽甚至还让陈岭北伏下身来趴在她的肚皮上听胎音。陈岭北装出甜蜜的样子，把耳朵紧贴在柳春芽的肚皮上。其实他听到的是柳春芽肚皮里咕咕咕的水声，但是他还是刻意地想象成那是小张团长在肚皮里笑。这样听着的时候，他的胃里不由得开始冒酸水。他觉得这肚里的孩子本来应该是他的，但是因为柳家一头牛踏了葛老财家的青苗，所有的一切都因为张团长是团长而改变了。怪不得柳春芽说儿子长大了，要不当县长，要不当军长。陈岭北的心里就一直悲凉着，悲凉得他的胃都难受了起来。柳春芽一直盯着陈岭北看着，说，几年过去了。

陈岭北说，是啊，我觉得我都快老了。

柳春芽说，这几年里，我只见过张团长三次。最后一次是七个月前。

陈岭北说，你跟他见不见，和我有什么关系？

柳春芽想了想说，我现在是寡妇，我很认真地问你，你还愿意娶一个寡妇吗？

陈岭北笑了，露出一排白牙说，不娶。

柳春芽的脸色阴了下去，说，你是怕我带着个拖油瓶吧？

陈岭北说，不是。是因为我要娶棉花。我们家欠棉花太多了。

柳春芽说，张秋水好像中意你。

陈岭北说，我只当她是妹妹。

两个人说着话的时候，牛栏花突然在小桌子边上坐了下来，手里抓着一根油条往嘴里塞着，边塞边口齿不清地说着话。牛栏花说，朱大驾是堂堂国军，你不过是新四军野毛部队。上次你是不是管得太宽了？你把我家威武弄到祠堂里去算什么？

陈岭北转过脸来，望着牛栏花的大眼睛说，你是不是骨头发痒，想让我抽你？

牛栏花一下子变得兴奋起来，两眼放出猫眼睛一样的光芒，抽我，你抽我。朱大驾和麻三都不敢抽我，我们家威武就更不用说了。最好你直接把我按油锅里炸了。

陈岭北一下子愣了，他看到牛栏花脸上容光焕发，他的心里就叹了一口气。他记起棉花的脸容，棉花太辛苦，所以脸上有了密集的皱纹。

现在面前这个女人，却滋润得像灌满了浆的梨瓜，沉甸甸，只要你敢掐，你就能掐出一把水来。

柳春芽在一边看着窘迫的陈岭北，一直恶作剧地咪咪咪地笑着。柳春芽的眼睛里有了星星点点的火光，她也突然觉得，当年的小裁缝现在怎么看都不一样了。

牛栏花后来站起了身回到油锅边上。起身以前她扭了一把陈岭北的脸说，你还敢在四明镇待着，矮脚鬼子什么时候都可能像天上掉下来一样突然出现在你面前。

柳春芽仍然在咪咪地笑着。陈岭北有些恼怒了，说，小心我真抽你。

牛栏花大声地说，这世道只有我抽你，你一个大老爷们有脸抽一个女人？你等着，总有一天我还得抽你！狠狠抽你！

船头正治准尉带着一个中队，和麻四带的一个中队的和平救国军一起从江桥镇出发，他们沿着漆黑的夜色向四明镇悄无声息地迈进。行军的路上，船头正治一直回忆着千田薰联队长在部队出发前，呈现给大家的那张阴沉的铅灰色的脸。船头正治记得，千田薰站在队列前挥了一下手，部队开始行动。千田薰目送着船头正治带队离开，直到整个中队消失在营区外的黑夜之中。千田薰十分希望自己的联队下属的所有中队，都能像划破夜空的闪电一样急促而有力。

千田薰记得那天下午他睡了一个葱茏的午觉，醒来以后看到船头正治笔直地站在他的门口。冬天的风十分清凉地拂过千田薰的面颊，他想起早晨起床刮胡子时，刮破了下巴上的皮肤。现在风一吹，让他的伤口隐隐生出夹带着清凉快感的疼痛。船头正治向他报告，所有小镇一一摸排后，发现四明镇上住着一些中国伤兵。

那天晚上船头正治带领的船头中队和救国军中队迅速向四明镇靠拢，他命令手下将这个镇的人们驱赶到几个地方集中搜查。船头正治自己和麻四各带一个小队，把一批人赶到了裕德堂门口。远远地看过去，那些夜色中游动的火把像一群鱼一样在慢慢集中靠拢，最后把裕德堂的墙壁映得通红。船头正治站在教堂门口一片开阔地上的一棵树下，如果不注意，没有人会发现像影子一样的船头正治躲在树冠的阴影中。船头正治看到了那些闪亮的刺刀，他的手下正用刺刀驱赶着从四面八方被赶来的镇民。很快这些镇民被会聚在裕德堂门口，像一个慢慢被淤泥堆积而成的小岛。船头正治的目光越过这样的小岛，落在裕德堂墙上高大的窗盘上。这是中国传统的石窗盘，但是整个裕德堂的建筑样式是西式的。高高的屋顶上的那个十字架，像是被谁举起的一把铁锹一样，凌厉地扎入天空中。船头正治知道教堂里面藏着许多闻风而逃逃过来的镇民，他笑了一下。他觉得用一座教堂来抵挡钢铁做成的枪炮，是一件十分滑稽的事。

船头正治从树冠下的阴影中走了出来。那些被刺刀圈定在裕德堂门口的镇民一言不发，屏着呼吸连大气也不敢出。所以船头正治能清晰地听到那些火把燃烧时发出的毕剥声。船头正治的军靴一步步前行，孤独却充满节奏，这样的声音让所有的目光都集中在他前行的军靴上。船头正治后来走到了裕德堂的大门口，轻声说，敲门。

立即有一名短腿士兵冲上前，用枪托重重地砸门。短腿士兵砸到第三下的时候，门从内向外打开了，杜仲穿着黑色的长衫慢慢地走了出来，走到门前不远处的空地上。他用两只手梳理了一下自己的头发，然后安静地站在那儿，一言不发。船头正治绕到杜仲的面前，铁板一样的脸上泛起青灰色的笑意。

船头正治说，神父，晚上好。

杜仲说，那么晚了，你们为什么还不睡觉？

船头正治说，因为我们发现了抗日分子，他们抢走了大日本帝国的粮食。所以不管晚不晚，我们都睡不着。

杜仲说，你们对法国太无礼了。

船头正治冷笑了一声说，给你法国一个面子，我们保证一定不破坏教堂，一定不对教堂里的人无礼，但我要找系着军用皮带的人，我要找头发上有被帽檐压过的痕迹的人。

杜仲说，我不允许。

船头正治的手一挥，立即有数名日本兵持枪进入了裕德堂。船头正治说，允不允许，得我说了算。

但是那些进入裕德堂的日本兵迅速撤了出来。其中两名日本兵倒拖着一名不停哀号的日本兵。他的后脖颈被毒壁虎咬了一口，痛得不停地在地上踢腿，仿佛是想要把天空给踢破似的。其中一名日本兵气喘吁吁地说，都搜了，里面没几个人，大部分是女人。没有中国军人！

杜仲再次一字一顿地说，不管有没有军人，进入教堂，我不允许，法国不允许！

船头正治不再说话，挥了一下手，两名日本兵迅速地将那名被毒壁虎咬伤的日本兵拖走了。船头正治满眼忧伤地踱着步走到裕德堂门口的那堆人群前，真诚地说，只要有那么一点点线索，我就不伤害大家。如果中国兵不自己走出来，那他就是在害你们。这是多么自私的人啊。

船头正治感叹着，他的目光再一次瞟向天空，仿佛担心夜色中的浮云会被一支支的火把给点着了。他的身边站着几乎没有脖子的麻四，他臃肿的身材比船头正治更像一个日本人。

这时候船头正治发现了一块门板。船头正治蹲下身去，望着门板上坐着的半截人，那就是四明镇上最著名的戚家族长戚杏花。船头正治的手伸出去，抓住了戚杏花花白的山羊胡子说，你是谁？

戚杏花干咳了一声说，我是戚杏花，人称戚四爷，在四明镇的戚家中辈分最高。

船头正治没有理会戚杏花，而是认真地数起了胡须。他一共数了十根胡须，然后用力一扯，胡子被生生地拔离了戚杏花的下巴。戚杏花来不及惨叫，就发现那胡须躺在船头正治的手心里，横亘在离自己鼻尖前没多远的地方。船头正治轻轻一吹，那几根白色的胡须飘了起来，摇摇摆摆落在地上。

戚杏花气得整个人像筛子一样抖起来。船头正治轻轻地一推戚杏花，戚杏花的半截身子就整个仰倒在门板上。此刻他眼里装满了黑色的天空，天空中还燃烧着火的颜色。他不由得长叹一声。

船头正治的目光环视着被围着的众人说，没有人愿意站出来吗？

仍然没有人站出来。船头正治让人拖出了几个男人，他们被迅速绑成了一串，像小孩从野地里抓回来的用稻草穿着的蚂蚱。船头正治挥了一下手，立即有几把刺刀扎向那些被捆成一串的蚂蚱。噗噗的声音里，血水像一条条小河一样喷出来，那些腥味随即在裕德堂门口飘荡起来。最后一名年轻的男人还没有被刺死，船头正治拔出了东洋刀，刀尖就顶在年轻人的脖子上。

这时候一个尖厉的声音响了起来。裕德堂的黑色门洞里，吐出了一个年轻得像粉藕一般的女子。她穿着绿色衣衫，像一只凌空的燕子一般飞向年轻人，一把将年轻人紧紧抱在怀里。国生，她说，国生。她不停地喘着气，两手抱着年轻人的脸，目光慌乱地四处闪烁。船头正治笑了，他觉得这个女人一定是不知道该怎么办了，才会有兔子在林中逃逸时的慌乱的眼神。他温和地笑了，走到年轻女子的身边说，不要怕。要不你陪大日本帝国的军人睡一觉吧。

年轻女子没有听清楚，睁着一双惊惶的眼问，你说什么？

船头正治的声音加大了，他大声地说，你陪大日本帝国的军人睡觉！

立即有五名日本兵上前，将年轻女人像拔起一棵草一样，从那名年轻人身边拔走了。年轻男人大吼起来，因为吼得太响，他的喉咙里竟然突然失声，发出了啊啊啊的声音。

陈岭北站在裕德堂大厅的人群中，他记得没多久以前，他还和柳春芽像无所事事的闲人在四明镇上清冷的夜色中晃荡，这让他想起了多年前他和柳春芽最甜蜜的时光。陈岭北从裁缝铺里出来，总会带上镇东头王麻子烧饼，或者萝卜煎饼，用油黄纸包着站在高升戏院的门口等着散场。柳春芽从戏院里出来，会接过烧饼边吃边和陈岭北走那条不长的街道。他们把一条街不厌其烦地踩来踩去，好像这是世界上最重要的事。后来，柳春芽嫁给了张团长，张团长带着部队开拔了，柳春芽每年都会去张团长驻防的地方看望张团长……

陈岭北很想和柳春芽在四明镇上一直这样晃荡下去，但是他听到了嘈杂的声音，看到慌乱奔逃的人群。陈岭北拉着柳春芽混进了人群中，瞬间就不见了。他们随着人流，糊里糊涂地进入了裕德堂。陈岭北就想，裕德堂大概就是镇民们认为最安全的地方。

陈岭北听到屋外传来的惨叫。他知道裕德堂外发生了什么事，他觉得这好像比战争还要残酷。陈岭北想了想，对身边的柳春芽说，我必须出去了。我只能对不住棉花了，我还没有娶她。我们陈家实在是对不起她。

柳春芽沉着一张脸说，你不许出去！你要出去我跟你拼命！

陈岭北说，你要跟我拼命，我也不能让那么多人丢命！

柳春芽手里突然多了一个纳鞋底的铁钻头，她用钻头对准了自己的肚皮说，你要是敢出去，我现在就把我肚皮里的孩子扎死！

陈岭北无奈地叹了口气。他的后面站着戚威武和牛栏花。戚威武不停地哆嗦着，整个身子要软下去的时候，被牛栏花拎住后脖颈一把提了起来。牛栏花说，给我站直了！站不直我敲断你的腿。

戚威武轻声说，你瞎三话四，谁说我站不直？你看，你看我站得比谁都直。

牛栏花没有理他。她紧紧地挨在陈岭北的身边，呼出的气息不时地落在陈岭北的脖子上。陈岭北回头看了牛栏花一眼，牛栏花瞪着眼说，不许乱看！

陈岭北没有说话。他的目光望向裕德堂外，他看到了船头正治托起年轻男人的下巴，对麻四说，让你的人拖着他去看看他的相好是怎么陪帝国军人睡觉的。

麻四大声地说，嗨咿。

麻四认为自己的发音已经很像日本人了。他有一个理想，等打完了仗，他想搬到日本去享福。麻四挥了一下手，立即有两名和平救国军的士兵拖起了年轻的男人。

杜仲站在裕德堂的门口，依然一动不动地像一枚黑色的钉子一样钉向大地。他的衣角和头发被冬天的风吹起，让他感到了这个冬天的寒意。杜仲的目光望向那棵树下，那棵树下五名日本兵已经剥去了年轻女子的衣衫，在夜色里，女子呈现出一种朦胧的月亮一般的白净。她的惨叫声响起来，与此同时，年轻男人大叫一声咬断了自己的舌头。

裕德堂里混杂在人群中的陈岭北说，我得出去，春芽，你不要再拦着我。

柳春芽说，就算我不拦着你，他们也会杀人。你别做梦了，你以为你很重要？

陈岭北的手按在腰间的毛瑟手枪上，一咬牙说，不管了。

柳春芽突然伸手，一把捉住了陈岭北的手。柳春芽就这样紧紧地抓着陈岭北的手，像多年以前一样，紧紧抓着陈岭北的手，一起去爬枫桥镇边上的钟瑛山，一起去枫溪江上的空地上摘桑子。陈岭北反过来捉住了柳春芽的手，紧紧地握着，生怕柳春芽的手会像一只鸟一样飞走。

陈岭北想了想，最后还是咬了咬牙说，我不能让镇上的人就这么死了。就在这时候，突然一棍子呼啸着过来，陈岭北的头上重重地挨了一记，随即晕倒在地。牛栏花扔掉了手中的那根木头门闩说，真是个没用的东西，送死谁不会？我早就说了，我总有一天会狠狠抽你！

也就在这时候，裕德堂外的那棵树边几把刺刀同时扎进了年轻男人的胸膛，噗噗噗的声音响起来。年轻男人的身上像是突然被打开了许多开关一样，四面八方地喷出血来。很快他像一只被放了气的皮球，软塌塌地倒在地上。那个正被日本兵压在身下的年轻女子在不停地扭动和挣扎着，她的裤子就落在小腿肚的地方。她显然是看到了这一幕，仿佛是疯了一般地大叫大喊起来。她说，快来，快来干我，都来干我吧！

年轻女子后来唱起了歌，她唱那首叫《茉莉花》的民歌，她唱"好一朵美丽的茉莉花",然后她咯咯咯地笑起来,像一只刚下了蛋的年轻母鸡。所有的人都没有说话,所有的人都觉得空气一下子在这寒冷的日子里结成了冰。杜仲闭着眼睛,不停地画着十字。他突然开始想念法国的家乡。他的家乡是一座叫安纳西的小镇。

戚杏花的半截身子挣扎着在门板上坐了起来,他开始大喊,他老迈却又中气实足的声音在这寂寥的夜里传出去很远。借着火把的光线,可以看到戚杏花的唾沫四溅着。戚杏花说,不管国军还是共军抢粮,和我们老百姓没有关系。你们不是要大东亚共荣吗?你们撒谎,你们简直连畜生都不如……

戚杏花捶胸顿足,激动得整张脸都涨红了。船头正治笑了,走到戚杏花的身边,突然飞起一脚。戚杏花像一个长方形的皮球被踢了起来,重重地落在门板外的空地上。一名抬门板的男人上前去扶戚杏花,船头正治的东洋刀一刀穿透了男人的脖子。船头正治又抬起一脚,男人的身体离开刀身,重重地栽倒在地上。

戚杏花在地上用两只手撑着爬起来,他嘴角流出了一汪血,白色的胡子上像桃花一样沾满了一朵朵的红。他开始在地上爬,爬到一块手掌般大的鹅卵石边上时,举起石头就要往自己头上砸,一边砸一边大声地叫,祖宗啊。

麻四突然一脚踩在戚杏花的手上。那块石头从戚杏花的手中掉落,麻四用脚把那块石头移开了。麻四说,你要寻死,皇军会不高兴的。

皇军果然是不高兴的。船头正治让麻四把戚杏花的上半截身子吊了起来,吊在那棵树上。船头正治走到树下,抬眼望着戚杏花,就像望着一块风中的腊肉。船头正治笑了,说,死比活着难多了。

戚杏花面无表情,他的嘴角仍然在不停地淌着黏稠的血,面条一般地穿透黑夜掉落在地面上。他的目光仿佛可以看到很远的地方,他好像看到了自己当初年轻的妻子,挑着一担水从一棵开得很艳的桃树边走过。水桶里是清冽的在阳光下晃荡着波纹的水。妻子笑了一下,挑着担子越走越远。那是他多年不见的亡妻。他看到亡妻的辫子依然乌黑,在腰上像两根黑色的麻绳。戚杏花的心里绝望地哀号了一声，说，祖宗啊。

他想起了遥远年代的祖宗戚继光。

这个嘈杂的夜晚，船头正治和麻四一无所获。冷风一阵阵吹来，缩头缩脑的麻四抬头望着环抱着四明镇的四面的山。他望向那些黑黢黢的山的深处，仿佛要把整个黑夜望穿。风一阵一阵吹来，他把本来就很短的脖子缩了又缩，最后他轻声说，他们会藏在哪儿呢？

这时候，他被船头正治割掉的那只耳朵的部位，不由自主地疼了一下，像被蚂蚁咬了一口。

小碗的婚事

46

这是一处藏得很深的山。山上高高低低错落有致地造了一批低矮的黄泥屋，看过去触目惊心地黄了一片。黄泥屋的房前屋后还种了许多的桃，只要三月来临，这桃花的粉红和这泥墙的深黄交缠成一片，让人会觉得这是一幅绝美的画。远处还有大树掩映，山泉不经意地流过角角落落，山风随便地吹，这些老鼠山上的强盗可以随便地在风中昏昏欲睡。只有所谓的聚义厅，是由一间老旧的、扎红披绿的海角寺改造的。麻三觉得聚义厅不能是黄泥屋。

陈岭北和柳春芽被围在裕德堂里的时候，黄灿灿和麻三就站在聚义厅的门口，远远地望着镇上四五处密集的火把。他们在门口空地上支一张桌子喝同山烧，那是一种烧刀子酒，喝个三两就能把人给烧起来。让人像一支一点就着的蜡烛一样。

麻三说，闲着也是闲着，等天亮了咱们去干一票。

黄灿灿斜了麻三一眼说，这种见不得人的勾当，不是天黑才干吗？

麻三生气了。麻三说，老子偏要白天去偷，去抢，去放火杀人！

黄灿灿说，那你简直就是日本人了。

麻三大着嗓门喊，你太看得起我了，我觉得我连日本人都不如。日本人会给你一个痛快，我连痛快也给不了你。

黄灿灿望着四明镇上的火把在渐渐移动的过程中熄灭，最后这五个火把阵合在一处的时候，火把差不多燃尽了。最后一支火把熄灭的时候，天色开始亮堂。黄灿灿和麻三就坐在聚义厅门口空地上的一堆暗淡的光线里。山风清凉，植物的气息扑鼻而来，让黄灿灿感到从未有过的清新。麻三不耐烦了，说，你到底干不干？

黄灿灿说，干！

麻三笑了，说，我知道你会干。那个姓陈的傻瓜才不会。

麻三的话让黄灿灿心里不是滋味，但他还是认了。麻三的眼睛毒得像蛇，他看准了黄灿灿是个愿意去偷去抢的人。那天麻三带了二十个人，黄灿灿带了十个伤兵。他们一共抢了八匹布、三坛封缸酒和一个叫小碗的女人。黄灿灿第一次像山匪一样抢东西，这让他无比兴奋。他往小碗家小院里一站的时候，感到那屋子都会被他的脚步给震塌了。小碗低垂着脸，站在角落里，眼角的余光能看到黄灿灿穿着的积满灰尘的鞋子，那鞋子在她的面前站住了，然后冰凉的手枪的枪管托起了她的下巴。

抬头，黄灿灿说。

黄灿灿的话很轻，但是分量重。小碗马上抬起眼睛，她看到了一个胡子拉碴，长得有点儿难看的黄灿灿。长官，小碗轻声叫。她知道这个人肯定是官。

黄灿灿笑了，咧开嘴拉过一张椅子坐了下来说，你是谁？

小碗说，我是刚过门的姨太太。

黄灿灿说，那你男人是谁？

小碗把目光投向了不远处站在门角的一个七十多岁的老头。老头的老鼠眼躲躲闪闪，他的头勾着，看上去十分阴险。黄灿灿不太喜欢这个老头，所以他迈着八字脚向老头走去，拍拍老头的肩说，老爷子您高寿？

老头张开一张空洞的仅剩一颗门牙的嘴巴说，老夫今年七十有二。

黄灿灿一脚就将老头踹倒在地说，七十二，你还娶那一个像花一样的女人当姨太太？你这不是谋害人家吗？

老头倒在地上直喘气说，我毛病多，娶进来就为冲个喜。

黄灿灿说，娘希匹的，这个女人没收了。

这时候日本兵刚刚从四明镇回到驻扎地江桥镇。他们迈着整齐的短腿，穿过一片田野和几座村庄。他们没有抓到一个国军和新四军。这时候陈岭北和柳春芽继续出现在四明镇的街头，他们越来越像一对夫妻了，甚至柳春芽有好几次在过路口和避让大车的时候，还拉住陈岭北的手。拉着手的时候，让陈岭北想起了老家枫桥镇的黄昏。那时候他们总是在镇边上的枫溪江边，把夕阳踩得七零八落的。时间像流水一样过去，他捏着柳春芽的手，抚摸着那绵软与丰腴的皮肉，觉得生活如此真实。陈岭北希望他们一路这样走下去，手挽着手不要停下来。现在他们穿过了狭窄的街道，拐过松林庵门口那株十分贫瘠的楝树后，陈岭北看到了远远的松树摇曳着的老鼠山。

他们向老鼠山走去，像走向许多未知的冬天的秘密。

山神王二坐在海角寺的尊位上一动不动。他已经这样坐了几十年了，一直坐到海角寺越来越破败。屋顶的瓦片掉下了一溜，露出触目惊心的一片白亮。下雨天的时候，山神王二能看到那块明亮的地方雨阵密布，一会儿庙里就湿了一大片。山神王二想到这些的时候，心里就不太高兴。但是比起隆隆的炮声来，这儿有点儿乱世安稳的味道。

山神王二突然渴望现世安稳。其实这附近方圆的百姓只知道这是本地山神，并不知道这尊泥塑的神仙叫王二。王二就感到非常不满，他突然觉得那些善男信女除了要些平安升官发财以外，什么都不愿去求。山神王二为此伤神，不由自主摇头的时候，他的眼睛仿佛亮了一下。他看到小碗穿着红袄，走进了山神庙。海角寺庙堂里的光线一下子就亮堂起来。

　　山神王二看到小碗坐在一张小凳上，安静得像一株五月成熟的小麦。如果不是风吹一下，这小麦一直会纹丝不动。她的两条腿紧紧地靠在一起侧着身子坐着，眉眼低垂一言不发，看上去她就像是小户人家的女儿。黄灿灿和麻三坐在不远处，他们的目光一直停留在小碗的身上。庙堂里十分安静，仿佛没有一丝生机。一只老鼠怯生生地从香案下钻出脑袋，一会儿又断然地抽身离去了。黄灿灿和麻三对视了一眼，仿佛心有灵犀一般，他们都伸出手并且将那脏手举了起来开始划拳。他们唾沫横飞，五魁首八匹马六六大顺四季发财……山神王二心里一声大笑，他觉得整座庙堂变得生动起来了。

　　山神王二看到麻三仿佛是赢了。麻三走到了小碗的身边，用食指弯成一个七字形，将小碗的下巴给勾了起来。麻三说，从今天起这老鼠山方圆几十里全是你的。

　　小碗抬起了头，她看到了山神王二身上的油漆已经剥落了，仿佛风烛残年的味道。小碗说，为什么这几十里地全是我的？

　　麻三说，因为你是我的压寨夫人。

　　小碗说，我不是。

　　麻三笑了，把那七字形的手指头放了下来，说，我说了算。

　　陈岭北和柳春芽就在这时穿过了海角寺门口一大片山匪、伤兵组成的人墙，迈进了海角寺的庙堂。陈岭北看到麻三得意扬扬的神情，麻三的八字胡子抖动了一下说，兄弟，恭喜你，你有嫂子了。

　　陈岭北愣了一下。黄灿灿斜了陈岭北一眼说，幸好你还能把小命留着，你不是说和日本人打完仗要找我好好打一架吗？

　　陈岭北说，打完仗我直接把你的皮剥了。

　　陈岭北花了一炷香的工夫弄清了小碗的来路。陈岭北看了柳春芽一眼，柳春芽把目光抛向了海角寺外的空地上。陈岭北突然干笑了一声说，这人不能当压寨夫人，因为她长得太像我死去很多年的姐姐了。你们要是不信，问柳春芽就晓得了。

麻三说，军师呢，军师会说话，让军师说。

麻三的话音刚落，军师陈欢庆就走进了海角寺的庙堂。陈欢庆一直站在门口不远处，陈欢庆说，尔姐亡故多年，有何证据证明？柳春芽是尔同村，她的话如何保证不偏向尔？即便尔所言是实，尔有亡姐乃尔家之事，大当家娶压寨夫人与你没有一根鸟毛之关系耳！

陈岭北的胃里泛起了一阵阵的酸水。他觉得陈欢庆的话能把他整个都酸死。他的腮帮子里泉水一样地涌起了一股水。陈岭北看了黄灿灿一眼说，你就忍心一个黄花大闺女当什么压寨夫人？

黄灿灿说，女人如衣服，兄弟如手足。你们要是再争，就会伤了兄弟的手足。你们伤手足，不如把这件衣服让给我。

麻三想了想，说，好。

陈岭北的眼转向黄灿灿，说，要是人家自愿，她可以是你的。要是不愿意，我的毛瑟手枪不答应。

陈岭北边说边拔出了毛瑟手枪。黄灿灿冷笑了一声，就你有毛瑟手枪？咱们三十五团的装备不知道比你强多少倍。就算那"黑胖子"输给了你，可是喂"黑胖子"的机枪子弹还在咱们手上。

黄灿灿边说边从腰间拔出了手枪，想了想又把手枪插了回去说，对付你这样的土鳖，我懒得拔枪。

这时候小碗突然在陈岭北面前跪了下来，说，我叫小碗。我小时候是被一小碗饭救活的，从此就叫了小碗。我看出你是好人，就算我只是一件衣服，你能不能收下这件衣服？

黄灿灿说，你要了这个女人也行。我怎么着也是和你光屁股长大的兄弟，你千万别自己惦着你家那嫂子棉花，还不许人家要这女人。你这是想饿死咱们？你说吧，要不要？

陈岭北想了好久。他抬起头看了看山神王二，山神王二叹了口气，他一直看着小碗，他觉得小碗就像一棵葱一样又青又白，正是当年。王二看到陈岭北把毛瑟手枪收了回去，咬着牙说，要！

没有人注意到张秋水。但是山神王二还是看到张秋水背过身去流泪了。王二仿佛悟到了什么，他终于明白人间的男人和女人的事像一团麻一样，有解也解不开的结。这时候小号兵蝈蝈却在心里欢叫了一声。

柳春芽在不远处望着陈岭北。目光像一根绳子一样，把她牵到了陈岭北的面前。柳春芽看到陈岭北的衣领翘起了一只角，她十分细心地把那个角压平。然后她的眼角浮起微笑，像一朵轻微开放的粉红色晏饭花一样。柳春芽肚子里的娃好像踢了她一脚，这让她的身子微微颤动起来。柳春芽对陈岭北说，像个男人的样子了。

香河正男一直躲在大殿的角落里，用一双阴沉的眼睛张望着这儿发生的一切。他知道那个押解他的傻乎乎的队长陈岭北突然之间有了一个叫小碗的女人。这让他想起了青涩的植子。植子在慰问袋里的信中说：尽管我只有十六岁，但学校还是动员我参加了大日本妇女会。妇女会的同人在一起写慰问信，寄慰问袋，还缝制"千人针"。你一定知道的吧，"千人针"就是由一千个人每人一针缝起来的祈求武运长久的吉祥布。对，武运长久是我们的心愿，但我一点也不希望这建立在对别国的杀戮上。最爱我的哥哥是名军人，他狂热地投身到征战支那的战争中。他战死了，消失得像能被风吹散的灰，可是有谁会来赔我一个心爱的哥哥？我和妇女会的同人一起，在港口和车站迎接归来的军人，送别前往支那参战的军人，迎来送往之中，我也给他们倒茶送水，但是你知道吗？我心里充满着的是无尽的酸楚……

那天晚上，香河正男又被关进一间狭小的屋子。他在小窗口漏下来的月光里，把植子的那封厚厚的信又看了一遍。窗口晃动着小浦东持枪看守的身影，像是一张剪纸作品。这张剪纸在月光底下来回走动，那银白的光就披在他的身上，更添了一份寒意。这是中国四明镇的冬天，香河正男跺了跺脚，呵着热气给自己的手取暖。呵气的时候香河正男笑了，他想这个植子会是个什么样的人，她一定爱笑，说不定有一颗小虎牙。香河正男又想，陈岭北这会儿和小碗在做什么，他突然替陈岭北担心起来，觉得这样的夜晚，陈岭北一定是个手足无措的男人。

植子，这个中国冬天的夜晚多么美好呀，很久没有看到那么圆的月亮了。我真想回家。

47

陈岭北和小碗面对面地坐着，好像要进行一场谈判似的。两人一言不发，其实小碗一直在等待陈岭北开口。陈岭北没有开口，他看到门口站了一个撑着黑色雨伞的人，雨伞下面是穿着黑色衣服的爷爷陈大有。陈大有用威严的目光望着陈岭北，好久以后他的这种神情稍稍舒缓，他有些伤感地说，今年家里的收成不是很好。这让陈岭北有些诧异，原来爷爷陈大有虽然死去多年，但是一直放心不下家里的收成。然后陈岭北听到了陈大有的第二句话，陈大有无奈而忧伤地说，我看你还是回家吧。你嫂子苦啊。

然后陈大有慢慢地消失了，他转过身去慢慢离去，只留给陈岭北一个瘦削的背影。陈岭北没有站起身来，他看到陈大有在黑夜之中消失。陈岭北说，我爷爷陈大有刚才来过了。

小碗愣了。小碗想了一下，不由得倒吸了一口凉气。小碗本来想问陈岭北一些什么的，但是小碗看到陈岭北好像有点儿心事重重，于是小碗说，睡吧。

陈岭北说，我一点也不困。

小碗说，睡吧。

陈岭北说，我老家丹桂房有风俗，成婚一年后才能同房。再说今天咱们也不能算是成婚，成婚要放炮仗吹欢喜唢呐。

小碗不再说话了，她坐在一张木板床的床沿，眼泪无声地流了下来。陈岭北借着大把大把投进窗子的月光，看到小碗的两条眼泪，像是崎岖的河流爬在小碗的脸上。陈岭北的心里就痛了一下，他觉得小碗十分像自己已经死去多年的最小的那个妹妹。

小碗后来又说，睡吧。

陈岭北叹了一口气，他起身走到小碗的身边，在小碗边上坐了下来。小碗的手小心地伸过去，那缓慢爬行的手指头触到了陈岭北衣服上的扣子时，陈岭北突然说，还是我帮你把衣服补一下吧。我是裁缝。

小碗这时候才发现自己身上的那件红色的罩衫破了，袖口被扯出一道大口子。陈岭北从身上摸出针线包，麻利地穿针引线，替小碗把袖口的那道口子给缝了起来。他伸出嘴去咬断线头的时候，抬眼看到了小碗湿漉而火辣的眼神。陈岭北迟疑了一下，收起自己的针线包说，你睡吧。

小碗看到了照进屋子里的满地零碎的月光，那清冷的银白，像刚刚铺在地上的一层秋霜，透出一种冷冷的美意。小碗把两条腿拘谨地并放在一起，两只手再放在了腿上轻轻压着，仿佛生怕两条腿会生出翅膀飞走一样。她长长地叹了口气，看到摇晃着火苗的马灯啪的一声爆起了一个灯花。

小碗想，夜晚真长。

小碗醒来的时候，看到自己穿着厚衣服躺在板床上，陈岭北趴在桌上睡着了。小碗拿了一件旧衣轻轻地盖在陈岭北的身上，然后她坐回床边，像一尊观音菩萨一样安静地坐着。黑夜还没有过去，窗外还有着浓重的漆黑。小碗觉得那黑色会如水一般漫到屋子里来，将她和陈岭北一起吞没。小碗从此没有再睡过去，而是远远地看着那个趴在桌上睡相有些难看的陈岭北。这个穿着土布军服，样子看上去中等身材却有点儿显老的男人，给人一种踏实的感觉。

小碗现在最需要的就是踏实。

等待天光泛白的过程显得无比漫长。在很长的时间后，小碗终于看到从窗口像水一样流进来冬天黎明的微光。人声渐渐开始变得嘈杂，人声中还夹杂着猪的叫声。小碗打开了门。一群光线迅速地把她包围了起来，像在她身上涂上了一层透明的蜡。小碗笑了，看到不远处海棠单腿跪在一堆晨光里，她的手里竟然握着一把略略弯曲的锋利的刀子，一头瘦骨嶙峋的猪被她的膝盖紧紧地跪压着。瘦猪发出无力的哀叫声，那声音显得刺耳而且绵长，仿佛它已经知道这是它最后的时刻。海棠握着短刀，咧着嘴笑，大声地说，新嫂子今天给你吃肉喝汤，明年生个胖小子。

一个白净得像一名读书人的伙夫，帮海棠按着瘦猪那两条激烈蹬踏着的后腿。他是山上做饭的，据说他以前是四明镇上来福饭馆掌勺的大师傅。麻三去吃了一回"滚绣球"和"三鲜面"，就爱上了他的手艺。结果是他被绑上了山，被麻三按比较西式的叫法任命为老鼠山厨师长。厨师长的额头上沁出了细密的汗珠，他一直不明白，这个抽烟杆穿红袄的女人为什么对杀猪有那么大的兴趣。

海棠的刀子划开了清晨的空气，终于一刀扎入瘦猪的喉咙。喉咙里喷出一道细小的血线，猪又挣扎了几下，越是挣扎那血线就越是激荡着往外涌。一会儿血渐渐少了，在地上像地图一样红了一片。瘦猪终于安静了下来，像一个孩子选择在午后午睡。小碗不知道这猪是海棠伙同几个山匪，从山下一户农户那儿偷来的。看上去海棠很兴奋，她把刀子钉在了地上。刀身晃荡了一下，然后海棠仰起头，对着一片刚刚飘过的云朵干笑了三声。

小碗把自己的身子斜靠在门框上，摸出一把断了齿的桃木梳梳起了乌亮的头发。她看到柳春芽站在不远的人群后，眯着一双眼睛朝着自己笑。柳春芽的目光中含了无数的内容，仿佛是有好多话要同小碗讲。这时候张秋水红着眼睛从不远处的伙房移着双脚过来了，双手捧着一只海碗。海碗里是她亲手做的蛋花汤。她害怕蛋花汤洒出来，所以走得特别缓慢。她把碗端到了小碗面前笑了，说，在我老家有风俗，哥哥大喜，做妹妹的要给哥嫂敬一碗蛋花汤。

小碗犹豫了一下。这时候陈岭北出现在小碗的身后，他侧着身子从小碗边上挤出了门框，然后接过张秋水手中的海碗。陈岭北喝了一口蛋花汤，目光在众人面前闪过，最后落了黄灿灿身上。黄灿灿和麻三竟然像两个十六七岁未谙世事的愣头青一样，勾肩搭背地晃荡着走过来。黄灿灿不怀好意地盯着陈岭北看，突然大笑起来。笑着笑着黄灿灿脸一沉说，千万别说我们对你不够好，你的女人可是我们送给你的。

小碗刚好把头发梳完，她编起了一根麻花辫。用红头绳扎好辫子的时候，她的大眼睛朝陈岭北忽闪了一下。她突然觉得她和陈岭北之间，怎么也不像是成了一家子。海棠和张秋水杀猪敬蛋花汤，都和她没有多大的关系。小碗扭转了身子，走进了屋子里。她身后门外的一大片白光里，陈岭北像一头孤狼一样，盯着麻三和黄灿灿，以及一眼望不到头的连绵的青山。

代号"回家"

48

黄灿灿要带人离开老鼠山的前夜，狠狠地在山上醉了一回。国军的伤兵基本上好得差不多了，连手臂骨头碎得一塌糊涂的蝈蝈，也能抬起手来四处夸张地甩动。他那个难看的刀疤，像黑色的蚯蚓一样盘踞在手臂上。所以前一天晚上，黄灿灿用麻三的酒把自己灌成了一只活着的酒坛。蝈蝈坐在遥远的角落里小口地吃饭，张秋水不时给蝈蝈夹菜。在张秋水眼里，这个弟弟正在不断地长大成人，明显地，他的裤管已经短了一截，说明他正像雨后的毛笋一样在往上蹿。蝈蝈看到黄灿灿不停地搂着麻三的肩膀，他摇晃着麻三，像是摇一棵树上的果子一样。麻三胸前用苎麻线穿挂着的口琴在不停地晃荡，麻三就一把按住了口琴说，你想把我摇死吗？

黄灿灿停止了摇动麻三。在巨大的布满板桌的伙房里，黄灿灿迈着他的八字脚醉步踉跄地走到了陈岭北面前。黄灿灿手里还拎着一瓶酒，他不时地往嘴里灌一口酒，喷着酒气和陈岭北说话。他说，看来我得先走一步了。我在丹桂房等你，你不是要找我算账吗？

陈岭北看了一眼闷头舀汤吃饭的柳春芽说，她走不走？

黄灿灿说，她不是你的人。她是咱们三十五团张团长的人。她当然得跟咱们国军走。

陈岭北的目光探询地望向了柳春芽，柳春芽望了陈岭北身边坐着的小碗一眼说，我跟他们走。

张秋水也望了小碗一眼说，我也跟他们走。

不远处海棠大概是喝醉了，挥舞着一双肥厚的手在和人划拳。蒋大个子不停地皱着眉头，他十分不喜欢海棠和所有人都像五百年前的亲家似的，而冷落了自己这个把她从春花院赎出来的人。蒋大个子突然吼了一声，说别划拳了。划他妈的什么浑蛋拳。

海棠的手这时候正好高高举起，她正在为出三根还是四根手指而愁肠百结，听到蒋大个子的吼声，她的手顺势就扇了过去。一记清脆的耳光拍在蒋大个子脸上，蒋大个子恼了，猛地揪起了海棠，把海棠高高举过了头顶。陈岭北走了过去，走到蒋大个子面前说，你花钱把她从妓院赎出来，然后摔死她。你是不是想做亏本买卖？

海棠却一点也不慌，而是把烟杆叼在了嘴上，猛地吸了一口，朝天喷出一口烟来。海棠说，有种你把老娘扔出去。

蒋大个子的脸一下子挂不住了。陈岭北笑了，伸出手去托举海棠，脸贴着蒋大个子的脸看了一眼左右轻声说，别听她胡说。她又不是棉花做的，摔不坏。摔坏了她也是你女人，你得照顾她一辈子。你说你亏不亏？来，松手。

蒋大个子大声地说，好，今天老子给新四军陈队长一个面子，大人不计小人过，好男不跟女斗，饶了你这个婆娘。

陈岭北接下了海棠。海棠在陈岭北面前站定了，不慌不忙地喷一口烟在陈岭北的脸上说，等到不打仗了，你一定要再开裁缝铺。我请你给我量身定做一身旗袍。

那天晚上黄灿灿忽然有些伤感起来，他看到这座被酒气笼罩的山上，他的好多兄弟都已经喝醉了。黄灿灿拎着酒瓶，摇摇晃晃找了一块大石头坐下来，一个银盘一样的大月亮就被他顶在头顶上。风一阵一阵地吹着，月色让黄灿灿看上去有了那种萧条的气息。陈岭北坐在了他的身边，陈岭北说，这一回你要等我很久，我得先把那日本小鬼子送到南通，还得坐满三天的禁闭，然后再回丹桂房。这兵荒马乱的，不知道猴年马月才能到。

黄灿灿大着舌头说，你放心，我等着你。我先替你打一把好刀。我替自己也打一把。到时候看谁能劈了谁。

陈岭北说，等劈了你我再娶我嫂子棉花。不然先娶了人家，被你劈了，那她又当一回寡妇。她不值。

黄灿灿说，你娶了小碗，你还想娶棉花，你真是吃着碗里看着锅里，你想得美！

陈岭北说，我当她妹妹，我没有碰过她。

黄灿灿吼了起来，她哪点配不上你？

陈岭北说，是我配不上她。

很长时间的沉默。寒意从四面八方向陈岭北和黄灿灿赶来，像一条细小的虫子直接钻进他们的皮肉和骨头。后来黄灿灿打破了沉默，尽管语无伦次，但还是把想说的话让陈岭北给听明白了。黄灿灿的意思是三十五团一路走一路回家，他和柳春芽到丹桂房以后，大部分人都得继续走。那个张秋水是武汉的，蝈蝈是临安的，不知道他们能不能到得了家。

陈岭北不再说话。两个人就坐在一堆月光的影子里，渐渐地坐成了冰凉的石头。陈岭北突然慢慢地把身子仰了下去，头枕在自己的手上，仰望着老鼠山上的月亮。恍惚中，他在月亮里看到了正在洗衣裳的棉花。一会儿，他听到咕咚一声，黄灿灿从大石头上滚落下来。他手中拎着的酒瓶砸破了，酒气就在夜色中升腾，像一个无形的妖怪。

49

从白茫茫的一片到渐渐明朗清晰，一个热闹的上午慢慢地呈现在山神王二的面前。海角寺的庙门敞开着，顺着他的目光可以看到空地上集合了三十五团的那些伤兵。海棠、张秋水和柳春芽像大小不一的垂柳，随意地生长在这些伤兵的周围。陈岭北和他的新四军兄弟们则站在一侧远远地观望。新四军还有几个伤员的伤没有养好，他们暂时走不了。香河正男站在王木头身后，透过王木头头发稀疏的脑瓜，远远地看着黄灿灿和所有国军的士兵。他们的脸都涨红了，仿佛是昨夜喝下的酒还没有消退。香河正男知道，主要是他们能回家了，能回家所以他们每个人无比亢奋。香河正男冷笑了一声，他觉得这些人想回家是想发疯了。

香河正男还想到了大日本皇军密布在路上的枪口，泻出的子弹会像是一场雨一样密得连风也不能钻过。这时候他看到麻三披着一件军大衣歪歪扭扭地在冬天的阳光底下走了过来，他手里捧着一只碗，大口地喝着一碗玉米糊。他喝玉米糊的时候，声音很响亮，那热气就在他面前盘旋着，远远看去他的脸变得有些模糊。喝完玉米糊，麻三把空碗塞在了身边的便宜手里，打了一个饱嗝大声说，黄连长，你连山神也不打个招呼就想走了吗？

山神王二听到这里露出了得意的神色，他端坐在木架子搭成的神位上，看到迈着八字脚的黄灿灿走到了他跟前。黄灿灿一下一下地拍着王二的脚说，山神啊山神，老子这就要走了，你要保佑我走得顺顺当当，路上千万别和鬼子兵碰上了。

王二听了有些生气。他觉得自己的那截已经很老旧的木腿被黄灿灿拍得有些生痛。黄灿灿拍完王二的腿，又回到了海角寺庙门前的空地上，这时候他看到麻三的目光在四处乱扫，扫了半天以后他突然说，朱大驾呢？朱大驾死到哪儿去了？

这时候所有的人才发现朱大驾不见了。

黄灿灿说，你找朱大驾有事？

麻三说，朱大驾给我戴过绿帽子，他得留下！

黄灿灿阴着脸，半晌憋出几个字，你想杀他？

麻三说，不杀他对不起我自己。

黄灿灿急了，但是脸上像光棍潭的水一样平静。黄灿灿说，他怎么让你戴绿帽子了？他是让那个叫戚威武的胆小鬼戴的绿帽子。

麻三说，戚威武那个尿东西，他戴的是第一绿帽子。我戴的是第二绿帽子。

黄灿灿说，你真要杀他？

麻三大笑起来，突然脸一沉说，你怕我杀他？

黄灿灿说，我不怕你杀他，但我怕你杀中国人。自己人杀自己人，不算英雄。

麻三说，我从来就没想过要当英雄。我当狗熊得了。欢庆，你把那个叫朱大驾的王八蛋给我找回来。

黄灿灿的声音软了下来，声音急促地说，我送你一支"快慢机"，你给我个面子，这事儿就算过去了。

麻三说，小看我了。"快慢机"算什么，你给辆坦克，我也要跟他算总账。我心里要是高兴，阉了他。心里要是不高兴，不光阉了他，还剥他的皮。

陈欢庆一会带着几个山匪跑来了，文绉绉地说，漫山寻遍无着，大驾未见踪影。欲何？

麻三有点儿生气了，他的声音提高了不少。他说，欲个屁何！挖地三尺。

黄灿灿扫了一眼四周，他发现山匪们一层一层地站在不远的四周，就算是一只鸟，也不会飞得过这么多枪口的上空。黄灿灿想了想，一咬牙拔出枪来，对着天空就是一枪。

枪声像撕开绵帛一样撕开沉闷的空气。冬天的风迅速地把枪声吹散。麻三嘴里不知什么时候叼了一根枯草，他抖动着小胡子笑了起来，说，你给朱大驾报信是不是？你挺讲义气啊。

黄灿灿说，老子的命是捡来的，你要真想让咱们都死在老鼠山上，老子奉陪到底。

麻三说，冤有头债有主，麻三绝不找你的麻烦。

黄灿灿说，朱大驾不会来了。他又不是傻瓜，听到枪声他还会到这儿来寻死。他本来就知道你早就想把他生吞活剥了。小蔡，招呼兄弟们，下山。

文书小蔡答应了一声，尖细的嗓门响了起来，整队整队，想回家的都整队。

就在这时候一个黑影从高高的山梁上直往下奔。黑影渐渐近了，大家才发现是朱大驾背着步话器像风一般跑来，他低矮着身子，像一块从山顶上滚下来的石头。一边滚一边气喘吁吁地大喊，上头有命令下来了。我找到信号了，我费老大的劲在山顶那块石头上找到信号了。

众人都一言不发地看着这个黑影滚落到山神庙前的空地上。他不停地喘着气，身上蒸腾的热气在阳光下袅袅上升着。所有的人都在看着他，蝈蝈从黄灿灿的眼神里看出了失望的神色。朱大驾的鼻子因为冷风，十分醒目地红亮了起来。他调匀了呼吸，终于说出一句完整的话，步话器被我修好了，上头刚好有命令下来，说让三十五团三天后执行一个堵截任务。

黄灿灿突然之间恼了，一脚踢在朱大驾的屁股上说，三十五团在哪儿？

朱大驾懵懂地说，三十五团……咱们……不是吗？

黄灿灿又踢了朱大驾一脚说，本来不是了，现在又被你弄成是的了。本来咱们就要回家了。

朱大驾好像仍然没明白究竟发生了什么，他只看到所有的山匪都握着枪。他好像觉得有点儿不对劲了，抬眼看麻三的目光时，竟然看到麻三似笑非笑的眼神。朱大驾的脑袋里嗡地响了一下，黄灿灿一巴掌拍在朱大驾的后脑勺上说，没事你老鼓捣你那步话器干吗？

50

海角寺改成的聚义厅门口空地上，朱大驾看到太阳就明晃晃地挂在头顶。所有的人都一言不发，安静得让人发怵。风吹树叶的声音就显得夸张起来，像从遥远之地赶来的海潮。这时候那名白净得像读书人的伙夫从伙房拎着一只泔水桶出来，他温文的声音打破了寂静。他说，今天是腊月二十三小年夜了，灶神上天，当家人要祭一下灶神。

麻三不耐烦地皱了一下眉，仿佛对灶神这么低的职位有些不屑一顾。但随即又很谦恭地说，欠着，等老子有空的时候祭灶神。

黄灿灿的身子慢慢蹲了下去，他选择一个合适的蹲姿，抬起头来望着像一只虾一样仍躬身站着的朱大驾说，娘希匹的，你说。

朱大驾在明晃晃的日光之下，把上头的任务复述了一篇。上头的命令是说，日军"春兵团"三天后要执行"冬之响箭"扫荡行动，驻扎在江桥镇的千田薰联队机动中队船头正治准尉率领的扫荡部队下午一点要从四明镇经过。以扫荡为名先行打通去衢州的路，因为"春兵团"大部队需要去摧毁那儿的美军飞行基地。此前美军飞机从那些树木掩映的隐秘机场直飞日本，轰炸了日本本土。

任务很简单，不惜一切代价拖住日军扫荡部队船头正治中队八个小时，同时等待快速赶来的国军援兵十三师二十六团。

朱大驾说完这一切后，谁都没有吱声。风无声地吹起众人的衣衫和头发，所有人的表情像祠堂照壁上刀刻的砖雕一般，线条分明地僵在那儿。黄灿灿有些烦躁地直起身来，迈着他的八字脚走起了鸭子步，最后他绕着朱大驾转起了圈子，好久以后才停了下来。

朱大驾说，你转得我眼晃，你能不转吗？

黄灿灿说，成事不足败事有余的东西，睡女人你冲前阵，修步话器你也打头阵。你尽给老子添麻烦。

朱大驾说，张团长那时候说了，抗战到底，抗战必胜。

黄灿灿吼，那是口号。是开会的时候喊着玩的。开会时候说的话你也信？

朱大驾说，可我怎么觉得那不像喊着玩的。

黄灿灿一把揪起朱大驾的衣领说，那你说你还想不想回家了。这仗能打得完吗？

黄灿灿没有松手，他一直揪着朱大驾的衣领不放，但是他的目光转向了众人，大声地说，各位兄弟大家说，是回家还是执行这该死的堵截任务？

众人都没有说话。他们都不想说话，他们把这个冬天搞得十分安静。后来文书小蔡上前说，要不投个石子吧。看是想回家的人多，还是想打完这场堵截战的人多。少数服从多数。

陈岭北插嘴说，这不是少数多数的问题，你们既然是部队，必须执行命令。

黄灿灿打断他的话说，不用你管！

那天黄灿灿虎视眈眈地望着国军兄弟们投小石子，一堆小石子代表回家，一堆小石子代表打堵截战。连黄灿灿、张秋水都在内的十八名国军，有十七颗小石子投在了回家那一堆，只有文书小蔡一个人把小石子投在了打堵截战那一堆。小蔡投完石子，把目光抬起来，一一望向众人，最后他的目光和黄灿灿的目光碰在了一起。

黄灿灿说，你这个猪头三，你不想回家？

小蔡说，不是有命令来了吗？新四军的陈队长说得没错，军令如山。

黄灿灿说，那假如我们都当作没有接到命令，就不存在命令。

小蔡急了，说，按你这么说，黑的还能成得了白的？

黄灿灿说，我是连长，黑的白的我说了算。

小蔡不再说话，他开始整理衣领，还吐了一口唾沫在掌心里，用这唾沫梳理着�* 毛一样的头发。很快小蔡的头发变成一丛绿油油的新鲜的胡葱，在冬风里他像喝醉了一样红着一张脸，大声地哼唱，怒发冲冠，凭栏处，潇潇雨歇……三十功名尘与土，八千里路云和月……

小蔡抬头的时候，感到脸上的皮肤触碰到了从天空落下的雨。云层变得黑压压的，太阳远远地隐去，一些山匪已经拥进了海角寺里。只有陈岭北带着的新四军伤兵，还像石头一样伫立在那儿。小蔡没有停下来，他捋了一把微微有些泛潮的脸，继续大声地唱，待从头，收拾旧山河，朝天阙！

小蔡已经五十多岁了，头发稀疏，身形单薄像是一张萧瑟的纸片。但是听上去他的中气十足，他的目光中有十分坚硬的东西，让陈岭北突然觉得有些动容。黄灿灿大张着嘴，听到小蔡慷慨激昂地用蹩脚的官话叽里咕噜说一堆他听不懂的话。黄灿灿说，你在叽咕什么鸟话。朝天什么？你说朝天什么……

这时候山匪军师陈欢庆轻蔑地冷笑了一声说，此乃抗金名将岳飞的《满江红》是也。

黄灿灿愣了一下，似乎对陈欢庆的蔑视很不满，大声说，什么是也不是也，小蔡留下打仗，其余的人全跟我一路回家。

陈岭北透过绵密却细微的雨阵，静静地看着被雨丝割得丝丝缕缕的黄灿灿的脸。黄灿灿的脸从小到大，都在陈岭北的视野之中，他们光屁股去村外光棍潭摸螺蛳，摸着摸着就人模狗样穿上衣服长大成人。陈岭北一步步地晃荡到了黄灿灿的面前，两个人的脸都湿了，罩了一层新鲜的雨珠。陈岭北的声音十分潮湿，他说要不咱们下棋吧，你要是输了你就不回家。

黄灿灿伸出手，轻轻地拍了拍陈岭北潮湿的脸，说，我输了也想回家。

陈岭北说，那你还算是个军人吗？

黄灿灿说，你自己不也是想关满了七天禁闭，就回家娶那个你当成宝的棉花吗？

陈岭北说，你这是给咱们丹桂房人脸上抹黑。你这是逃兵。

黄灿灿仰着脸大笑起来。他大笑的时候那些雨就直接落在了他张大的嘴里，他笑完了突然停了下来说，你们不也是逃兵？你就是逃兵。你还想哄我？这是国军接到的命令，和你没有关系！

蝈蝈看到黄灿灿和陈岭北都不说话了，就这样面对面地站在雨中对视着，像一对完全犯傻的鸟。蝈蝈又看到了柳春芽，柳春芽此刻站在山神庙的屋檐下，捧着自己的肚皮脸含微笑，她的表情差点让蝈蝈想哭。他突然觉得，柳春芽多像是母亲年轻时候的模样。

柳春芽突然说话了。柳春芽的声音并不响，但是每一个人都听到了。柳春芽说，谁为我男人报仇，为我肚子里孩子的爹报仇。谁杀的日本人多，我就嫁给谁。

黄灿灿像一只雨中的麻雀一样，跳着细碎的雀跃步，越过那死气沉沉的一汪水洼，飞快地跳到了屋檐下。缩头缩脑的黄灿灿被风一吹，让本来就被淋湿了的他不由得发起抖来。他的声音也因此而变得有些颤抖，他颤抖着对柳春芽说，看来你就快要嫁给我了。我为张团长报仇。咱们同村人，肥水不流外人田。

柳春芽斜了一眼黄灿灿说，报完仇我就嫁给你。

黄灿灿说，陈岭北没能娶上你，我却娶上了。陈岭北算是输给我了。张团长没杀我侄儿黄小狗，我感念他，我替他养孩子，我当现成的爹。所以不管怎么样，我要定你了。

黄灿灿边说边从腰间的破军服里摸出了一个大洋，他清了清嗓子说，兄弟们，给我听好了。现在我来抛这个袁大头，大头朝上就是咱三十五团留下继续打堵截战。要是大头朝下，咱们就回家。我能不能把陈岭北给比下去娶上柳春芽，就看这袁大头了。

黄灿灿说完，掌心里的袁大头发出嗡嗡的声响，呼啦啦抛向了空中，又随即掉落下来。袁大头滚动着，一直滚到蝈蝈穿着的那双破了鞋面的军鞋前。蝈蝈蹲下身，笨拙地捡起那枚大洋，看到那个姓袁的大头十分肥胖地呈现在正面。蝈蝈就无望地摇了摇头，他觉得他的军号又要派上用场。那块大洋还没有交到黄灿灿手中，黄灿灿就先看到了那朝上的大头。

陈岭北笑了，陈岭北拍拍黄灿灿的肩膀说，这是天意，因为你们是当兵的。

黄灿灿迈着鸭子步大摇大摆地走到了柳春芽面前。柳春芽的双手捧着自己的肚皮，打量着仿佛刚从一条溪水里起来的，鸭子一样湿漉漉的黄灿灿。黄灿灿笑了，说，柳春芽，陈岭北说这是天意。等打完仗，你就嫁给我！

柳春芽突然想起陈丁旺陈半仙说过的话，陈丁旺说柳春芽和陈岭北天设一对，地造一双，一定会成为一对鸳鸯。陈丁旺说，天注定，天注定。那么现在这个天意和当初的天注定，到底哪一个为准？柳春芽的目光转向了陈岭北，隔着细密的雨丝，她听到了陈岭北的一声吼。

陈岭北说，柳春芽，你疯了！

柳春芽十分平淡地笑了，说，我没疯。一个男人连命也不顾愿意为你报仇，你还有什么理由不嫁给他？

陈岭北紧紧咬着嘴唇，他的心里痛得像是缝衣针在一下一下地扎着。他终于明白，他为了保住小碗的清白，假装娶了小碗。他老是提起要娶棉花，说寡嫂不容易。其实他心里装着，又爱又恨又放不下的就是柳春芽。陈岭北又紧咬着嘴唇狠狠地骂了一句，你疯了！

柳春芽说，疯了总比死了好，我们要是不疯，就得被日本人杀光。

蝈蝈突然觉得，自己离老家临安的距离越来越遥远。从柳春芽这个温文的女人嘴里，他听到的却是一股杀气。他觉得这个女人和她的丈夫张团长一样，是一个敢死的女人。在蝈蝈的眼里，一个连死也不怕的人，还有什么能让她害怕呢？

蝈蝈的目光躲躲闪闪，他又开始寻找张秋水。张秋水的目光却一直笼罩着雨里的陈岭北。陈岭北一步步向屋檐下走来，一阵冷风让他不由得打了一个喷嚏。他一边打喷嚏一边想起了那个战死的游击分队队长，那队长的胡子才毛茸茸的，刚刚开始生长，仿佛比陈岭北的弟弟还小。陈岭北觉得走向台阶，走到屋檐下的过程无比漫长。他看到了张秋水潮湿而忧伤的目光，他就不由得有些心痛起来。

51

一堆刚刚生起来的火边，陈岭北挂在竹竿上的外套正在升腾着热气。山神王二不喜欢殿前生火，也不喜欢突然多出来的一团升腾的雾气，所以他的心里十分不高兴。他看到新四军分队长陈岭北滑稽地裹着一床棉被，那是麻三从一个小山匪的床上抓起扔给他的。麻三把棉被扔给他以后说，你千万别冻死了，还有七天过年，你一定要挨过这七天。

黄灿灿带人拥进了大殿，他们看到了热气腾腾的陈岭北，陈岭北的边上坐着麻三，麻三身后站着便宜和陈欢庆。黄灿灿愣了一下，但是他很快就忘掉了麻三，他十分用力地挥了一下手，说，开会。

国军的士兵终于全部留了下来，这让小蔡很高兴。他不停地在火堆边搓着手，说，咱们留下来是对的，留下来才对得起先人。

蒋大个子不满地说，可是留下来对不起家人。万一被一枪破了脑袋，你就回不了家。你回不了家，就对不起家人。

文书小蔡恼了，他站直了身子又想要慷慨激昂一下，但是被黄灿灿拉了一把坐在了地上。黄灿灿说，都别说了，这一仗不打也得打了。谁要是敢当逃兵，我用张团长的做法，一个也不留。要是这一仗咱们没有死成，那咱们还结伴回家。

黄灿灿说这些话的时候，耳畔突然多了一些枪声。他又想起了张团长临终前抱起机枪大喊的神情。张团长说，各位兄弟来生再见。想到这里黄灿灿的眼睛就有些湿润。他的目光转向了朱大驾，说都是你惹的，你修好了步话器，那你就给我冲到最前面去。

朱大驾神色凝重，双腿一靠说，老子没打算活着。

黄灿灿看了不远处跷着二郎腿坐着的麻三一眼，说，姓麻的，你就不肯放过这样硬邦邦的男人吗？

麻三这时候正专注地用一把刀子削着自己的指甲。麻三头也不抬地说，硬邦邦在哪儿了？看不出来哪儿硬。就算他真像铁一样硬，我也不放过。

黄灿灿说，那得让他打完这一仗。打完这仗他狗命还在，我就把他交给你。

麻三重重地点了一下头。黄灿灿急了，说，你这算是答应了？男人要说到做到。

麻三没有再说话。陈欢庆插话说，大当家的意思是，此计甚好。

在不停升腾着的衣服的雾气中，陈岭北和黄灿灿的人全集中在了海角寺的庙堂里。黄灿灿和陈岭北狠狠地下了一盘棋，一场杀声震天的杀戮后，黄灿灿输了一局。陈岭北把棋布一推说，这次堵截战由我指挥。

黄灿灿突然就愣了，抬眼看着陈岭北说，你……这一仗……你们也打？

陈岭北说，别忘了虎扑岭一仗也是我们一块儿打的。

黄灿灿说，那你不是要回家吗？

陈岭北说，我主要是想看看你打仗有多勇猛。

黄灿灿说，那，那你那些手下也愿意留下来？

陈岭北说，这是我的事。

原国军某部三十五团三营文书小蔡已经五十多岁了，他的头发在冬天里看上去更加稀疏，像秋天山上枯黄的草。小蔡听了陈岭北的话，仿佛有些激动。他理了理自己数得清的几根枯黄头发，看上去有点儿悲壮的味道。他看到陈岭北扔掉棉被开始穿已经被柴火烤干了的衣服时，大步走了上去说，陈队长，你知道美国西点军校吗？这个学校培养一批难得的击不垮的军事人才，我想……

陈岭北说，你想说什么？

小蔡说，我想说，咱们也得为这次堵截行动取个战斗代号。

陈岭北说，你觉得什么代号合适？

小蔡十分坚定地说，代号"回家"。

陈岭北在腊月二十三开了第一个会。他是被一个游击分队队长任命的队长，来路显得不那么周正。他的身上还交叉斜背着小队长留下的牛皮公文包和一把毛瑟手枪。陈岭北是被赶上架的队长，但是现在他觉得有必要开一个会。他说大家的伤都好得差不多了，本来咱们可以回家了，但是现在国军要打一场堵截战，可他们只有十八个人。大家说，我们是不是要一起打？

　　众人都没有说话。最后小浦东的喉结翻滚着用很低的声音说，其实我想回阿拉上海去的。

　　大家开始小声地说话，声音小到陈岭北听不到。后来施启东大着嗓门说，队长，你是想打还是不想打，你就直说吧。

　　不远处的一张小凳上，坐着梳着两只小辫的小碗。她的目光乌亮而有神，她一直在看着陈岭北。陈岭北没把她当成自己的女人，他只想把她带到新四军的驻地，或者可以让她当一名女兵。而自己可以回到家里把棉花给娶了。小碗却把陈岭北当成了男人，她的目光满含柔情。她觉得看着自己的男人，会让自己的心感到踏实。当小碗发现陈岭北也在看她的时候，小碗脸上浮起了两个盛满笑容的酒窝。

　　陈岭北的心就是在这时候痛起来的，他的心痛了一下，又痛了一下，一直痛了好几下。陈岭北突然觉得，小碗就像他一起在尘土里滚扑着在灶台边喝粥长大的亲人，他不能让小碗受委屈。所有人的目光都在盯着陈岭北，陈岭北把目光从小碗身上收了回来，清了清嗓子说，我是犯纪律被连长关了四天黑屋子的人，本来还有三天我就能从屋子里出来。这一次堵截战大家都不愿说打不打，那我是队长我来说，咱们要帮着国军兄弟打这一仗。如果这一次我被打死了，我无话可说。如果还能活着，请大家给我做个见证。我回丹桂房老家见过我爹后，和大家一起把香河正男……

　　说到这儿时，陈岭北斜了一眼屋角里蜷缩得像一只冬天的刺猬的香河正男。和大家一起把香河正男押到南通，我得在南通关满三天黑屋子。然后我争取回家……

陈岭北本来想接着说争取回家娶我的嫂子棉花，但是他看了小碗一眼，硬生生地把后半句给咽了回去。

大家仍然没有说话。沉闷了好长时间以后，李歪脖突然大声地说，这次给我配的子弹多一些，老子一枪一个。

小浦东像是自我安慰地说，其实上海迟点回去一点问题也没有的。

陈岭北笑了，露出一排整齐的白牙。门口突然多了一个人，从西厢房过来的柳春芽像一口大腹便便的西洋座钟一样，站在门框边上。冬天正在进行，柳春芽十分喜欢冬天的风吹进骨头时给她带来的清新。她不停地抽动着鼻子，仿佛闻到了月光之外春天的嫩草的气息。春天必定是快要到了，因为她肚子里张团长留下的小生命轻微地动了一下。这一轻轻的动弹让她快乐得颤抖不已。

柳春芽终于把自己的双腿艰难地抬进了山神庙，她走到了陈岭北面前，眼中突然充满了从未有过的柔情。她细声细气地说，这一次你是九死一生。

陈岭北说，我知道。

柳春芽说，你可能就看不到你爹了。

陈岭北说，我知道。

柳春芽说，你放心，我会把你爹当我爹。

陈岭北想了想，有些伤感地说，可你没办法把我的嫂子棉花当成你老婆。

陈岭北说到这儿的时候，突然看到小碗仍然坐在不远的小凳上。她仍然微笑着，像印在一张月份牌上的女人。但是她的眼眶显然红了，眼眶里一片雾蒙蒙。陈岭北又像麦芒扎中心脏一样痛了一下，他迅速地走过去，用自己狭长的略显单薄的身躯挡在小碗面前。

陈岭北说，小碗，你不要把咱们的事太当真。

小碗没有看陈岭北，目光是定定的。小碗说，你心里一定有人。

陈岭北想了想，终于一咬牙说，我要娶我的嫂子棉花。她是寡妇。她为咱们陈家守寡，以前还为我凑钱想为我讨一房老婆，还去找过人家

198

说亲。我们不能老让她吃亏。

小碗的眼泪终于夺眶而出，她就那么任由眼泪不停地流着，在脸上糊成了白花花的一片。最后小碗用袖子擦了擦脸，平静地说，我认了！那你娶我当小老婆！

陈岭北记得，这一天是腊月二十三，灶神上天的日子。

兄弟们，去死吧！

52

陈岭北和黄灿灿各带了一队稀稀拉拉的兵站在戚家祠堂的门口。祠堂青灰色的砖墙，像一位老年人穿着褂子的颜色，显现出一种陈旧的气息。这样的气息很容易让人打喷嚏，陈岭北就打了好几个喷嚏。他一边打喷嚏，一边觉得祠堂在他心里忽然就像是一位亲人一样，他仿佛是回到了阔别的故乡。从老鼠山下来的时候，麻三没有送他们，麻三自顾自地睡着大觉。他整个人就像一件扔在床上的旧大衣，脸朝着床板趴睡着。便宜走进麻三的房间，对麻三说，他们要走了。你要不要送送他们。他们是客人。

麻三说，我睡着了。没有空送他们。你就说我正在做梦。

便宜不仅是一个兔唇，而且还是一个脑子不太会转弯的孩子。他跌跌撞撞地走了出来，走到集合在一起的国军和新四军的伤兵们面前。便宜的声音从他紧紧围着的围巾里钻出来，便宜说，大当家说他正在做梦。

陈岭北推开了戚家祠堂虚掩的门，所有的一切都还是原来他们离开时候的样子，那口白身子棺材的棺盖仍然离开了棺身，触目惊心地躺在石板地上。陈岭北挥了一下手，所有的人像一群经过闸口的鱼一样，拥进了祠堂。年关越来越近了，陈岭北知道这一仗要是真打起来，自己过不过得了年都不一定。这样想着，他不禁有些伤感，他觉得要命的游击分队队长把这个位置留给了他，让他过得一点也不快乐。

这天晚上陈岭北坐在祠堂的天井，点亮一盏马灯，那马灯就放在天井的青石板上。他像一个守夜人一样，要把这黑色的夜给紧紧看住。黄灿灿从白身子棺材里探出头，久久地看着陈岭北瘦削的背影。这个光屁股一起长大的新四军小队长、隔壁邻居，以及自己仿佛是欠下了一条命的债主，让黄灿灿有时候会感到百感交集。他很想回到少年放牛的时候，那时候他们好得就像是一个人。

黄灿灿终于看到陈岭北身边飘起了雪花。雪花从小到大，慢慢变得密集。这是这一年的第二场雪，在接近年关的时候恣意地飘落下来。陈岭北仍然像一块木头，他和那一大片的雪在马灯无力而昏黄的光影里，组成一幅最萧条的风景。陈岭北在想着一场大战，他觉得自己越来越像是一个忧心忡忡的指挥官了。是自己硬拉着黄灿灿留下打这一仗的，也就是说自己让兄弟们去送命的。而且这要命的雪又开始下了，烂冬至，晴过年。看来这一句古话一点也没有准头。他感到身上好像重了一重，才发现黄灿灿把一块暗红色的破红布盖在了自己的身上。

黄灿灿就一动不动地站在他的身边。他们一起抬眼望着天空，仿佛在深黑的天空的尽头就是他们遥远的故乡丹桂房。雪越下越大，很快他们就变成了两个雪人。所有的雪点都在慢慢消融。落入两个人脖子的雪片，很快变成了冰水，让他们感受到了这个冬天透骨的清凉。

53

第二天清晨，陈岭北是被外面嘈杂的声音惊醒的。他从地铺上起来后快步走到了东厢房的门口，看到天井里站了国军和新四军的一群人，李歪脖的枪对准着蒋大个子和海棠。一层刺眼的白铺在大家的脚下，从脚印看，这雪落得大概有三寸厚。天井里的积雪已经被踩得乌七八糟，只有屋檐倒挂的冰凌，很像"三八大盖"的枪刺一样。陈岭北把麻木的手放在嘴里呵了呵热气，他看到黄灿灿摇摇摆摆走到了蒋大个子面前，突然一拳重重地击在蒋大个子的下巴上。蒋大个子的嘴唇破了，流出一嘴的血，但是他笑了起来。他身边的海棠不动声色地往长长的铜烟杆里装烟，十分从容地用洋火点着了烟，美美地吸了一口。

蒋大个子捋了一把嘴上的血水，往地上吐了一口。地上平整细滑的雪面上随即多出了一个红色的小洞。蒋大个子说，姓黄的，你再打。

黄灿灿又一拳重重地击在蒋大个子的肚皮上，蒋大个子整个人蜷成一团，脸涨成了猪肝色。他怆然地跌坐在雪地上，仰起脸笑看着黄灿灿。蒋大个子说，你有种，你再打。

陈岭北看到雪地上一幅静止的画面，只有风不时地吹起屋瓦上的一些雪，这些细碎的被风吹起的雪纷纷扬扬落了下来。太阳已经升起，和积雪交相辉映，白晃晃的光让人睁不开眼睛。陈岭北慢慢踱到蒋大个子身边，蹲下身子看着蒋大个子。陈岭北突然抓起了一把雪，轻轻地替蒋大个子擦净了嘴角的污血。然后陈岭北说，怎么回事？

蒋大个子说，我想带海棠走。我和海棠说好了，回家。回家后替我老爹生两个孙子。

陈岭北说，谁不想回家？我还想回家娶棉花呢！

蒋大个子号了起来，国差不多已经没了，我不能连家也没呀。

陈岭北站起身，阴着一双眼看着顾自抽着烟杆的海棠。海棠的眼睛一直眯着，陈岭北忽然发现海棠的眼睛其实是一双漂亮的丹凤眼。海棠眯着眼睛是因为那雪光灼得她的眼睛生痛。陈岭北笑了，对海棠说，你想回家？

海棠白了陈岭北一眼说，嫁鸡随鸡，嫁狗随狗，嫁个老鼠我就钻洞。

黄灿灿突然把枪拔了出来，顶在了蒋大个子的脑门上，子弹咔嗒一声上膛了。陈岭北看到枪管把蒋大个子的脑门顶出了一块紫色。黄灿灿说，我投那个大洋的时候，袁大头都朝上了。说好了袁大头朝上咱们就打这一仗。再说我是连长，都得听我的。你真要走，你就从咱们十六个国军兄弟的裤裆下钻过去，那就算你有种！

蒋大个子一把抓住黄灿灿顶在自己脑门上的枪管，眼睛一亮，说，你说话算话？

黄灿灿想了想，只好硬着头皮说，算话。

蒋大个子说，好，我钻，我替我儿子钻。

黄灿灿一下子就愣了。蒋大个子本来躺在地上，现在骨碌着侧了一个身，仰望着一张张涨得通红的脸吼，有种你们就让我钻裤裆。

黄灿灿一咬牙，不服气地吼，听我口令，纵队成一直线，跨立，让他钻！

这个雪后初晴的清晨，陈岭北看到了屋檐积雪上偶尔并拢双脚跳跃着行走的麻雀，看到了偶尔被风吹起的雪团，也看到了蒋大个子一张满含泪水的脸。他的长号像杀猪一样难听，他说，我是想回家啊，列祖列宗我给你们丢脸了。我带着海棠回家，回家给你们传宗接代。

蒋大个子十分缓慢地从国军三十五团十六名兵员的裤裆下爬了过去，当然这十六名兵员中没有包括张秋水。他臃肿如马头熊的身体使得他爬起来十分笨拙。他的脸上布满泪花，牙齿紧咬着嘴唇，轻轻地断喝着，回家，回家，我要回家！

蒋大个子爬过了黄灿灿的裤裆，也爬过了田大拿的裤裆。陈岭北突然上前，一把将蒋大个子从地上揪了起来。他在蒋大个子的膝盖上狠狠地踢了三脚，把蒋大个子踢得跪了下去。陈岭北又一把将蒋大个子拉了起来，说，让你的膝盖那么软。你再软我把你脚给剁下来。

陈岭北的目光又射向了黄灿灿。陈岭北大声说，黄连长，三十五团已经没有团长，那你来当这个团长。

黄灿灿并拢双腿大声地说，是！

陈岭北大声地说，三十五团团长黄灿灿。

黄灿灿大声地说，到。

陈岭北说，昨天说好的，我来指挥这一仗还算不算数？

黄灿灿大声地说，军中无戏言。

陈岭北说，好，那就让蒋大个子带着海棠回家！

黄灿灿大声地说，不行！

陈岭北说，这是命令！

黄灿灿不再说话，眼眶却像蒋大个子一样湿了，好一会儿他轻声地说，是！

还没等陈岭北开口，黄灿灿随即又接上了，大声地脸红脖子粗地吼，小蔡说，什么什么"三十功名尘与土"。张团长说，各位兄弟来生再见。我们都没有走，我们只有伤兵，没有逃兵！他凭什么要走？！

陈岭北不再理会黄灿灿，大声地对蒋大个子说，蒋大个子，你现在可以离开了！

蒋大个子急切地一把拉起海棠的袖口，两个人急匆匆地向祠堂大门走去。天井里所有的人都一声不吭地让出了一条路。因为走得急促，蒋大个子差一点跌了一跤。但是他很快站稳了，小心地将一只脚跨出了高大的门槛。就在这时候海棠突然站住了，她挣开了蒋大个子的手，缓慢地转过身来，面向着天井里国军和新四军的所有人。

陈岭北看到海棠的一袭红衣，像一只挂在屋檐下的红灯笼，在雪地中显得无比夺目。她从容地吹了一下铜烟杆的烟灰，又装了一些烟丝在里面，旁若无人地吞云吐雾起来。一阵风吹来，一蓬雪跌落在她的脚边散开了。海棠脸上露出了笑意，一些阳光打在她脸上，让她的脸看上去明亮而白净。陈岭北突然觉得这个大脸盘的女人，变得好看了许多。海棠的大脸盘缓缓转动着，仿佛是要把笑容平均地分给每一个人。然后海棠慢条斯理却十分决绝地说，蒋大个子，老娘我不走了。

蒋大个子一下子愣了，他懵然地望着海棠说，你不想给我老蒋家留个种？

海棠说，我有重要的事情要做，我可以和张秋水一样参加救护队。老娘开不了枪，老娘还抬不了担架？

这时候西厢房的一扇门哐当一声被推开了。柳春芽熬红了一双兔眼出现在大家的面前，她手里抓着的一块白布一抖，抖出旗面上一个黑色的"死"字。柳春芽的脸上慢慢绽开了笑容，一排整齐而碎白的牙露了出来。她轻声说，兄弟们，去死吧！

柳春芽边说边轻轻拍着自己的肚皮。你们的后代，我替你们养好了。我肚子里担着的是你们大家的儿子，也是张团长的儿子。你们可以放心去死了！你们有后了！

在这个雪后的清晨，所有的一切都静止了。柳春芽不停地喘着气，香河正男蜷缩在远处屋檐下一堆稻草中，六神无主的眼神恍惚飘移着。从他的方向看过去，天井里就像是一幅画一样。如果不是海棠抽烟时喷出的白烟，香河正男会认为这个一九四一年[1]的冬天被雪完全封冻了。在开春以前，这幅画会保持静止的姿势。

蒋大个子的脚动了一下，又动了一下。蒋大个子一把将海棠抱起，夹在腰间。海棠咯咯咯母鸡一样笑起来，海棠一边笑，一边却不时地腾出手来往烟杆里装着烟丝。蒋大个子一边往西厢房里走，一边大声说，老子是机枪手。机枪手要是回家了，你们还打个什么鸟仗？

香河正男的心里涌起一股凉意，他闭了一下眼睛，又睁开了。太阳的白光从积满雪的瓦片上滚落下来，直接跌扑进他的怀里。香河正男想起了植子，他轻声说，植子，中国人怎么杀得完？

香河正男越来越热爱中国的稻草了，他睡在窸窸窣窣的冬天里，突然觉得无比慵懒。他想自己的骨头会不会睡着睡着就完全散掉了。他在迫切地等待着春天的来临。在稻草的气息里，他一个晚上就做了无数个关于植子的梦。他梦见植子混在一堆年轻女人中间，短发被汗水紧紧地粘牢在额头的皮肤上，眼睛明亮，走路的样子虎虎生风。可以看到她的屁股很大，腿也很粗壮，穿着粗线袜。她和一堆年轻女人一起，慰问伤残军人的家属，进行着防空的演练。在刺耳的警报声里躲避着美国飞机的轰炸。他还梦见植子走上了街头，挥舞着双手开展募捐。梦见植子在道场祭祀阵亡将士的亡灵，白色的纸幡就一直在梦境里像蜘蛛网

---

[1] 此处以农历计算时间。按照公元纪年法，应为一九四二年。

一样飞舞着。香河正男还梦见了植子参加投弹演习,她穿着和服和木屐,姿势有些笨拙。一枚黑色的手榴弹从她的手中飞出……但是,植子和妇女会的同人参加了这一切,在那封慰问信中她却告诉了香河正男,她一点也不喜欢战争。

香河正男醒来的时候就会想,植子有没有梦到过自己?一定不会。植子的慰问袋寄出以后,或许从来就没有想到过被派分到哪个士兵手中。香河正男努力地把头从那堆稻草中抬起来,看到天井里白晃晃的阳光底下竟然又开始飘雪了。这场太阳雪,让他想到了故乡。

临战时光

54

船头正治坐在临时的中队办公室里烤火。空而宽大的办公室中间放着一只朝上的铁锅。船头正治一直都觉得这口铁锅就是通往无边无际的地下的一口井的井口。柴火在熊熊燃烧,一阵阵看不见的热浪让船头正治感到浑身酥软。他的双手像鸡爪一样伸出,虚无地架在火焰的上空。热量让他手上的血流快速奔涌。他好像已经听到血水的声音,这让他快乐。他笑了。

船头正治的口袋里躺着一封妹妹写给他的信。妹妹在信中主要表达了让他回家的愿望。船头正治和妹妹相依为命,是一对孤儿,他们乐此不疲地种植着一些蔬菜。他记得那天他照例踩着晨雾推着车子去菜市场卖菜。妹妹把新鲜的青菜放在了他半新半旧的藤条筐子里,然后目送着他推车远去。船头正治回头的时候,看到妹妹露出牙齿的笑容。船头正治的心就柔软起来,他要好好找户人家把妹妹嫁过去。

船头正治推着一车蔬菜离开以后,就没能再回到家门。他和一大批菜农突然被全副武装的士兵团团围住,像一尾尾被装入铁桶中的鱼。

菜场以外，涌动着闪亮的刺刀，刀子的光芒一浪浪像是海洋的波光。在一次简单的年龄和体格筛选后，他被军方抽中参加了青年义勇队，接着莫名其妙发下了军装。他一直都搞不明白，自己为什么突然成了军人。接受了最简单的训练后，他被送往中国战区。

船头正治在去往中国的船上，开始想念他从此没有再见过面的妹妹。他想如果战争结束了，他得回去安排妹妹的婚事。这样想着，船头的心就越来越柔软。船头还想到，原来战争和自己那么近，近得就像是两排牙齿之间的距离。海浪拍打船舷的时候，船头正治在潮声中忽然听到了中国大地上的炮声，像打雷。

船头正治所在的中队，全是那些卖菜的菜农。所以船头中队又被千田薰和大日本皇军的其他勇士称为爱媛菜农中队。船头正治从来没有认为菜农中队的叫法不是很好。他觉得和菜农在同一个中队里，让他倍感亲切。他慢慢成长为一名准尉中队长，有时候他拿着一支手电筒去查铺的时候，觉得这些士兵都好像是地里的一棵棵青菜。

几年以后船头准尉觉得枪击中国军人和用刀子收割青菜，有时候是一样简单的事情。船头中队将会是"冬之响箭"行动的先头部队，这是千田薰联队长下达的命令。对船头正治来说，打通这一条小小的通往衢州的通道是一件微小的事，他曾经趴在桌上铺着的军用地图上仔细查验，这一通道上并无中国军队的驻防。这时候船头正治好像听到了脚踏车的声音，门被推开了，一个人影出现在门口。船头正治没有回头，他听到一个声音喊，报告。

那个声音说，我是高月保，奉千田薰联队长的命令来向船头君报到。我是给《文艺春秋》写稿的作家，现在是随军记者。我寄回大日本本土的照片，已经上了《皇军简报》和《东京日日新闻》。我已经受了天皇陛下的嘉奖。这一路过来，我看到许多村子都被烧焦了，焦得好像不是村子一样……

那个声音一口气说了很多。船头正治的心里就叹了一口气，他觉得这个年轻人一定围着围巾，脸色白净。船头正治转过身来，果然看到一个围着围巾、胸前挂着照相机的年轻人。年轻人的鼻子有些扁平，脸稍微有些大，有点儿像朝鲜人。

船头正治在椅子里低埋着身子，那口大铁锅里的柴火差不多就要燃尽了，红色的炭火正一阵一阵发出红光。船头正治说，高，月，保？

高月保兴奋地红着鼻子说，是，高月保。

船头正治说，随军记者？

高月保把身子挺了一挺，说，是，随军记者。

船头正治挤出一个笑容说，你先烘烘手吧，炭火很旺。这鬼天气太冷了。

高月保随即凑上前去，伸出双手架在那口大铁锅的上方。炭火升腾的热浪钻进了他的皮肤，他听到手背上皮肤下的血液加快了流速，吱扭，怪叫了一声，像一条咆哮的河。

好久以后，船头正治抬起眼皮对高月保说，暖和了一些吧。

高月保笑嘻嘻地说，暖和了。

船头正治说，那你今天晚上拍几张照片吧。我让你拍几张好照片，你一定会成为帝国最好的随军记者的。

高月保在这天晚上拍下了许多照片。在一个叫"十里牌"的小村子里，船头正治带着一个中队沿着漆黑的村道来到了村外。村外有一座牌坊和一棵苍老的香樟树，船头正治就想起，他的爱媛不是这样的，没有那么高的楼，屋子也没有那么翘的檐。船头正治听到了狗叫的声音中，夹杂着孩子啼哭闹夜的声音，村庄平静得就像要死过去一样。船头正治想，那就去死吧。

火把的光芒把船头正治的脸照得油亮油亮的。船头正治对身边的高月保说，今天我们来这里没有别的事，就是把这儿变成一片火海。两天前，千田薰联队的两名士兵在这儿失踪了……

船头正治挥了一下手，士兵们迅速地拥向了村庄。所有的房屋火光熊熊，升腾的火焰蹿得很高，仿佛要把天给烧出一个窟窿来。高月保不停地拍着照片，他拍到两名士兵比赛杀人，一名士兵把十一个中国人排成一排，然后用"三八大盖"抵住胸口，一枪过去，子弹击穿了七个人，钻进第八个人的身体里。另一个人用"三八大盖"的枪刺连挑了十二个人，结果累得趴在了地上。高月保不停地拍着照，他的耳朵里听不到声音了，在他眼里看到的就是一场无声的电影。在这场电影里他拍到了一朵被血溅着了的花。

高月保后来在洗出照片后，对着那朵沾血的花久久凝望着。高月保想，这可能不是大东亚共荣，对手无寸铁的人是不能杀的。高月保对着那一堆弥漫着血腥味的照片，把自己关在暗室里大半天。门打开的时候，阳光很刺眼，高月保被刺得睁不开眼来。他闭着眼睛，看到的是一片又一片没有尽头的黑。这当然是后来的事了。现在的高月保站在熊熊的一大片火光中，听到四处发出的哀号，接着一头从猪圈里钻出的猪安静地走到了高月保的身边。高月保看了看猪，突然觉得这个突如其来的夜晚，像一场梦一样。

55

陈岭北、黄灿灿和麻三站在村庄的那块石头牌坊下。牌坊上写着三个字：菩提村。月光把一座牌坊、一棵老树，以及陈岭北还有麻三等人的影子拉得很长。前面不远就是一座烧焦的村庄，像大地上一个黑色的疤。年关越来越近了，雪还没有融化，甚至你都不知道什么时候又会从黑色的天幕中落下雪来。麻三咳嗽了一声说，我不用进村。我不进村也能用鼻子闻到这村成什么样了。连一只狗一只猫都没有活下来。

陈岭北说，是连一只蚂蚁也没有活下来。

麻三后来在冻得坚硬的村口路面上来回踱步，他走路的时候胸口挂着的口琴和腰间挂着的手表不停地晃荡着。便宜站在不远的地方，缩成了一团，他一直不爱说话。他看着麻三不停地走路，就知道麻三一定是碰到了一件举棋不定的事。果然麻三叹了一口气说，我现在知道了，你们跑大老远把我从山上叫下来是想要让我干什么。

陈岭北说，麻老大那么聪明，当然知道我们想要你帮忙。

麻三说，不是我不想帮你们，是我就这点儿家底。我要把山上的兄弟们折腾完了，我哪有脸见他们的家人？我拿什么去当我的地头蛇。

黄灿灿说，原来麻老大是个屃包。

所有的山匪全部亮出了枪，枪口对准了陈岭北和黄灿灿。麻三的目光在山匪们脸上扫过，山匪们的枪口随即像被打击了七寸的蛇一样软软地垂了下来。麻三干瘦的声音响了起来，是不是屃包，不是由你们两个说了算。

麻三想起了麻四。那天麻四上了老鼠山，他皱着眉头站在海角寺的门口说，把老子给累坏了。因为出汗，他把救国军的棉军衣打开，让冷风直接灌进了胸膛。麻三就坐在屋檐下的一张椅子上。海角寺的庙门口挂着一块匾，上面写着"聚义厅"三个字。那是陈欢庆的手迹。麻三没有说话，所以麻四觉得没趣，他看了一眼山神王二呆板的表情，对王二生出许多的不满。

麻四想让麻三帮忙，一起参加和平救国军，他愿意把夜袭队队长的位置让出来。麻四还想保证去衢州的一路都畅通，他的救国军将协助船头正治中队一起作为先头部队。麻三没有理会麻四，他一直眯着眼，看上去似睡未睡的样子。麻三后来慢条斯理地说，我谁也不帮，我中立。

可是你是我亲哥。

你要是真把我当哥，就脱掉这身黄狗皮回家，给咱们麻家传宗接代去。

现在黄灿灿和陈岭北又来拉他的人马，这让麻三觉得面前的这两个人一定是吃错了药。麻三后来停止了来回踱步，他站在黄灿灿和陈岭北的面前，两手插在裤袋里，军大衣的下摆被甩在了身后，像一只腆着肚皮的雄鸡。

麻三说，我想了半天，我还是中立。

镇公所门口放了一张桌子。陈岭北和黄灿灿就站在桌子前，脸色阴沉地望着围成了一把扇子形状的四明镇百姓。这是一个简陋的战前动员会，国军和新四军的三十四名伤员站成了两排，就站在陈岭北和黄灿灿的对面。年关近了，镇上已经有了年的气息，许多人的篮子里都已经有了年货。他们在看热闹，在过年前的几天里，看看这批奇怪的服装不同的兵也是一件令人高兴的事。

黄灿灿眼睛望着面前的人群，突然不可遏制地想起了阵亡的张团长。他的目光在人群里找到了张团长的遗孀柳春芽，柳春芽正站在油条西施牛栏花的身边，一手扶着肚皮，一手抓着大饼夹着的油条，大口地往肚里咽着。

黄灿灿轻声说，看到人群里张团长的老婆了吗？

陈岭北说，那是你同乡。

黄灿灿说，你小子艳福不浅，女人们喜欢的都是你。我现在算是明白了，女人都喜欢裁缝不喜欢铁匠，因为她们需要裁缝做的衣服，她们不需要铁匠打的铁。我知道柳春芽差一点就嫁给你了，可惜你拿不出那三十个大洋替她家赔葛老财家的青苗。这就是命，命里注定这一次堵截战我一定杀得比你多。杀完了我带着柳春芽回家，娘希匹，我当现成的爹。

陈岭北没有说话。他十分不喜欢黄灿灿卷着袖子在那儿嘴巴不停地啰唆。他知道枪炮声就快响起来了，火药的气息能把人呛得喘不过气来。三十六名伤兵，对付日军一个中队，武器比不上，人也比不上，什么都比不上。只有一样是比得上的，就是这批饿瘦了的军人，饭量一定很大。

然后人群被挤开，四个男人抬着一块门板，门板上半躺着半截身子的戚四爷戚杏花。戚杏花越来越干净了，看上去他清瘦的样子，很像是半个得道的神仙。

那天陈岭北记得戚杏花一共挥了两次手。第一次挥手的时候，立即有人在每个士兵面前放了一只酒碗，两个人放碗，两个人砸开酒坛的泥封倒酒。那是一种叫斯风的酒，很快斯风的气息就弥漫开来，让人猛抽起鼻子。然后在每只碗边，有人迅速地放起大洋。每个人的面前都放了二十个大洋。当然在陈岭北和黄灿灿面前的桌子上，也各放了一碗酒和二十个大洋。戚杏花因为掉了牙齿而漏风的声音响了起来。戚杏花说，这是我们四明镇百姓凑起来的钱，干净，你们尽管拿去用。这是我们四明镇的百姓自己酿的斯风酒，醇厚，你们尽管放开喉咙喝。

陈岭北举起了酒碗，高高举过头顶。阳光从天空中直射下来，光线就在酒碗里晃荡着。陈岭北大声说，喝了。黄灿灿也大声说，喝了。三十四名伤病员也大声说，喝了。

每个人都把碗中酒喝了。酒碗被他们扔向天空，在阳光直射下显得十分刺眼。酒碗乒乒乓乓掉了下来，全都碎成了碎片。然后他们整队离开的时候，陈岭北看到地上多了三十四堆大洋。所有人的目光都落在白晃晃的大洋上，戚杏花的眼睛里忽然有了泪花，那些眼泪像夏天的山洪一样，慢慢经过了他沟壑丛生的脸皮。戚杏花的整个身子都伏在了门板上，他抬起脸来的时候，脸上已经白花花一片。戚杏花颤抖着声音说，我看错你们了。

然后陈岭北看到了戚杏花的第二次挥手。人群再次被挤开了，拥进来一批拿着猎枪的年轻人。戚杏花转头对陈岭北和黄灿灿说，两位长官，这些镇上的年轻人，都说愿意去死！

陈岭北盯着戚杏花说，我要馒头山那块戚家祖坟地做工事。

戚杏花一言不发，仇人一样地盯着陈岭北。陈岭北又重复了一次，我要馒头山那块戚家祖坟地做工事。

戚杏花终于将烟杆在门板上猛敲了一记，大着嗓门吼，你是想让炮弹把我们戚家的祖坟给扒了吧！

陈岭北郑重地点了点头说，要么让活人去死，要么让死人扬灰。除了馒头山，没有更好的地方打伏击。你们自己选！

戚杏花重重地用两手撑起自己，将自己的额头磕在门板上。连磕三个响头后，戚杏花抬起一片血污的额头，可以看到他脸上已经是白花花的一片泪水。戚杏花边流着老泪边咬着仅有的三四颗牙齿，颤抖着说，国家都没了，还要什么馒头山？！

那天从镇公所门口回到戚家祠堂，兵员们全部开始擦枪和休整，他们零散地躺在祠堂的草堆或者屋角。陈岭北开始擦那支游击分队队长留下的毛瑟手枪。蒋大个子远远地站着，看新四军李歪脖擦着本来该属于他的"黑胖子"机枪。所有的人一言不发，只能看到枪条往枪膛里捅的动作，或者是把枪大卸八块的动作。海棠美美地抽了一管烟后，把铜烟杆插在了腰间。然后她走到一只打开的木箱边，抓了一颗手榴弹。她的腰间系了一截麻绳，并且插上了一把菜刀。海棠重重地在蒋大个子的左肩推了一下，咬牙切齿地说，这次仗打下来，你必须把欠我的金戒指还上。不然我拿手榴弹把你炸成一堆碎肉。

蒋大个子呆呆地望着咬牙切齿的海棠，他怀疑海棠不是他拿钱从春花院里赎出来的。这时候香河正男被施启东拖了过来，扔在了陈岭北的面前。陈岭北斜了地上的香河正男一眼说，就要跟你们打仗了。

香河正男说，我知道。

陈岭北说，我们要把你捆起来。如果我们有一个人还能活下去，你会被这个人押到南通去。如果我们都战死了，那是你命大。你解脱了。

香河正男不说话，把头勾了下去。后来他抬起头看着擦枪的陈岭北说，长官，我不会跑。

陈岭北笑了，说，我们凭什么相信你。

香河正男说，我发誓。我愿意参加，你们的，军队。我，我，我……我们大日本军队，杀太多老百姓，你懂我的意思？

陈岭北突然把正在擦着的枪对准了香河正男，你敢赌我枪里有没有子弹吗？你要是敢赌，允许我向你开枪。那我也敢赌，让你上战场。

香河正男想了想说，我不赌。我要回家就得留条命。我要回家见植子。

陈岭北说，植子是谁？

香河正男说，我不认识。但是她一定很美丽。

陈岭北大笑起来，说，是你女人吧。

香河正男急切地纠正说，不是。但我希望以后是。我好像在爱着她。

陈岭北恼了，说，你爱她？你让她像中国女人一样被日本人强奸了你还爱不爱她？你爱她，你跑这儿来杀中国人干什么？你差点让我死了，你还记不记得？你就是个日本王八蛋。

香河正男却很平静，依然低垂着眼帘说，你记仇。

陈岭北的气愤渐渐平息，后来冷冷地说，捆了。

香河正男迅速地被捆了起来。施启东和小浦东用麻绳把他捆得结结实实，然后扔在了厢房的屋角。香河正男的眼神平静，偶有一丝绝望掠过。屋檐上的雪正在融化，不时地滴下一滴滴清白的水来。香河正男躲在屋角，无聊地看一只冬天勤奋的蜘蛛织网。后来他轻声说，植子，其实我不会跑的。我一点也不想跑。

就是在这一天裕德堂的杜仲走了。那天蝈蝈擦着他的美式卡宾枪，抬眼望着祠堂大开着的门。他就坐在地上，倚在一根廊柱上，凉凉的地气通过石板钻进他的屁股进入了他的腰背，一直往他的脖颈和头顶蹿。在这样的凉意中，他看到了大门口突然多了一辆脚踏车，脚踏车上装着一些杂物。脚踏车边还站着一个人，他是穿着长衫的法国神父杜仲。看上去他仍然清瘦而精神，一双眼睛深深地凹了下去，像两口深深的井。他把脚踏车的支架支了起来，然后他背着一只药箱走进了天井。

他高高的身子像一根竹竿一样伫立在天井里。他说，王木头呢？让王木头过来。

那天蝈蝈看到杜仲把药箱交给了一片懵懂的王木头。王木头没有想过天上会掉下一件好事来，让他突然拥有了不少的药。这些西药都是值钱的。在打仗的关口，这西药和金子一样贵重。杜仲笑了，他的牙齿很白，胡子刮得青青的，看上去棱角分明。他说，我要回法国了。

王木头说，回去好。回去好。

杜仲说，我要回家。

王木头说，回家好。回家好。

杜仲说，这药箱里的药，不是让你用来卖钱的，是用它来救命的。

王木头想了一想，随即说，是，救人一命胜造七级浮屠。阿弥陀佛。

杜仲后来走了。他没有和任何人告别，只是目光重重地撞向了挂在东厢房门上的那把鸡毛掸子。那本来是他养的两只活蹦乱跳的雄鸡，现在变成了一把色彩暗红的鸡毛掸子，而且垂直地挂在了门上。杜仲仿佛失去了什么似的，他用冰凉的手和陈岭北、黄灿灿握了手。

松开他们的手后，他画了一个十字说，我很难过。

杜仲走了。在蝈蝈的少年目光中，杜仲走进一九四一年年底一片越来越虚幻的白色光影里。他没有跨上那辆脚踏车，而是推着那装满杂物的脚踏车向白亮的光影中越走越远。最后他像是被一道光吸走了似的消失了，穿青黑色长衫的高瘦法国男人就此消失在那一年大年夜将临的日子里。听说他要转道上海外滩离开中国。蝈蝈只记得他留给中国的最后一句话，他说，我很难过。

四明镇战事

56

三天后，天亮以前，陈岭北已经带人埋伏在了他和黄灿灿预定好的第一个埋伏点，那是馒头山戚家的祖坟地。天还没有大亮，这支杂牌军已经集合完毕，包括四明镇上手持猎枪的年轻人。黄灿灿要走了那挺马克沁机枪，他站在天井的空地上和陈岭北讨价还价，说，你没有子弹，这"黑胖子"就是一堆废铁。

陈岭北冷笑一声，说，你有一双袜子，就想借一双鞋穿？有鞋的还没问你借袜子呢。

黄灿灿说，我开过机枪，有经验。你开过吗？再说蒋大个子是机枪手，你那李歪脖不是，李歪脖是狙击手。

陈岭北后来还是把"黑胖子"让给了黄灿灿，说，你拿走吧。要不把机枪给你，我看你死的心都有。

黄灿灿笑了，伸出手，替陈岭北扣好了脖领底下的一粒扣子，声音变得温暖。他说，你这是咒我死？

陈岭北突然有抱一抱黄灿灿的冲动。很多年了，他们一起光屁股长大，打过架，也抱成团和别的小子打过。他们光着身子赤条条亮闪闪地站在牛背上，像耍杂技一样威风凛凛地任着那牛把他们在田野里驮来驮去。陈岭北被丹桂房隔壁的大悟村人打得死去活来的时候，是被黄灿灿一路背回家的。如果陈黄两家不是为宅基吵起来，如果不是黄灿灿一拳把陈岭北哥哥打倒在地，陈岭北哥哥脑袋磕在一块石头上死去，陈岭北和黄灿灿会像好兄弟一样连头都愿意摘下来给对方。

黄灿灿说，我看出来了，你想抱抱我。

陈岭北终于张开双臂，重重地抱了黄灿灿一下。陈岭北的鼻子是有些发酸的，发酸是因为这一仗凶多吉少，两个同村人可能就一起死了，如果能活一个也好，两个都活的可能性几乎没有。

陈岭北说，说好了，谁要是能活下去，谁就得照顾柳春芽和小碗，还有张秋水。她们是女人。

黄灿灿说，用得着你说？她们不光是女人。她们全是我妹妹。

陈岭北说，说好了，如果咱们都活着，回丹桂房的时候挑一块晒谷场打一架。谁翘了辫子得怪自己命不好。

黄灿灿说，用得着你说？我把全村人都叫到晒谷场，让他们看看铁匠厉害还是裁缝厉害。

然后黄灿灿阴着眼对田大拿和伍登科使了个眼色，两个人抬起了"黑胖子"就走。黄灿灿大声嚷嚷着，搬子弹，田大拿你个扒窗看女人屁股不要命的狗东西，你给我搬子弹。

天亮以前陈岭北带着杂牌军已经伏在了戚家在馒头山的祖坟地，这儿正好面对着那条通向四明镇的小道。只要有一定的火力，想要通过那条唯一的道路越过四明镇，是一件比较难的事情。现在陈岭北就躺在坟边，他选择的是一座威风凛凛的大坟，那坟被水泥包了浆，躺在上面坚硬而冰冷，当然还有无可比拟的厚实。小浦东伏在不远的坟堆后面，他的身下还垫着一只麻袋，一言不发地盯着灰蒙蒙的一条通往四明镇的小道。

陈岭北咬着一茎枯草对着天空说话，陈岭北说，多大了？

小浦东说，十八。

陈岭北说，想讨个女人过日脚吗？

小浦东想了想说，你说的家主婆啊，啥人会不想？就是这命还在不在都不一定。队长侬为啥要帮着国军打这个堵截战？这算不算找死？

陈岭北说，你个浑蛋你管那么多？我说了算。

小浦东不说话了。一会儿小浦东又说，那你不想讨家主婆？

陈岭北恼了，老婆就老婆，什么家主婆。我讨我家寡嫂棉花，我讨不成棉花我就一辈子不讨女人。

小浦东想了想说，要是我格趟子活不成，侬帮我的身体擦擦清爽。我要清清爽爽去投胎。

陈岭北侧过脸，望着小浦东嘴唇上细密的绒毛，突然胃里涌起一股酸水。他想要说些什么，但又想不出说什么。转眼望过去，一个个坟包后都埋伏着杂牌军的人。镇上本来还有一个制高点，是镇口的更楼，打更人休息的地方。但是人手不够，所以放弃了这一计划。坟地是最重要的直面那条要道的伏击地，所有杂牌军的人都由陈岭北在指挥。躺在坟坡上，陈岭北的心里涌起了一阵雄壮，他觉得此刻他十分男人。他的手不小心触到了腰间插着的棉花给他做的布鞋，在这个清晨的坟地里，他开始想念棉花，一个话不多却干净利索的女人。棉花的样子在陈岭北的脑海里越来越清晰，略显枯黄却整齐的头发；眼睛不大，但是眼神像光棍潭的水一样干净见底；身子不高，但是骨肉匀称。她的脖子有些长，往往使陈岭北想到大白鹅，但是这并不影响棉花整体的干净和素淡。她肯定不是漂亮，她是素淡，像雨后的一棵芹菜，绿而瘦。这样想着，陈岭北就浮起了笑意。他想让自己活下去。

陈岭北的眼里是无边际的灰沉沉的天。她变换了一个姿势，趴在了坟包上。这座水泥包浆的坟包下躺着冬雨。陈岭北选择这一座坟之前看过墓碑。"冬雨"一定是一个女人的名字，他这样想，可能她是一位难产而死的女子，或者她在她的十六岁夭亡。陈岭北奇怪这个世界上还有一个叫冬的姓，但是他认定这个女子一定是一个像花一样的女子，当然现在肯定成了一堆阴冷的白骨。陈岭北就那么无所事事地想象着这些比较辽远的内容，一只蚂蚁从他贴在坟墓的侧脸前爬过。爬得十分从容，仿佛是蚂蚁中的大户人家般气派。它是一头小黑须，它甚至停下了片刻，好像是在向陈岭北的眼睛张望。陈岭北的睫毛眨了一下，也许在蚂蚁眼里，以为那睫毛是一排被风吹动的树木。所以蚂蚁折身离开了，就在它留给陈岭北一个背影的时候，船头正治准尉带的中队和麻四带的和平救国军出现在通往四明镇的小路上。

　　小浦东的声音传了过来，赤那，这帮猪猡来了。

　　陈岭北在小浦东声音的牵引下转过了头，他看到了向前行进的队伍。日本旗就挂在"三八大盖"的枪刺上，这块旗让陈岭北觉得十分恶心。他认为那几乎不是旗，那只是一块狗皮膏。

　　船头正治和麻四站住了，整个队伍都停了下来。不远处是一片坟山，呈现在斜坡上。船头正治久久地望着那堆向阳的坟山，他知道那是中国人埋先人的地方。如果一路往前，就经过了四明镇。如果再往前，就是通向衢州的大小道路。麻四缩着脑袋扳着手指头，腊月二十七了，这次过大年夜一定会是在去往衢州的路上。他想起了哥哥麻三，麻三不愿意下山助自己一臂之力。他突然觉得，哥哥麻三简直是一个扶不起的阿斗。

　　麻四从杂乱无章的思绪中被惊醒过来。一声枪响以后他身边的一名士兵被击中了身体。那名士兵是个十八九岁的小伙子，子弹钻进了他的胸膛，所以他被子弹的贯穿力抛了起来，重重地跌在地上，像是突然从一辆脚踏车上掉下的一堆东西一样，溅起一堆灰尘。麻四望着瞪大眼睛的小伙子，小伙子的目光一直呆呆地望着天空，仿佛天空中站着一个亲人。麻四想，看来四明镇果然是一道坎。麻四这样想着的时候，枪声就越来越激烈了，啪啪的声音像爆豆一样响起来。麻四矮下身子跳到了路基下面，翻着白眼望着灰蒙蒙的天空，子弹就像雨点一样在他头上飞过。当他看到自己身边又一个五十多岁的救国军被子弹射穿的时候，他心里对麻三更生出了无数的怨气。如果麻三的队伍在场，会增加自己多少的力量？

船头正治就蹲在一架机枪背后，他的指挥刀高高扬起时，天空中露出了太阳。阳光奔向指挥刀，在刀身上咣当撞了一下，那光线直接跌进了麻四的眼睛。麻四迎风流泪又怕光的眼睛，随即蓄满了泪水。整个眼眶烂桃一样肿胀起来。

陈岭北和手下的兵员把那一个个坟包当成了掩体。子弹射不穿坟包，有的在青石板墓碑上溅出火星，陈岭北就在坟包后面怪笑。如果不出意外，日本兵向前一步都是一个难题。太阳已经升起来了，一大片祖坟地上升腾着热气。那些冻硬的泥土开始软下来，陈岭北觉得这些坟仿佛都已经活了。这时候施启东拖着一个人过来，把那人扔在了陈岭北面前。陈岭北看到了眼睛中布满血丝的香河正男，他的手上血迹斑斑。陈岭北明白他从祠堂里逃了出来，他还磨断了捆在他身上的麻绳。陈岭北的脸沉了下来，说，你是不是想寻死？

香河正男用蹩脚的中国话说，给我枪，我帮你们。

施启东在香河正男的屁股上猛踹了一脚，说，你个日本人是不是想在我们背后打黑枪？

香河正男没有理会施启东，他盯着陈岭北的眼说，给我枪。

陈岭北对施启东说，给他一支"三八大盖"。

施启东急了，说，你疯了，他要是打黑枪怎么办？

陈岭北说，这是命令！

施启东无奈地倒退了下去，很快隐没在几个坟包背后。一会儿施启东又拖着一杆枪爬了过来，愤愤不平地扔给了香河正男。连同扔过来的是子弹带。香河正男笑了，他接过枪伏在了陈岭北的身边，眼神温暖了许多。谢谢你，他说。

香河正男的话刚说完，就在他转过头去的那一瞬，陈岭北看到了香河正男的脸色变了。香河正男说，山炮。

这是陈岭北第一次看到山炮。那是一种装着两个轮子的炮，炮就架在两个轮子中间的横杆上。远远地看过去，像一件硕大而亢奋的阳具。陈岭北想香河正男原来就是开这种炮的，把他弄到南通去也是去当这种炮的教练的。陈岭北的脑子里有了暂时的空白，他不知道这山炮能有多大的威力。然后他听到了呼啸的炮弹出膛后在风中行走的声音，接着是剧烈的爆炸声响起。就在陈岭北不远处有一个炸点，整座坟以及一个手持猎枪的四明镇上的小伙子飞向空中，再在硝烟弥漫中重重落下。

炮弹呼啸。那些坟像是被一只巨大的手揭开了盖子一样，棺材板和白骨飞扬在空中，然后重重地落下来。炮声中夹杂着机枪声，陈岭北知道这一次怕是撑不住了。他不知道阵地上还有哪些人活着，只是透过浓重的烟雾，向着路面上的日军和救国军击发。陈岭北高声地喊着，李歪脖，李歪脖你给我死过来。

李歪脖没有死过来。陈岭北想让李歪脖去狙击指挥官和炮兵。李歪脖自己也想到了，他在坟堆后面拖着步枪飞快地游移，最后他站定了，努力调匀了一下呼吸。李歪脖手中的枪响了，一名日军的山炮手被击毙。但是另一名山炮手随即填了上去。李歪脖的枪管缓缓转动着，他的视线里一切都是模糊的，只有那个钢盔上缀着五星的山炮手在他眼里无比清晰。那颗星在阳光下泛起了一阵反光，李歪脖的手指扣动了扳机。他看到那颗星上开出一粒红色的花朵，山炮手又歪倒在地上了。又一名山炮手填上，李歪脖再次瞄准……

麻三笔直地站在海角寺的庙堂改成的聚义厅里。他本就粗矮的脖子藏在那件和平救国军的呢制军大衣里，和神架上眼神落寞的山神王二对视着。王二的目光望向远方，他也听到了远处传来的隐隐的枪炮声。便宜就站在不远处的角落里，望着神情焦虑的主人麻三。麻三的眼皮不停地跳着，他紧闭着眼睛，但是便宜仍然看出了麻三的不安。麻三终于开口了，他说便宜，我这是怎么了？我心慌得厉害。

便宜没有说话，只是把腰间的枪拔出来了。他蹲下身子，开始认真地把枪的配件全卸了下来，然后他一言不发地擦枪。麻三索性在地上坐了下来，从腰间拔出了双枪。他也开始一言不发地擦着枪。因为擦枪，他胸前用苎麻线挂着的口琴在不停地晃来晃去。

后来麻三对着便宜怪诞地笑了，他拿手掌在便宜的头上拍了一记说，看来没白养你。

千田薰联队长此刻正在他的办公室里坐得笔直。他的眼睛空洞地望向门口，屋子里那架狗头牌留声机正放着日本音乐《东京进行曲》。此前美国佬的十六架 B25 轰炸机对日本本土进行空袭，这让统帅部十分头痛。"冬之响箭"命令层层下达，十三军和十一军所属部队将从宁波和南昌沿铁道线夹攻，摧毁这一路上的机场。船头正治中队正是他按上头"春兵团"的命令派出的先头部队，他十分担心船头正治和被他割了耳朵的麻四在路上遇到什么不测。战争让人亢奋也让人疲惫。千田薰在疲惫的时候喜欢想念老父亲。

父亲是一个五短身材的瘦小老人。他长得其实有点儿丑陋，经常成为隔壁邻居们耻笑的对象。父亲只是他的养父，是他在雪地里收养的弃婴，这个弃婴长大成人后当上了联队长。从小养父就带着他走向大海，和他一起海钓。当然他也会想起姐姐，姐姐也是养父捡来的。一家三口相互之间没有血缘。但是千田薰认为他们的感情比有血缘的亲人还亲。如果养父需要他死，他会毫不犹豫。如果姐姐需要他的命，他也愿意付出。他记得姐姐给他送饭的时候，被一帮小混混打的情景。姐姐省吃俭用，给他买了第一双球鞋。现在姐姐的儿子已经没了。姐姐的儿子，当然就等于是千田薰的外甥。他战死在中国战场。

遥远的日本伊根，以及伊根的小岛青岛，四周全是碧水，以及那种不温不火的潮湿对岛上泥土与植物的滋养，美得令人愿意合上眼睛长长地睡去。千田薰在《东京进行曲》的音乐中突然湿了眼睛，他清楚地知道有一粒泪珠就挂在眼角。他用小指头轻轻拭去了，那手指头就长久地按着这样的一小粒潮湿。这时候他知道，他想回家。

57

如果四明镇的堵截战是一场电影的话，镜头应该是这样的：袅袅的白烟和青灰的烟在空中像水袖一样浮动，然后镜头下移，你可以看到这是一片坟地。枪声已经安静下来了，一脸泥污的陈岭北嘴唇不停地抖动着，可以看出他的嘴唇已经焦燥干裂。陈岭北慢慢地举起手，对那些遍地白骨敬礼。对白骨敬礼，就是对这个镇子上百姓的祖宗在敬礼。陈岭北看到了灰扑扑的滴着血的残臂，以及被炸上天的肚肠挂在一棵瘦弱的小树上。这是火药的力道，可以把整个人撕裂，甚至撕成碎末。这时候陈岭北看到了被四个男人抬上来的门板上的戚杏花。戚杏花紧盯着拿着枪的香河正男，什么话也没有说。香河正男想了想说，我现在是新四军。镜头继续摇过去的话，我们能看到的是躺在呆若木鸡的蝈蝈怀中的张秋水。

如果四明镇的堵截战是一场电影的话，那么让陈岭北的脑海里切入闪回：枪炮声重新响起来，一颗炮弹落在坟边，炸起的墓碑高高扬起，在阳光照射下是一道长方形的黑影。黑影重重地落下来，落在救护队队员张秋水的后背。张秋水被砸倒在地，当时就吐出了一口血。她觉得心口那么甜，仿佛吃了很多的糖。蝈蝈跌跌撞撞地向她爬来，他身上的一把军号和一把唢呐在爬行的过程中不时地晃荡着，撞击着地面。他和一名手持猎枪的四明镇青年一起将那块墓碑搬离，然后紧紧地抱住了张秋水。张秋水口中的血还在不停地冒出来，断气前她揪着蝈蝈的胳膊，差点没把蝈蝈的胳膊连着衣袖一起扯下来。她断断续续地告诉蝈蝈让他一定要送自己回武汉老家。这时候陈岭北跌扑着奔了过来，一把扶住张秋水。张秋水笑了，她已经什么话也说不出来，但是她的眼睛里是无边无际的含情脉脉。陈岭北哭了，陈岭北哭起来像一个孩子，一点也不像一个指挥这支杂牌军队伍打仗的指挥官。蝈蝈猛地推开他，蝈蝈说，你有小碗了。蝈蝈就像大人抱小孩一样，抱着明显比他大好几岁的张秋水，不停地轻轻摇晃着。

枪炮声仍然在继续。又一发炮弹飞来，小碗和田大拿被同一颗炸弹炸得飞了起来。陈岭北亲眼见到了这一幕，他嘶吼了一声，才发现自己的嗓子在瞬间哑了，仿佛喉咙里填满了无数的烟。他含着眼泪，一点点向小碗爬去。他把小碗抱在了怀里，突然觉得自己不仅欠了张秋水的，而且还欠了小碗的。小碗跟着张秋水参加了救护队。小碗在陈岭北的怀里笑了，小碗说，我看得出来你心里喜欢的其实是柳春芽。那你帮我和田大拿配一门阴婚吧，他也是个老光棍了。到了地下我和他做伴去。

田大拿连屁股带大腿都被炸飞了，身下就是一摊黏稠的血。他听到小碗这样说，兴奋得整个上半身都颤抖起来。他用尽了全身的力气干笑了三声，然后他大叫一声，老婆，跟我回家。

田大拿说完头一歪死去了。陈岭北涨红着脸，一边抱着小碗一边大喊，蝈蝈，蝈蝈你这个挨杀头的，你赶紧给我吹欢喜唢呐。

蝈蝈忙从张秋水身边跑了过来，他摘下唢呐仰着脸对着天空就吹，把《新嫁娘》吹得欢畅淋漓。那声音和天空中漏下来的阳光纠缠在一起，然后穿透云层。这时候枪声渐渐稀落下去，蝈蝈的唢呐声更加嘹亮。没有人知道，因为山炮的炮手一个个都被李歪脖给狙击了，船头正治下令后撤五里。

枪声终于停了。黄灿灿迅速地把剩下的人员集合在了一起，他的头发焦了，帽子上有了一个大洞。他把帽子揪在手心里，高声地喊着，小蔡你给我数人。剩下的人马上做好战斗准备。鬼子现在撤退是暂时的，挨枪伤的野猪咬得凶，都给我注意了。

这时候李歪脖押着日军记者高月保过来了。高月保满身都是烟尘，十分狼狈的样子。他为了拍照片更近些，一点点摸爬向一面斜坡，李歪脖为了狙击山炮手，也离开了队伍摸到了一面斜坡。高月保摸到了正在狙击的躲在坟场远处的李歪脖身后。他高兴地连拍了好几张照片，在他拍第五张照片的时候，他觉得脖子有些凉。一回头，看到脖子上的冰凉原来来自一根枪管。高月保的腮帮子不停地颤抖起来，他想了想，用生硬的中国话说，要不要帮你拍一张照片？

陈岭北看着高月保愣住了，这是他在晴江溪捉鱼洗澡时遇上的，并且送了自己一块洋肥皂的那个日本人。他无声地伸出手拍了拍高月保的肩膀，轻声说，现在你是俘虏。

如果这是一场电影的话，所有的思绪都应该在这个时候被拉回来。我们能看到的是一些细碎的镜头，比如戚杏花被四个男人抬下阵地，他对着那一堆堆的先人白骨，在他的门板上不停地像孩子一样呜呜呜地哭着，两手有节奏地捶打着门板。比如张秋水，比如田大拿和小碗，比如四明镇上那些拿着猎枪参与打仗而受伤的年轻人，都被抬到了山背后的一棵巨大的树下。电影镜头中，还可以看到船头正治在五里以外休整，传令兵正在向船头正治传达千田薰联队长的命令。不惜一切代价，无论死活，必须抢回随军记者高月保。不然这将是千田薰联队的耻辱。

58

陈岭北长久地呈"大"字形仰躺在坟地上，他希望自己的手和脚无限伸展，他望着铅灰色的阴阳怪气的天空，恍惚间看到了云层中的爷爷陈大有。陈大有望着陈岭北，他一言不发，但是陈岭北好像是听到了陈大有的声音。陈大有说，孙子，不孝有三，无后为大，你得回家。

黄灿灿歪着身子走了过来。他斜眼看了两只手腕被捆绑在一起的高月保一眼，突然一脚踹翻了高月保。高月保胸前挂着的相机钟摆一样摆动起来。香河正男怪叫着冲过来，他是俘虏。香河正男吃力地咬着舌头用蹩脚的中国话说，不许虐待俘虏。

陈岭北看到云层中的陈大有淡去了。他躺在地上伸出脚钩了黄灿灿一脚，黄灿灿才放下对香河正男举起的拳头。香河正男和高月保对视了一眼，他看着这个日本的同胞，看上去文质彬彬的战地记者。他想说好多话，却不知道应该说什么。好久以后他才用日语说，知道植子吗？

高月保摇了摇头。香河正男苦笑了一下，说，你当然不会知道，她给我寄了慰问袋。

高月保望着香河正男手中的枪，说，你……打日本人？

香河正男点了点头说，你不会懂的。但你以后会懂。我和你一样是俘虏，我被他们软禁了，但我没有跑，我偷跑出来参加战斗。

高月保说，你是大日本帝国的叛徒与耻辱。

香河正男又点点头说，虽然我是叛徒，可我变回了人。不和你说了，还得打仗。对了，我特别想回家。

香河正男说完，提着"三八大盖"匆匆地走了。他显然是一名经历过许多战事的少年老成的老兵了，战术动作看上去不规矩但是非常麻利，几个腾跃就见不到他了。高月保望着香河正男远去的背影，突然心里像被掏空了似的，仿佛走进了一个空荡荡的大殿，四顾无人。不远处陈岭北仍然躺在地上，看着双手被绑着的高月保。这让陈岭北想起了那个晴江溪的夜晚，高月保送给自己的洋肥皂还在小浦东的手上。高月保也望着陈岭北，一会儿，他咧开嘴笑了。陈岭北也笑了。黄灿灿却在陈岭北身边坐着，阴着一双眼盯着高月保，话却是对陈岭北说的，黄灿灿说，你不要和日本人眉来眼去的。

陈岭北说，不要你管。

黄灿灿说，我们还守在这坟地？直接死在坟地算了！娘希匹的上了个大当，柳春芽儿子的现成爹还真不好当。

陈岭北说，你怕死？

黄灿灿说，怕死我就不打这场堵截战了。

陈岭北笑了，你是没办法，你投的大洋袁大头朝上。你手气差，命不好。

黄灿灿不再说什么。陈岭北却站起了身，他看到余下的兵员正在找掩体，王木头在忙着给伤员包扎。看上去他已经很像一名正儿八经的军医了。他甚至在袖管上套了一个"十"字袖章，明显是在一块白布上涂了红色油漆做成的。陈岭北突然觉得有些厌倦，坟场上的烟在陈岭北面前飘来飘去，那些火药味和烧焦树木的气息让他不由得打了一个喷嚏。他看到不远处一个从坟堆里炸出的骷髅头正对着他神秘地微笑，他无声地走过去，把那个骷髅头捡起来，恭敬地放回到一口已被炸开的棺材中。这时候黄灿灿摇摇晃晃地走了，他从一只子弹箱里翻出一根铁链，把自己锁在了马克沁机枪上。然后他奋力地把手中的钥匙扔了出去，钥匙像一只无声小鸟掠过天幕，瞬间不见了。

黄灿灿回过头来朝陈岭北笑了笑说，老子不退后一寸。

陈岭北的眼睛在瞬间就红了，他随即大吼起来，你要是敢死，我跟你没完。我和你在老家晒谷场上约的那一架，还没有打。

黄灿灿说，老子当然不死，老子要留条命当柳春芽的男人呢，哈哈。

杂牌军余下的伤兵围了过来，他们居高临下地看着黄灿灿。黄灿灿抬起一双血眼环视着这些杂牌军，咬着牙说，给老子回到工事上去！

众人迅速散了，他们无声地趴回各自的简易工事边上，把枪都举在了手中。他们一句话也没有说，坟场上的空气沉闷，像是一颗炸雷随时就要在半空中炸响。陈岭北抽了抽鼻子，他闻到了浓重的火药味。

那天的第二仗，是在傍晚的时候开始打响的。陈岭北记得西边红通通地堆着一堆云霞，和平救国军和船头正治中队的鬼子像浪一样淹了过来。他们奔走的速度有些急，那脚步声像急促的雨点一样密集地滚动着。隔着遥远的距离，陈岭北其实是听不到这样的声音的，但是他还是看到了那些移动的人影。蒋大个子伏在黄灿灿的身边，他心底里一点也不想把机枪让给黄灿灿，他才是最出色的机枪手。但是他争不过黄灿灿，黄灿灿是他的连长，官大一级压死人。蒋大个子的手轻触着子弹的传送带，他当上了黄灿灿的副机枪手。

黄灿灿轻声骂了一句，别给我翻白眼，老子当班长前就是机枪手。

船头正治和麻四的联合部队越来越近了，他们想要拿下这个地方，当然也想把高月保抢回去。船头正治的望远镜里看不到一个人，只能看到坟场上方飘荡着的水草一样的黑烟，但是他知道平静下面蕴含着巨大的杀机。船头正治微闭了一下眼睛，他有一种直觉，很快第一枪就会由对方开响。果然在部队行进到大概距馒头山戚家坟场三百米的地方，陈岭北让李歪脖放出了第一枪。那一枪正中一名日本兵的钢盔，钢盔正中的五星被子弹击穿，日本兵重重地被推了一掌般跌扑在地。

枪声在瞬间密集起来。天空中所有的麻雀，都因为突如其来的热闹而选择果断远离，坟场上那棵枯树上的鸟窝也被炮弹的气浪震落。麻雀们开始背井离乡，它们找不到家，惊恐于突然而来的那种闹猛。最后它们像一颗飞行的子弹一样，在瞬间像流星一般划过即将越来越黑的天幕。日军密集的子弹压得杂牌军喘不过气来，没有实战经验的四明镇手持猎枪的年轻人，一个个被击中。嘈杂的枪声让陈岭北听不到其他任何声音，耳朵在嗡嗡作响。但每当他看到身边被弹起的烟尘，以及子弹入肉时的瞬间溅红时，让他听到了噗噗的子弹推开皮肉的声音。日军的数名山炮手被李歪脖一个个解决了，用不了炮的日军发起了冲锋。就在子弹织成的蜘蛛网下，陈岭北看到高月保虽然被捆住了手腕，却仍然在费力地按动着快门。

现在陈岭北能看到麻四矮壮的脚了，也能看到船头正治不时举过头顶的指挥刀。陈岭北看到越来越近的对手，看看自己阵地上越来越少的子弹，他有些绝望了。他绝望的时候开始拼命地想棉花，他的心里轻轻叫着棉花棉花棉花。他估计不出五分钟，日军就会攻上这个不高的小山头。这时候突然从横刺里冲出来一支队伍，陈岭北看到了冲在最前面的麻三，他一直披在身上，仿佛鱼长在身体上的鳞片一样的和平军军大衣不见了，而是一身威风凛凛的唐装。他拿着一杆机关枪，身后跟着一串山匪。陈岭北笑了，一咬牙冲着天喊，麻三，你个天杀的，哈哈，哈哈，你是不是想让老子反败为胜？！

只有麻四是看得真切的。他躲在一些和平救国军的身后挥着小手枪，用一个铁皮喇叭高喊着，冲上去，冲上去发大洋，发大洋可以去春花院，发大洋可以买女人，发大洋可以买大瓦房，发大洋他妈的好处大大地有。给老子冲上去。他喊得太卖力了，所以他整个头都冒着热气。他看到了横冲直撞的亲哥哥麻三。他看得真切的是麻三的衣服好端端地少了一只袖子。麻四是读过几句书的，他脑子咯噔一下就知道情况有点儿不太妙。果然麻三冲过来的时候大声地喊，麻四，我割袖子就是和你断了兄弟情义。我实在熬不下去了，我不能被人指着脊梁骨骂汉奸。我早就说让你为麻家传宗接代，你为什么非要当这个破汉奸？

麻三喋喋不休的叫喊混合在枪声里，让麻四听得并不真切。然后麻三出枪，一枪就击穿了麻四吊葫芦瓜一样的脑袋。麻四其实什么话也没能来得及说，甚至都来不及回忆一下小时候哥哥麻三背着他在土垭上等贩红枣卖大葱的爹妈回家的情景。他勇敢地跌扑在地上，整张脸埋在了土里。麻三的眼睛里全是泪水，他拼命开枪的时候，看出去的日军和和平救国军都是斑驳虚幻的，像是隔着一层被雨打湿的玻璃看窗外的风景。陈欢庆、便宜和一大帮山匪跟在他的身后不停地开着枪，他们的头上都包了一块白布，白布上写着一个字：杀！

陈岭北的心里叽叽嘎嘎地欢笑起来，他的嘴巴因为兴奋而不由自主地歪了。他大叫着，把大鬼子和二鬼子给我灭了，全灭了咱们好回家。

黄灿灿手中那挺重机枪发出沉闷的吼声，那沉重的金属撞针撞击子弹底火发出的钝音，力道就像刮起的一股股旋风。日军在一排排倒下，黄灿灿的整个身子敞开了怀，胸膛和衣服上全是汗水。有汗水顺利地进了他的眼眶，他却把眼睛睁大了，短粗黑的手指搭在扳机上，枪头在不停地来回颤动。热烈的子弹已经发疯了，像疯子一样跌跌撞撞奔向日军士兵的身体。

黄灿灿怪叫起来，黄灿灿说，娘希匹的，我把你们都轰烂了。

蒋大个子却突然大吼了一声，说，子弹快没了。

黄灿灿一下子愣了。没了子弹的机枪就是一块没有生命的笨铁。日军和和平救国军再一次压了上来。被俘的高月保无人看管，不知道什么时候溜到了黄灿灿的不远处。尽管他的双手手腕被绑着，但是他还是费力地举着相机，不停地按着快门。而这时候陈岭北已经看到了日军如密集的蚂蚁，尽管死伤无数，但仍然凭着人马众多而快要逼近山头。

陈岭北说，撤！往后山撤！

那天老鼠山大当家麻三带的人也挡不住日军的枪火，毫无章法地被打散了。大部分的人跟着陈岭北的队伍后撤，麻三带人撤到了四明镇镇口的那座年代久远的更楼里。进入更楼以前，麻三突然喜欢上了更楼的翘檐。那是一座古色古香的石块搭成的楼。这样的一个小更楼让麻三觉得温暖而妥帖，在枪炮声里，麻三才忽然想起了四十多年来一直都没有安定，甚至连孩子也没有一个。这让他觉得无比凄凉。更楼里的更夫已经跑了，这让更楼反而像一个碉堡。麻三在这个碉堡里，看到一张四仙桌上放着更夫没来得及带走的一壶酒，索性坐下来倒了一杯酒喝。他喝酒的时候，眼睛迅速地在众人面前掠过，点清了跟在他身边的加上他自己一共是七个人。

麻三笑了，猛喝一口酒说，怕不怕死？

六个人看了看，七零八落地回答，怕死。

麻三又笑了，说，敢不敢死？

六个人又相互看了看，整齐地回答，敢死！

那天一个小队的日军将更楼团团围住，麻三和他的手下却把枪开得十分从容。他们都开始喝酒了，然后对着狭小的窗外开枪。日军没有了山炮，对这个石块砌起来的更楼有点儿力不从心。麻三这时候不开枪，他看着六个人对着更楼外开枪，自己一边喝酒，一边摘下了墙上的梆子敲了起来。麻三从来没有敲过更，他觉得这其实是一件很好玩的事。无论是下雨天还是满天星斗，无论是落雪还是春天，在街道上穿行并且在黑夜之中敲响梆子，是多么惬意和美妙的一件事。这样想着，他把梆敲得更起劲了，也把酒喝得更起劲了。他把自己的脸喝得像煮熟的蟹壳，鲜红而光亮。他甚至还唱了一段绍剧《八戒巡山》，然后他提着他的枪摇摇晃晃站起来吼，杀！

那天日军射进更楼一枚毒气弹。麻三看到那升腾的烟雾时，凄然地笑了笑说，陈岭北，现在开始你别给我指桑骂槐了，老子有点儿骨气的。

麻三说完，把脸转向了六个山匪。六个山匪已经在烟雾中剧烈地咳嗽起来。麻三说，把枪里的子弹全部打光。

子弹终于全部射了出去。更楼一下子变得死一般地寂静。船头正治久久地站在更楼的远方，他看到了一大批倒在更楼前的士兵，这令他感到无比懊丧。他戴着白手套的手高高举起，挥了一下，又一个小分队在他亲自带领下，迅速地按战术队形向前潜行。当他们踢开门，进入了更楼并且没有遇到任何抵抗就要冲上二楼的时候，烟雾还没有完全散开。船头正治捏着鼻子，看到了麻三笔直地站着，而六名山匪口眼出血，嘴角还挂着泡沫，手里握着一把刀子靠墙瘫坐着。他们显然中毒了，他们中了很深的毒。

麻三笑了，吐着白沫说，你个日本矮子终于来了。

船头正治是看着六个山匪同时把自己的喉咙割断的。其实就算不割喉咙，他们也会因为中毒而死去。麻三望着倒在他身边的六个山匪，大喊一声，有酒同喝，有肉同吃。有福同享，有难同当。好兄弟，麻三带你们到地底下再当山匪！

麻三的头重重地撞向了石块砌成的墙，一声沉闷的响声让船头正治的眼皮不停地跳动起来，他知道麻三的头骨一定已经裂开了。麻三的整个身子贴着墙壁缓缓地下滑，眼眶也撞得变形，血水就顺着两只眼睛往下淌。就在他委顿在地上的时候，眼睛还是圆睁着的。他的血手甚至还顺势抓过了胸前用苎麻绳挂着的口琴，放到嘴边吹了一下。然后他的手终于缓缓地松开了口琴，口琴从嘴角掉下来，在胸前不停地晃荡着。

船头正治觉得十分地不愉快。他转身匆忙地走了，在残留着毒气的更楼里他一刻也不想多留。他下楼的时候，日本兵全都跟了下来。只有一只还没有受到毒气攻击的壁虎，活灵活现地趴在屋顶上。它细小的眼睛瞪大了，看着麻三的那只血手。麻三的血手缓缓地伸了过去，拿起了地上那根短棍，重重地敲了一下掉落在地上的梆子。此时刚好走到楼下更楼门口的船头正治听到了敲击梆子的声音，他愣了一下，抬头看到天色终于在这一声响后暗了下来。

四明镇的夜晚来临。船头正治长长地叹了口气，在四明镇滞留了那么长时间，是他没有想到的。他更没有想到的是，壁虎在屋顶上一直看着麻三那只全是血的手，那手十分缓慢地伸开了，可以看到掌心里黏糊糊的血迹中，那根被磨得油光光的敲更用的短棍。

除了高月保，没有人能成为黄灿灿临死前的最后见证。夜色越来越临近了，黄灿灿命令蒋大个子撤离，蒋大个子这时候却突然变得不愿丢下黄灿灿。黄灿灿说，你不是有个海棠吗？蒋大个子脸红了，说，你别拿我说逃兵的事。黄灿灿却十分动情，说，兄弟我是真心希望你早点儿娶了人家海棠，早点儿当爹。你赶紧得走。

蒋大个子说，那你也得走。

黄灿灿说，你看我能走得了吗？

这时候蒋大个子看到了黄灿灿那根和"黑胖子"锁在一起的铁链。他一直搞不懂，为什么黄灿灿一直藏着这样一根铁链子。那天蒋大个子破天荒含着泪在头顶子弹织成的网下面，向黄灿灿鞠了一个躬。后来他跪下来，把整个身体伏在了地上，两只手抓起两把泥土，眼眶里蓄满了泪水。黄灿灿笑了，眼中也含着泪花说，娘希匹，没出息的东西，赶紧滚！

蒋大个子迅速地撤离了。黄灿灿扶起了"黑胖子"，子弹又开始交织着往外喷，一直等到黄灿灿把所有的子弹打光的时候，转头才看到身边不远处那个手腕被绑在一起的高月保。黄灿灿笑了一下说，没枪你当什么鬼子兵？

高月保回过神来，向他鞠了一躬。这时候他真切地看到了黄灿灿手上和"黑胖子"连在一起的铁链，立即明白了黄灿灿是怎么回事，他身上的鸡皮疙瘩不由得一层层起来了。果然数名日军围了过来，用枪刺对准了黄灿灿。黄灿灿微闭的眼睛吃力地睁开，他抬头朝日本兵笑了一下。日军开始一枪一枪地往他身上击发，先是大腿，手臂，肚子，小腿……很快黄灿灿变成了一个血筛子，身上很多地方像水管一样在不停地流着血水。日本兵开始大笑起来，在他们的大笑声中，黄灿灿的手却在腰间摸索着，没有人知道他已经打开了压在身底下的手榴弹的弦线。黄灿灿又开始唱当兵时候学来的歌，那是一首情歌，他却唱得撕心裂肺、动人心魄。妹妹妹妹，来哥的山头。山头花开，山头果落，山头夕阳红艳艳，山头有风也有雨。妹妹妹妹，来哥的炕头……

然后是一声巨响，和黄灿灿靠得最近的三名日军被扬了起来，又在烟尘之中重重跌下，像一片片被秋风扫落的梧桐叶。他们手中的"三八大盖"被气浪冲得老远，远远地落在尘土里，如同几根憔悴疲惫的烧火棍。高月保也被巨大的气浪掀翻在地，等他挣扎着起身的时候，看到爆炸过后的烟雾正在慢慢地散开。所有的事物，在高月保的眼里越来越清晰。高月保看到了那挺马克沁重机枪没有被炸毁，倒是黄灿灿的那只挂在铁链上的手，还在不停地晃荡着。而黄灿灿的身子，已经荡然无存，仿佛消失在空气里，或者是被天空给收了去。望着那只夕阳下的断手，高月保举起了相机，一张一张地拍着。他的眼眶蓄满泪水，镜头穿透了还在不停散去的烟雾。

船头正治是慢条斯理地赶到这块坟地的。他戴着白手套，穿着皮靴的脚步走得沉稳缓慢。馒头山已经完全被日军给占领了，夜幕早已降临。有士兵打着火把，在火把忽明忽暗的光线里，船头正治看到了黄灿灿的那只血肉模糊的手，以及"黑胖子"马克沁机枪的枪身上，被溅上的肉末。船头正治向那只晃荡着的手慢慢地长久地弯下腰去，在火把映出的红光里，他弯腰的样子像一张弓的模样。

那天船头正治带走了高月保。他对高月保十分冷淡，但他还是让通信兵向千田薰联队长做了报告。他一点也不喜欢目无军纪随便进入阵地最危险地带的战地记者，他认为打仗不能靠记者，而是靠子弹和炮弹，以及坦克的履带。船头正治摆了摆手，立即有一名上等兵递给高月保一支"三八大盖"。上等兵潦草地教他如何击发，然后带着他匆忙地离开了。离开以前高月保一直在回头，他觉得那只吊在马克沁机枪上的手像一个妖怪一样，在他的脑海里既触目惊心，又鲜艳如花。

船头正治看了看手表，他下达了命令，就地驻防，天亮以后穿过四明镇。

　　一名四明镇上的青年猎枪队队员带着陈岭北和仅存的战士钻进了一片树林。那是一片遮天蔽日的树林，不仅连接着地气，并且无休止地延伸向远方的四明山脉。在树林里休整的时候，陈岭北抬眼望着树荫，他突然觉得这是一个与世隔绝的地方。他靠在树干上，让小浦东去清点人数。新四军剩下十一名，国军三十五团剩下九名，四明镇上的年轻人剩下二十三名，老鼠山上的山匪剩下三十六名，加上王木头和海棠、香河正男，一共是八十二名。海棠靠在一棵树身上坐着，在吧嗒吧嗒地抽着那根铜烟杆，烟杆头上一亮一亮的火星，让这个夜晚显得更加幽深。陈岭北看到蒋大个子竟然像孩子一样蜷缩在海棠的怀里，他好像睡着了，海棠的手掌不停地抚摸着他被战火烧焦的头发。陈岭北突然觉得长得像门板一样宽阔的海棠，很适合当蒋大个子的娘。

　　陈岭北派出了李歪脖和施启东，不停地去侦察日军的动向。日军已经扎营，他们显然不敢连夜穿过四明镇，他们怕这个陌生的小镇深得像海一样，进入了海就难以再出来。在他们等待天光的过程中，陈岭北已经打定了主意。在天亮以前，一定要杀一个回马枪，哪怕和日军全部拼完。想到这里的时候，他不由得摸了摸腰间棉花送给他的那双布鞋，他脚上的鞋子已经露出了脚趾，但他一直舍不得穿新布鞋。现在他终于咬了咬牙把那双旧鞋扔了，换上了千层底布鞋。站起身来试脚的时候，他轻声说，棉花，如果我死了，我就穿着你做的鞋去找阎王爷报到。

　　那天晚上陈岭北把新四军仅剩的人全集中在一起，围成了一个小圈。他主要交代的是只要新四军中谁能活着，谁就要做两件事：一，把他身上背着的那名游击分队队长留下的公文包送到南通新四军驻地；二，把香河正男押送到南通新四军驻地。

　　说这话的时候，陈岭北斜了香河正男一眼。

　　香河正男站了起来，啪地立正，口齿不清地说，如果只剩下我一个人活着，我也要求完成这两件事。

众人都看着香河正男。香河正男的眼神显出真诚与不可抗拒。施启东突然瓮声瓮气地说，队长，我相信他。众人都七嘴八舌起来，都说，我相信他。陈岭北站起身来，走到香河正男面前，和他近距离对视。借着一支小火把微弱的光，陈岭北看到香河正男深不见底的眼神。陈岭北笑了，说，那我也相信你。

听到陈岭北的这句话，香河正男眼里的泪水无声地落下。陈岭北的手指头伸出去，轻轻按在了香河正男的一侧脸的眼泪上。黑夜就越来越深沉了。

凌晨三点的时候陈岭北让小浦东、施启东、六子和李歪脖悄悄叫醒了杂牌军的所有人。他们顺着来路出发，在黑色的夜里如同潜行的蝙蝠。他们悄悄接近了坟地附近的一块空地，日军有游动哨在不停晃荡。陈岭北看到天空慢慢接近了灰白，一颗闪亮的"天亮星"就挂在空中。陈岭北说，李歪脖，你开第一枪。

李歪脖的第一枪开得顺风顺水，没有任何悬念地在一声枪响以后，放倒了日军一名游动哨。李歪脖的枪管急速移动，又是一声枪响，又一名游动哨被击毙。然后枪声就骤然激烈了起来，日军驻营地像是蚂蚁窝里突然淋进了滚水一样乱了起来，随即轻重机枪的叫声也响了起来。对方的枪声把黑夜给完全撕开，天色正在渐次放明。这时候孤独的柳春芽，躺在戚家祠堂的一块棺材板上。她睁着眼睛望着天井上方正方形的天空，天空正在由黑变灰再到一片明亮。她的肚子高高地朝天耸起，像馒头山一样浑圆而饱满。柳春芽觉得肚皮里的孩子蠕动得厉害。她轻轻地抚摸着肚皮说，张团长，你儿子马上就要出来了。

柳春芽一边隔着肚皮抚摸着张团长的儿子，一边听到了隐约的枪声。这枪声在大年夜就要临近的腊月，显得有些虚无缥缈，仿佛是四明镇上那些民居屋顶上高高耸起的烟囱喷出的烟一样。柳春芽想，一定有许多兄弟被子弹纷纷扬扬地放倒了。

这时候的高月保正跟随着船头正治后撤。后撤的路十分平坦但是走得无比漫长，陈岭北让手下这支杂七杂八的杂牌军紧紧地咬住了船头正治中队。后撤的日军中队和和平救国军中队士兵正在枪声中逐渐减少。战斗最勇的是李歪脖，他不停地拉动枪栓，一枪枪击发，每枪都会命中一个目标。然而这时候他一摸子弹袋，发现子弹已经没有了。

高月保在后撤的时候，不时地开枪还击着。对于武器而言，他还是一个连枪也拿不稳的陌生人。他闻到火药的气息时，认为那是一种清香，所以他猛吸了一下鼻子。陈岭北看到了远处的高月保，他喜欢高月保那种怯生生的神情。但这样的怯生生正在消失，取而代之的是渐渐变得果断而决绝的眼神。陈岭北叹了一口气，他的枪举了起来，屏住呼吸，把准星、缺口和高月保连成了一条直线。陈岭北的手指扣动，子弹射出了枪膛穿破寒冷的空气，在瞬间扑进了高月保的胸膛，像是一只鸟的回巢。

高月保觉得胸口被重重地击了一锤子，然后胸口开始发热。那些血像是水龙头里流出的水一样，不停地往外噗噗有声地冒着。他的枪抛开了，身子软软地委顿了下去。高月保觉得脚下堆满了柔软的棉花，然后整张脸仰向了天空。他觉得天空真蓝。

远处一名日军也在瞄准陈岭北，这时候枪声响了。日军翻倒跌扑在地上，陈岭北看到香河正男站在不远处，用跪姿射击的姿势扣动了扳机，射杀了那名将要杀死陈岭北的日军。杂牌军呼啦啦地向日军拥上去一大片，陈岭北大叫，蝈蝈，蝈蝈给我吹冲锋号。

蝈蝈一直认为他最威风的一刻，就是吹响冲锋号。但是并不是每一场战斗都能吹得响冲锋号的。现在蝈蝈能吹冲锋号了，他站直了身子，把军号斜向天空，鼓起腮帮吹起了冲锋号。那声音带着金属的音质，喷向了天空，然后在天际传得很远。一颗子弹飞来，射穿了铜号，号子的声音随即漏了。蝈蝈大叫，军医呢，军医在哪儿？王木头，王木头你快给我胶布。王木头背着一只药箱冲过来，迅速扯下一块胶布给蝈蝈的铜号补上了破洞。

冲锋号的声音又响了起来。

杂牌军凌乱的脚步奔向溃逃的日军和和平救国军残部。陈岭北大声叫，想回家的，赶紧把鬼子和汉奸给赶尽杀绝。

日军的一挺早就哑了的机枪在这时候像是回光返照一般响了起来，密集的子弹恰好全部奔进了便宜的怀中。便宜的胸前随即开出一朵朵血花，他的身子摇摆着，双脚跪地，最后整个人仰天倒下了。陈岭北迅速地奔过来，抬起了便宜的上半身。便宜永远围着的围巾往下滑落，露出了他的兔唇。便宜笑了，他吹了一声呼哨，然后瞪着一双血眼死去。这时候李歪脖跑到陈岭北的身边，捡起一支日军剩下的"三八大盖"，一边拉动枪栓击发一边对陈岭北喊，没子弹了，我们都快没子弹了。

陈岭北将便宜的身体放平。没子弹就给老子拼刺刀。新四军、国军三十五团、四明镇和老鼠山上的兄弟们，上刺刀。

上刺刀！上刺刀！上刺刀！

呐喊声响了起来。脚步急促地奔向溃逃的日军。日军忽然停住了脚步，他们开始卸"三八大盖"的子弹。按照日军正规的拼刺刀程序，他们必须卸下枪中的子弹以免扣动扳机误杀自己人。一场刺杀正式开始，刀子入肉的声音扑哧扑哧地响起来，血花四溅。陈岭北看到了船头正治，船头正治的指挥刀缓缓地拔了出来。陈岭北冲上去，他像一支被射出的箭，奔向了船头正治。指挥刀和枪刺搅缠在一起，发出刺耳的铁器碰撞的声音。最后指挥刀和枪刺都被震飞，陈岭北重重地跳了起来压在船头正治的身上。船头正治后来翻转了身子，他红着一双眼睛把陈岭北死死地压在身下，用双手卡住了陈岭北的脖子。陈岭北喘不过气来，他看到变了形的船头正治的脸，然后他整个人就变得虚脱起来。船头正治的脸变成了三张，最后变成了一片模糊。陈岭北想，棉花，我回不了家了。

船头正治的脸色变得越来越扭曲，他的脸涨得通红，所有的力量都用在了手上。他掐住陈岭北的脖子，让陈岭北一直都在翻着白眼。他觉得陈岭北这一次一定会背过气去，就在这时候他觉得脖子上有些热。他一点也不知道他的后脖子上多了一把裁缝剪刀，那是陈岭北慌乱中从牛皮公文包里翻找出的剪刀，直接插在了船头正治的后脖子上。血在拼命地涌出来，黏糊糊地把船头正治的整个脖子染红了。船头正治觉得心正在发慌，整个人晕乎乎的。陈岭北猛地用力，将船头正治蹬开的同时，把船头挂在腰间的一枚卡簧手雷打开了。

陈岭北用足了力气进行了这场战争中最后的翻滚。他滚出一丈多远的时候，爆炸声响了起来。陈岭北分明看到船头正治的肠子像张牙舞爪的蚯蚓一样在空中飞舞和降落，陈岭北就长长地吁了口气，他知道这枚手雷一定会让船头正治碎成粉末。

战争也是在这一声巨响中结束的。陈岭北已经累得不能动弹。他就那么躺着，在怀里摸索到了那支高月保在晴江溪边送给他的长寿牌香烟。香烟已经皱巴巴了，但是还能点得着，陈岭北侧过身在一截正在燃烧着的木块上点燃了香烟，美美地吸了一口。他就那么长久地仰天躺着，主要回忆在晴江溪捉鱼洗澡时和那名叫高月保的日本随军记者的偶遇。

李歪脖跑了过来，站在了陈岭北的面前。从陈岭北躺着的角度往上看，可以看到李歪脖胡子拉碴的下巴。陈岭北笑了，说，真累啊。

李歪脖说，仗打完了。

陈岭北说，真笨，仗打完了，当然是打扫战场。

乘着仙鹤去了

59

陈岭北跟着李歪脖在一片狼藉的馒头山戚家祖坟地上行走。杂牌军的队员们，正在打扫着战场。他们的脸上一片焦黑，衣衫褴褛，都睁着一双血红的眼睛，手中提着上了刺刀的长枪搜寻着还在呻吟的日军，以及受了重伤的战友。一些阵亡的战友被他们集合在一处平坦的地方，陈岭北走过来的时候，一眼看到了仿佛睡得很香的小浦东。

陈岭北想起小浦东临战前伏在不远的坟堆后面，他的身下还垫着一只麻袋。小浦东十分认真地对陈岭北说，要是我格趟子活不成，侬帮我的身体擦擦清爽。我要清清爽爽去投胎。

陈岭北蹲下身子，在小浦东的口袋里翻找起来。陈岭北掏出了那块用旧报纸包着的洋肥皂，那是当初在晴江溪捉鱼洗澡的时候高月保送给陈岭北的。李歪脖站在不远的地方，安静地看着陈岭北。陈岭北像是要从洋肥皂里看出什么秘密来，翻来覆去地看着这块肥皂。

海棠穿着脏兮兮的绣着大朵牡丹的红衣，嘴里叼着铜烟杆，边走边拿脚踢踢阵亡的日军尸体。一道金色的光线灼痛了海棠的眼睛，她的心里咯咯咯地笑了一下，猛抽了一口烟又对着天空喷了出去。然后她大笑，哈哈哈，老天爷有眼。

海棠笑完就蹲下身，将烟杆里的黑色残烟在一杆枪的枪托上砸了几下，然后麻利地夹在了腋下。海棠抓住了一个阵亡日军的手，把他的手高高举起来，仔细端详着那手指头上的一枚金戒指。她从他的手指头上褪下了戒指，高兴地拿在手上吹了一下，得意地对不远处的蒋大个子喊，喂，我给你省钱了。我捡到一只金戒指。

蒋大个子欣喜若狂地奔到了海棠身边，说，那我欠你的金戒指，一笔勾销了？

海棠说，那你可以欠我一副金耳环的。

这时候陈岭北走到了那挺被黄灿灿号称"黑胖子"的重机枪边上。他看到一只吊在机枪上晃荡着的手，不由得长长地吁了口气。他知道他没有机会再和黄灿灿在丹桂房朝天敞开着的晒谷场上狠狠地干一架了，这让他无比失落。在机枪一丈开外的空地上，朱大驾找到了黄灿灿被炸飞的一块破布口袋。朱大驾把破布口袋递到陈岭北手上，陈岭北把手伸进口袋里，摸到了一块冷冰冰的大洋。

陈岭北把这枚大洋拿在手上的时候突然愣了，他看到这块大洋的两面，都是袁大头。

朱大驾直愣愣地站在陈岭北的面前，他的衣服已经破成了一缕一缕，看上去身上穿着的是一张蜘蛛网。但是他脸上浮起了灿烂的笑容，朱大驾笑着说，就我一个人知道，他这块大洋两边都是大头。

风一阵阵吹来，把朱大驾丝丝缕缕的军装吹得随风晃荡，仿佛是一件穿在身上的渔网。陈岭北真怕风把朱大驾给吹走了。朱大驾的身上，混杂着炮灰、泥土和血污，看上去就像一粒在尘土上滚过的汤圆。陈岭北听到朱大驾在不停地说着话，朱大驾说得絮絮叨叨，但是脸含微笑，一直都没有停下来的意思。朱大驾说，黄连长那事儿早不行了，他还故意要争一下小碗，还故意要娶柳春芽。其实他是想打仗，又怕兄弟们想着回家。所以他弄个赌馆里抽签用的袁大头，让自己故意输给你。所以他口口声声说要回家生孩子，是想让手下的兄弟们能回家。朱大驾的语速慢慢快了起来。陈岭北听不清他在说什么，索性不再去听，他找到了一块裹在枪身上的白布，一边捧着黄灿灿的血肉，一边轻声说，浑蛋啊，你要真是有本事，你就活过来跟我下盘棋。你比我先死算什么本事？你要是下棋能下得过我，那才是本事。

陈岭北用一把枪刺在地上挖了一个坑，把白布连同那一堆碎肉埋在了地下，然后认真地填回了土，用脚踩平。他把这事做得很专心，当他抬起头的时候，看到朱大驾披着破渔网一样的破衣裳还在絮絮叨叨。陈岭北就皱了一下眉头，说，你能不能少给我废话。

朱大驾笑着说了最后一句话，说完这句话他就再也不说了。他说，黄连长，我不想回家想打仗，等打完仗我回你的家，我替你尽孝。朱大驾说完，用牙齿紧紧地咬住嘴唇，就是不让眼泪从眼眶里滚出来。陈岭北愣愣地看着朱大驾，突然发现朱大驾和油条西施那件破事，根本算不了什么。

一声枪响。陈岭北转头看到不远处的海棠站在原地，胸口却开出了一朵湿润的红花。她的嘴微张着，仿佛是在吃惊地望着远方。身边的蒋大个子一把扶住了她。海棠像面条一样慢慢地软了下去，她腋下夹着的铜烟杆掉落在地上。陈岭北的目光急转，他看到了不远处一名奄奄一息的日本伤兵，一只手中还无力地举着枪。陈岭北随即麻利地卸下了一支"三八大盖"枪身上的枪刺，一步步地走向那名伤兵。那伤兵还想转过枪管来，却没有了力气。陈岭北走到日本伤兵的身边，一脚踢过去，伤兵的脸随即就被踢烂了。陈岭北手中的枪刺，从日本伤兵的下颌刺入，从后脑勺钻了出来。那钻出来的枪刺头上，还沾着豆腐花一样的脑浆。

这时候的海棠在蒋大个子的怀里不停地喘着气。她的大拇指和食指仍然捏着那只小巧的金戒指，对蒋大个子急促地说，快，快给我戴上，金子辟邪。

蒋大个子慌乱地给海棠把金戒指套在了手指上。海棠的嘴角露出了笑，说，你欠我的金耳环不用给我买了，我都要死了。蒋大个子眼泪鼻涕糊了一脸，说，我一定要买，你不会死。我会让王木头救活你。

海棠大笑三声，哈哈，哈哈，哈哈，他不过是个兽医。

海棠说完，戴着金戒指的手垂了下来，眼睛无力地合上了。蒋大个子把海棠抱在怀里，一边呜咽一边把海棠抱得紧紧的，生怕海棠会长出翅膀飞走。

陈岭北走到了蒋大个子的身边，他坐了下来，看着表情木然的杂牌军战士们正在打扫着战场。陈岭北轻声说，你最好还是哭一场吧！

蒋大个子开始号啕大哭。他的哭声越来越响，穿透了云层。没有人理会他，他们仍然在打扫战场。在蒋大个子的哭声中，陈岭北站起了身，摇摇晃晃走向了那挺"黑胖子"机枪，他小心地取下了那只用链子吊在机枪上的手，招呼着施启东过来帮他砸开铁链条上的小锁，然后他将那手抱在了怀里，轻声说，姓黄的，我会送你回家。

陈岭北在晴江溪浅水的岸边拎了几桶水，把小浦东赤条条地放在一领竹席上，并且把他洗得干干净净。小浦东身上的枪眼已经没有了血水，像一只只暗红色的眼睛，懵然地望着天空。水草在水底里漂摇，冬天的寒意使水面上飘着氤氲的水汽，陈岭北就像神仙一样站在充满雾气的浅水的溪中。他赤着脚，双脚因为接触冷水而变得通红，一些平凡的小鱼争先恐后地游过来啄着他脚上的皮肤。这让他想起了故乡，暨阳县，枫桥镇，丹桂房村，村外一条宽阔却极浅的小溪，溪面上波光粼粼，像一万条鱼漂浮在水面上闪动鱼鳞。

陈岭北为小浦东擦干了身子，又裹上了一块干净而柔软的白布。他抱着小浦东走向了回戚家祠堂之路。回去的路无比漫长，小浦东在他的怀里像一个熟睡的婴儿。小浦东对陈岭北说过，要是我格趟子活不成，侬帮我的身体擦擦清爽。我要清清爽爽去投胎。

在回祠堂的路上，陈岭北一直都觉得奇怪，下达堵截命令的国军援兵一直都没有来。执行"冬之响箭"任务的日军后续部队也没有来。四明镇一下子变得无比安静，仿佛什么事情都没有发生过，或者是一座被废弃的小镇一样。陈岭北派出去的李歪脖回来报告，说是日军偷偷派出了便衣队把日军在馒头山阵亡的军官和士兵都拖了回去，把那些和平救国军的中国人扔在了山上。陈岭北觉得这不像是日本人的做派，日本人怎么会不报这一个中队的全军覆灭之仇？

这时候的戚家祠堂里，蒋大个子因为死了海棠，所以他恨不得砸掉那台传来命令的步话器。他和报务员朱大驾就在祠堂天井里追赶跑跳，朱大驾在前面红着眼奔逃，一不小心绊了一跤，跌在石板上。蒋大个子重重地压了上去，举手就要夺朱大驾抱在怀里的步话器。朱大驾涨红了脖子大声地喊起来，蒋大个子你听好，你要是敢对我的步话器动手，我就敢把你鸡巴蛋给扯下来。

蒋大个子说，那你赔我的老婆海棠。

朱大驾说，可是砸了步话器，海棠也活不过来。

蒋大个子说，你不是说步话器又失灵了吗？失灵了你还抱那么紧干什么？

朱大驾说，失灵了可它还是步话器。

蒋大个子说，什么步话器，分明是催命器。光下达一道命令就随即失灵。

蝈蝈坐在不远处屋檐下的一张椅子上，像一个刚睡醒的少年，懵懂地望着不远处墙角一只一九四一年间织着网的蜘蛛。蜘蛛停顿了一下，在微风中它饱满黑灰的身子在网中央微微地颤了颤，又颤了颤。这让它感觉到要变天了，果然有细小的毛毛雨从空中落入戚家祠堂的天井里。蜘蛛笑了一下，它贴着墙角敏捷地爬走了，像一个训练有素的战士。在爬走的过程中，它看到屋檐下坐着的蝈蝈的手里紧紧地抱着一只青花坛子。

　　坛子里面装着四明镇上专做"白事"的丧甲们帮忙火化的张秋水。蝈蝈抱着坛子就像抱着张秋水一样。他答应过张秋水要把她送到武汉老家的，但是他现在连张秋水家住在哪儿也不知道。但他相信他能有办法找得到张秋水家。他看到蒋大个子紧紧地压在朱大驾的身上争夺着那只步话器，他的眼泪就不由自主地流了下来。他说，秋水。

　　这时候陈岭北抱着小浦东走进了祠堂的侧门，雨点越来越大了，仿佛是跟着他的脚后跟赶来的。陈岭北看着雨中天井里扭成一团的蒋大个子和朱大驾笑了，说，你们吃得空？你们吃得空就找日本人拼命去。

　　蒋大个子和朱大驾停止了扭打，他们好像对这个叫陈岭北的土不拉几的新四军队长越来越敬畏了。他们看到陈岭北一言不发，抱着小浦东走到了屋檐下。一柄黑色的巨大的雨伞在这个时候映进了众人的视线，大雨伞下是坐在门板上被四个男人抬进来的戚杏花。戚杏花的背后还跟着一堆老人。很快，他们就挤满了天井。他们没有挤到屋檐下去，也没有挤进厢房，他们就这样淋在天井的雨中。

　　戚杏花猛吸了几口嘴里的烟杆，吐出一股浓重的烟来。他花白的胡子不停地抖动着，然后用烟杆指着陈岭北说，陈队长，我把我那口白身子寿棺让给这个小英雄。

　　陈岭北的脸上慢慢浮起笑容，他说，好！

　　一个老人说，我的寿棺，就停在外面，给你们用。

　　另一个老人说，我的寿棺，也停在外面了，给你们用。

　　那天陈岭北在一个五十多岁的油漆匠指导下，开始在屋檐下为那口戚杏花用来做寿棺的白身子棺材画仙鹤。他觉得既然小浦东说要干干净净去投胎，那么投胎是需要乘着仙鹤去的。那天四四方方的天井上空，一直飘着冬雨，这让烂冬至晴过年的说法显得像稻草一样绵软无力。最后陈岭北画好了仙鹤，看上去显得十分丑陋，像一只有着瘦长的脚的鸡。陈岭北拿着画笔对着那只长脚鸡笑了，说小浦东你也不要嫌弃，不管这鹤长得丑不丑，你只要记住一点就行了，是仙鹤驮着你走的。

画好了仙鹤，陈岭北就一直坐在小浦东的身边。他突然觉得很累，累到怎么也不想动，所以他就把脚伸得笔直，整个人四仰八叉地躺倒在棺材边上。

麻三的坟就在小浦东的坟边上，这两个毫不相干的人现在住在了一起。陈岭北带着杂牌军的兵，站在坟前为他们送行。麻三的坟边上，是便宜的坟，他们爷儿俩从此以后永远在一起了。所以陈欢庆感到无比悲伤，他本来是麻三的军师，现在他用麻三留下的那把口琴，吹起了《长城谣》。这一天是除夕，四明镇上有零星的二踢脚爆开的声音传来，不知道今天就是大年夜的几只黑色老鸹，选择在一棵枯树上发出粗糙而难听的叫声。在这座山上，因为多出了密集的新坟而显得无比萧条。那些泥土被翻松了，黑的颜色泛在坟尖上。陈欢庆在用口琴吹着《长城谣》，这歌只有柳春芽一个人会唱，所以她捧着自己的大肚皮唱了起来。陈岭北觉得她唱得不好，因为她是个剧团里的戏子，所以她唱的《长城谣》有点儿唱戏的味道。陈欢庆吹完了《长城谣》的时候，陈岭北走到了他的身边，摊开了一只手。陈欢庆就把那把口琴放在了陈岭北的手心里，陈岭北直接就把口琴插在了麻三的坟尖上。陈欢庆想，再过三个月，这座坟上一定会长满青草。

馒头山上是密密麻麻的新坟。这块戚家向阳的祖坟地，现在被外姓人占据了，阵亡的士兵都葬在了四处。陈岭北仿佛能听到他们熙熙攘攘的声音，这样的声音越来越密集，灌满了他的耳膜。他的眼前浮现了每个人的影子，这些人站在坟头上，穿着新衣服，整个人雾气腾腾的。

他们向他微笑着，海棠穿着红衣站在远处显得更为引人注目。海棠说，当家的，我们饿了。大家就异口同声地说，我们饿了。陈岭北才想到，除了在老鼠山上的山匪窝里让大家吃得好一些以外，一直都没有给这批卖命的杂牌军吃过饱饭，这样想着他就想抽自己的耳光。这时候王传香戏班的十八个女演员出现在坟堆前，她们清一色的阴丹士林素雅旗袍站成一排，齐刷刷地弯下腰去。自从上次她们被日本军人强奸后，她们一直都没有离开四明镇。

陈岭北觉得她们一定是不想回家了。

那天陈岭北带着大家下山。细雨已经把上山的小道给打湿了，所以他们走路的时候一滑一滑的，长长的下山的人群，像一条黑色的蜈蚣一样蜿蜒着下山。然后戚家祖坟地这一片小世界开始安静下来，安静得除了雨的沙沙声以外没有其他的任何声音。静谧之中，那冷冷的冬雨均匀地洒在麻三的坟头，以及坟头上的那把口琴上。泥土开始松动，缓慢地下陷，那把口琴徐徐地陷入坟中，最后被泥土掩埋。仿佛是麻三伸手把口琴拿走了。

江桥镇的千田薰联队驻地，千田薰反背着双手站在一块空地上。空地上安静地躺着许多日军的手臂和手掌，他走到了其中一只手臂边上。手臂上的小金属身份牌上有四个字：船头正治。

唯一完整的尸体是高月保。本来按他的身份，应该是只取一只断手的，但是受命打扫战场的一名准尉军官认为随军记者应该受到礼遇，就把他整具尸体搬了回来。其实他很年轻，年轻得像一根家乡岛根县野外的茅草。但是现在他已经夭亡了，他是被一颗像鸟一样飞来的子弹击中的。他不知道，把这只鸟放飞的人是和他曾经在晴江溪的水中有过偶遇的新四军陈岭北。高月保的眼睛睁着，直愣愣地望着天空。他看到了天空中飘着细雨。这是异乡的雨，这些雨在他眼里泛着一片红光。

千田薰走到高月保的身边，从地上拿起一只破损的沾满了土和尘的照相机。那是高月保留下的。千田薰仔细地端详着，摆弄了一会儿照相机以后，他把相机递给身边的一名军曹。然后他低沉的声音响了起来，勇士们，我一定会用飞机送你们回家。安息吧。

千田薰说完这句话，高月保才觉得很累。他的眼睛在这时候缓慢地闭上了，像渡口合拢的一个闸门。在完全合拢以前，他看到千田薰的手一挥，那些手臂和手掌在助燃剂的作用下熊熊燃烧了起来。那红色的火光把千田薰的脸映红了，千田薰很轻地说，杀，杀，杀完中国人！再回家。

这时候江桥镇上又零星传来了几声二踢脚炮仗炸开的声音，一个萧瑟的除夕的夜幕，就要降临。

第六部分

———— ★ ————

回家之路

场面浩大的回家

60

即便是陈岭北到了南通新四军驻地以后，都不知道国军执行的拖住日军先头部队八小时任务究竟是怎么回事。一直到除夕，仍然不见援兵也不见日军的后续部队。这是一件奇怪的事，陈岭北和他的杂牌军再一次被遗忘了，仿佛一群找不到爹娘的孩子。一直到大半年后他才从一张旧报纸上知道，日军大部队本就无意从四明镇通过，那不过是一个障眼法。但是国军针对日军的也是障眼法对付障眼法，命令原三十五团的残部在四明镇上和船头正治中队进行一场战斗，而大部队却在一百多里外的东浦镇和日军真正的"冬之响箭"先头部队有了一场激战。

这都是后话了。陈岭北并没有想要知晓多少的欲望。在一九四一年的除夕之夜，陈岭北看着戚家祠堂天井里那红红燃烧的马灯，觉得自己一刻也不能待下去了。天井里还有一个正在抽烟杆的老人，他是戚杏花，他瞪着一双老鼠眼望着陈岭北。祠堂里该睡的都已经睡了，留下这两个孤独的人一言不发地守着除夕的长夜。

陈岭北说，明天我们离开这儿。

戚杏花又吧嗒吧嗒抽了好几口烟，敲了敲烟杆说，明天可是大年初一。初一不兴出远门。

陈岭北散淡地说，那就出个远门试试，看天会不会塌下来。

过了好一会儿，陈岭北又说，我想要一顶眠轿，再给我找一些破布来。

第二天天放晴，阳光照耀着戚家祠堂。祠堂门已经大开，天井里湿漉漉的一片正在升腾着水汽。陈岭北担心在太阳的直射下，这座祠堂会不会像升腾的水汽一样，升到半空中去。施启东和李歪脖抬来了一顶眠轿，眠轿里还铺上了一床牛栏花送给他们的棉被。陈岭北看到柳春芽从西厢房里叉着腰缓慢地迈着螃蟹步走到眠轿旁。柳春芽坐进轿子后，目光就一直落在了陈岭北的身上。她觉得陈岭北，不是以前的陈岭北。

陈岭北大声地说，我们是去南通的。国军兄弟可以跟我们搭伴回家，有个照应。我们的路线是萧山、杭州、嘉兴、上海、南通……

蝈蝈紧紧抱着张秋水的骨灰坛，他的脸就贴在坛子上，侧着头看着眼前凌乱的一切。他想去的不再是家乡专门盛产山核桃的临安，而是武汉，但是他没有说出来。他连说话的欲望也没有，觉得张秋水张姐姐的死把自己身上所有的力气都抽完了，他就变成了一张风筝一样扁平的纸。蝈蝈的目光斜斜地像一根棉线一样抛出去，他突然看到一个像玉米一样光洁而健康的女人走了进来。她的身后紧紧跟着看上去很雄壮的戚威武。

把他带走。牛栏花的眼角一挑，挑衅似的看着陈岭北说，把他带到南通，让他当上个连长才能回来。

陈岭北的眼神里充满着忧伤，说，你以为打仗是闹着玩的？

牛栏花说，当然不是闹着玩的，但是大不了就是个死。

陈岭北说，这位威武兄弟愿意死吗？

牛栏花说，他要是不愿死，那他干吗当戚家的后人。戚家抗倭，连日本人都知道。

陈岭北看了朱大驾一眼。朱大驾身上丝丝缕缕如同蜘蛛网的国军军装早就换下了，换成了一套老百姓的服装。他鼓了鼓勇气说，要不……你也一起走吧。

牛栏花笑了，她的眼角飞起来，说，我对不起麻三，我不能和你走。你要是真有心，你和威武比比谁杀的日本人多。

朱大驾说，那你留在四明镇上干什么？

牛栏花说，当油条西施，摆摊。一是为麻三每年清明扫个墓，二是我等着威武回来。

朱大驾想了想，看看左右压低声音说，那你……那你千万别随便啊。

牛栏花却大笑着说，我不会再给威武戴绿帽子了。你也走你的阳关道吧，你不是我的男人。不是我的，我不要。

这时候那块抬着戚杏花戚四爷的门板又浩浩荡荡地过来了。戚杏花的头顶上，仍然罩着一把黑色的巨大阳伞，伞下的黑色阴影里，戚杏花正在猛力地抽着烟杆。他重重地喷出一口烟来，然后阴着一双眼盯着陈岭北看。陈岭北的目光越过那堆烟雾，看到了戚杏花身边大概有三十来个壮劳力，腰间都插着镰刀，一言不发地用一双双阴沉的眼睛盯着陈岭北。

陈岭北笑了，说，那些拿猎枪的小子呢？

戚杏花说，你再看看。

陈岭北一抬眼，才看到那群镰刀男人后面，稀稀拉拉地站着几个手持猎枪的小伙子，这都是那场堵截战后，侥幸活下来的。

陈欢庆从人群里走了出来，他站在一张桌子上。那是一张四脚不平的桌子，所以陈欢庆站在上面不停地晃悠着。陈欢庆边晃悠边大声地吼，青山处处埋忠骨，何须马革裹尸还。姓陈的，要不你上老鼠山接替麻三当我们老大，要不你带我们走。

陈岭北皱了皱眉说，这是谁写的顺口溜？

陈欢庆说，日本明治维新时西乡隆盛是也。

陈岭北说，他妈的，日本人也能写得出那么好的中国顺口溜。

这时候从江桥镇来四明镇唱戏的那十八名王传香剧团女演员，都剪着短发出现了。这次她们没有穿阴丹士林的素旗袍，她们穿着一身短装袄裤。

陈岭北走到戚杏花的身边，在他那张永远离不开、仿佛和身体长在一起了的门板上看到了黄灿灿的手。黄灿灿的手被封在了锡里，连同那一枚正反面都有袁大头的大洋，一起封进了锡里。那是陈岭北让戚杏花找的锡匠，他想把黄灿灿的手带回家，交到黄灿灿爹娘的手里。陈岭北在口袋里掏他仅剩的大洋，他只有二十五个大洋了。他在二十五个大洋里排出了十个大洋，整齐地放在那张门板上，然后他无声地抓起那一截像断掉的树木一样的锡，扯了扯锡两边的吊带，挂在了胸前。他突然想说很多话，国军要回家，新四军要押香河正男去江苏南通，而那些四明镇的小伙子却想跟他去南通……如果真的成行，这会是一支多么奇怪的队伍。

陈岭北想了半天也没有想到应该说些什么。最后他大喝一声，回家！

大家都齐声高呼起来，回家！回家！回家！

那热闹的声浪在正月初一的戚家祠堂传得很远。陈岭北的目光在众人面前闪过，最后落在了王木头的身上。王木头背着杜仲留给他的那只药箱，看着陈岭北笑了。他突然也举起手来喊了一声，回家！

骨灰在风中飞扬

61

这是一个清晨。千田薰要亲自送那些阵亡军官和士兵的骨灰去军用机场。他走出营区大门的时候，看到了两辆停在面前的军用卡车。车上装着的是一小坛一小坛的骨灰。千田薰在车前沉默了一会儿。阳光像金色的麦穗，和暖地砸在他的身上，穿透了他厚重的呢料军官制服，扎得他的血管麻酥酥的。千田薰上车前，对着两车骨灰行了一个简单的军礼，然后说，回家吧。

汽车在道上缓慢前行。三辆三轮摩托车架着机枪在前面开道，两辆骨灰车后面又跟上了一辆装着一个小队士兵的军车。千田薰就坐在第二辆车的副驾驶座上，他在晃晃悠悠的车里翻看战地记者高月保拍下的一沓照片。那是千田薰从高月保的照相机里取了底片后去江桥镇张三丰照相馆里洗出来的。他看到有一张照片里一只血肉模糊的断手，被铁链拴挂在马克沁机枪上。千田薰就不由得倒抽了一口凉气。这个冬天没有过去，他能看到自己呵出的热气。他知道自己的老家伊根县，现在也已经很冷了。

发现这些车辆经过的，不是眼力特别好的李歪脖，而是将要被送往南通的俘虏兵香河正男。香河正男记得他跟着陈岭北和他的杂牌军离开了四明镇，他们轻易地把一座曾经热闹过的小镇抛在了身后。香河正男站在人群中看到，长得像新鲜玉米的油条西施牛栏花，一直把队伍送出了三里路。对于四明镇上发生的一切，香河正男一直都保持着沉默。他对陈岭北已经十分感激，当李歪脖在行军路上要把香河正男绑上的时候，陈岭北拿走了李歪脖手中的绳子，一刀割断了。

他要是跑了怎么办？李歪脖盯着陈岭北说。

陈岭北笑了，说，我拿命赌一把。

那时候坐在眠轿里的柳春芽心里发出了一阵欢欣的笑声。她特别喜欢陈岭北的变化，陈岭北变得越来越不像裁缝，而更像一名铁匠，或者是裁缝加铁匠。

那时候香河正男的目光和陈岭北的目光轻轻地触了触，香河正男突然觉得这个叫陈岭北的新四军游击队临时队长，要是自己的哥哥该是多么好的一件事。他看到了陈岭北交叉背在胸前的公文包和毛瑟手枪，这让他想起了那名只有十八九岁，并且用身体救下了自己的游击分队队长。分队长血肉模糊，双腿炸飞，像一团血红色的记忆。香河正男的耳畔响起分队长断断续续对陈岭北发出的声音，我命令你，为护送队队长……把这鬼子押送到南通……

就在这时候，香河正男看到了远处的烟尘，以及裹挟在烟尘下面的三辆军车和三辆三轮摩托。香河正男的眼睛就眯了起来，他一把拉住了陈岭北的手臂。陈岭北随着香河正男的目光望向远处，他看到了军车车门上的膏药旗。

陈岭北抬眼看了看天，朝霞像湿答答的一片血一样。他笑了，对李歪脖说，把第一辆摩托车的驾驶员给我打掉。

那天李歪脖几天没有放的枪被他兴奋地举了起来，瞄准和击发在一气之间完成，第一辆摩托车随即在山道上翻车。所有的车辆都停了下来，第三辆军车的后挡板打开，日本兵像被卸下的一车沙石一样纷纷跳下车来。这是一场不期而至的伏击，枪声碎了一地。陈岭北看到香河正男一直在向着日军扣动扳机，一梭子弹射过来的时候，陈岭北把香河正男扑在了身下。

战斗很快就结束了。当陈岭北带着杂牌军从山坡上冲下来的时候，看到的是安静的车辆，仿佛是被谁遗弃在野地的孤儿似的。一辆军车的副驾驶室里，千田薰被李歪脖给揪了出来扔在地上，随即一枪托就砸在了千田薰的头上。千田薰的脚和肚皮、右胸上都受了枪伤，正滴着血，如果陈岭北没有猜错，他的伤口应该是被流弹击穿了车门而击中的。千田薰跪在地上，他努力地站直了身子，用指挥刀拄在地上，目光从这支奇怪的队伍的每个人脸上掠过，新四军、国军、当地年轻人、山匪、女人……甚至还有一个背着药箱的兽医和一个孕妇。香田薰的目光最后落在了陈岭北身上，他认为陈岭北是这支部队的长官。这时候他身上的几个血孔，又一汪一汪地开始冒血。

蒋大个子突然从一名黑衣男人腰间拔出了镰刀，他向千田薰冲了过去。陈岭北一把揪住蒋大个子胸口的衣领，将他扔在地上。蒋大个子从地上爬起，又挥舞着镰刀冲向千田薰。这一次施启东突然在蒋大个子膝弯敲了一枪托，蒋大个子脚一软随即跌在地上。这时候蒋大个子的目光停留在车上，车上的篷布有一半被掀开了，露出排列整齐的骨灰坛。蒋大个子忽然明白了这些坛子里装的是什么，他咬紧了嘴唇，眼泪和鼻涕都流在了脸上，手中的镰刀再次举起。这一次他的镰刀重重地砍向了陶罐，随即有几个陶罐碎了，骨灰飞扬起来，撒了他一脸。

蒋大个子吼，这些骨灰，全要扔进茅坑，全扔掉！

立即有几个国军的士兵和那些四明镇上的年轻人冲向了卡车，他们开始打砸骨灰坛子。坛子清脆的碎裂声响了起来，那些灰像是冲破了包围圈似的从坛子里冲出来，随即荡起了灰蒙蒙的一片。香河正男冲上去，一把从背后用双手死死箍住蒋大个子。香河正男的声音急促，大声用日语怒喝着，不许对骨灰不敬，不许对骨灰不敬。

蒋大个子努力地挣开香河正男，说，你中国话讲得好好的，怎么突然又来一通鸟语？

蒋大个子的力气显然比香河正男大多了。一个大摔背，就把香河正男重重地摔在地上。这时候陈岭北说，把蒋大个子给我绑了。

李歪脖和施启东冲上去，把蒋大个子重重地压在了地上。陈岭北慢慢走过来，一脚踩在蒋大个子的一只手上，然后蹲下身子说，死者为大。人家都已经死了，你要是敢再动骨灰坛子，我让你成为骨灰。

然后陈岭北站起了身，慢悠悠地转过身去。蒋大个子不再挣扎，他的脸上有了密集的泪水。李歪脖和施启东松了手，这让蒋大个子可以翻个身，他跪在地上号啕大哭起来，呼喊着海棠的名字，海棠，海棠，海棠……很快他的嗓子就喊哑了。这时候蝈蝈看到了地上那沓从千田薰怀里掉下来的照片，其中最上面的那张照片就是黄灿灿挂在马克沁重机枪身上的手。蝈蝈一张张地捡起来，小心地揣在了怀里。

腆着肚皮的柳春芽从眠轿里钻了出来。她的手中不知什么时候有了一把闪亮的刀子。柳春芽拿着刀一步步走到了千田薰的面前，然后她手中的刀子高高地扬了起来。重伤的千田薰已经血肉模糊，他抬起眼看到了阳光和刀光，相互纠缠闪动着，灼伤了他的眼睛。千田薰笑了一下，闭上了眼睛，那刀子却迟迟没有落下来。千田薰再睁开眼的时候，看到那刀子已经在陈岭北手里了。陈岭北把刀子重重地钉在千田薰面前的地面上，对柳春芽说，不杀俘虏。你就是不杀他，他满身枪眼也活不长。

陈岭北带着大家离开了，他们把那天清晨火红的阳光以及清新的空气，还有三辆卡车三辆摩托，全留在了那条寂静而修长的山道上。千田薰久久地跪在地上，他看着这些杂牌军的背影越来越远。最后他朝日本国的方向行着礼，大声地喊，大日本国天皇陛下万岁。然后那把钉在他面前泥地上的刀子被他拔了起来，"噗"的一声扎进了自己的肚皮。

千田薰的目光追上了远去的人群，像一只鸟一样飞过他们的头顶。

千田薰的目光呼啸着越过了山壑和村镇，四十年代黑白颜色的中国在他的眼皮底下疾速掠过。然后千田薰的目光越过海洋，最后落在了他的故乡伊根。千田薰看到了他的渔村，水面和水面以下一样的平静。他突然觉得能在平静之中打一辈子的鱼，也是一件十分幸福的事。他想起了秋刀鱼的滋味，以及和父亲姐夫一起喝清酒跳舞的往事。他笑了，他把切腹的刀柄扭转了一下，嘴角汩汩地流出一汪黏稠的血来。

陈岭北带着队伍走出很远的时候，回过头来向着千田薰张望。千田薰已经倒在了地上，像伏在地上的一只蛤蟆。由于行动不便，柳春芽在眠轿里艰难地转过头去，她看到了像油画一样安静的三辆卡车和三辆摩托车，一动不动地停在败草晃动的风景里。柳春芽喃喃地说，国忠，你可以闭眼了。

国忠就是张团长的名字。

黄种田来到人间

62

陈岭北记得那天中午有些燥热，仿佛春天已经在不远处探头探脑了。白墙和黑瓦掩映之中的村落，那些枯了一冬的树明显暴出了成片的嫩芽。那星星点点的细绿，告诉陈岭北春天其实已经不远。他已看不到自己说话时从嘴里呵出的热气，衣领的扣子也在不知不觉中解开了。回头看眠轿中腆着肚皮的柳春芽的时候，柳春芽的脸上总是撑着两片红晕。

陈岭北看到前面的一座叫作"小天竺"的破庙，他不由自主地停下了脚步，然后迅速地解开了衣扣。他看到跟着他的杂牌军以及那十八名王传香戏班的演员，都已经浑身热气腾腾，看上去每个人都腾云驾雾似的。这时候柳春芽的脸色突然变了，她的双手揪紧了那床绣着牡丹和凤凰的薄被的被角，神色紧张地对陈岭北喊了一声，岭北，我好像要生了。

陈岭北快步跑到了眠轿边，探头探脑地掀开被角张望着。柳春芽一把将被角掩紧了，说，羊水好像破了，我有数的，准保是要生了。

那天柳春芽被迅速地安顿在小天竺这座破庙里。王木头为柳春芽在一间杂物间里接的生，手忙脚乱接生的时候，王木头看到杂物间里不时有瘦弱的老鼠从他的脚背上蹿过，这让他很不开心。他骂了一声他妈的。陈岭北就坐在杂物间的门口，在柳春芽幸福的惨叫声中，他闻到了不远处庙堂里传来的香烛的气息，这让他不由自主地打了好几个喷嚏。小天竺的庙祝是个九十多岁的老头，他像一个傻瓜一样有事没事脸上端着一个笑容，仿佛子弹和炮弹离他十分遥远。他的目光已经有些痴呆，对陈岭北的话总是言听计从。陈岭北看到庙祝穿着十分像是明朝的服装，他自告奋勇地端来了一盆温水放在门口。这让陈岭北有些感动，他突然觉得这个像隐士一样的庙祝，实际上是一个可以令人温暖的人。

庙祝用老眼昏花的目光打量着陈岭北，后来他说，你最好去百官弄找崔小手。

庙祝刚说完，杂物间的门被打开了，王木头慌张地举着一双血手从门里出来。陈岭北一把揪住了王木头的衣领说，怎么样？

王木头咽了一口唾沫说，好像不行。我给牛接过生，但没有给人接过生。好像是卡在那儿了。

陈岭北听到了柳春芽的一声声惨叫从杂物间里传出来。他松开了抓着王木头衣领的手，目光在王木头的血手上逗留了好久。柳春芽的惨叫让陈岭北的心突然被揪紧了，他的目光转向庙祝，庙祝抬起昏花的眼睛，说了三个字，崔小手。

陈岭北一直都记得，那是春天来临以前的一场狂奔。他整个人都被汗水给湿透了，风从他的耳边刮过，他在街道和小巷狂奔，他不停地拉住路人问路，他像一个疯子一样，把自己跑出了一颗子弹的速度。然后他拐进了百官弄，撞开了一扇门，看到了一个侏儒，他长着胡子但是只长到了半个人那么高。陈岭北想要说什么，但是他只顾着喘气，他根本说不出话来。侏儒叹了一口气，用他的一只小巧的手抓起了桌子上的布包说，走！

陈岭北抱起崔小手就走。他把崔小手横抱在胸前，耳朵里灌满了柳春芽痛苦的叫声。陈岭北想起了当年在枫桥镇上的日子，他和柳春芽手牵着手选择清晨或黄昏，走过五仙桥……陈岭北咬紧了嘴唇，他抱着崔小手在街上横冲直撞的样子，让所有的人都认为一个疯子抢了一个人。

陈岭北抱着崔小手跑到了小天竺门口的时候，他把崔小手扔在了地上，他自己却像一条翻白的鱼一样翻倒在地上直喘气。他看到所有人围上来，而崔小手尖细的声音大喝了一声，让开。众人给崔小手让出一条路来，崔小手消失了。众人又把陈岭北围在了中间，看着陈岭北躺在地上不停地喘着气。这时候大家都发现，陈岭北的嘴唇上全是血，他把嘴唇给咬破了。

后来施启东把陈岭北扶到了杂物间的门口，陈岭北疲惫地在门口的空地上坐了下来。他选择了一口露天的缸作为倚靠，双目紧紧地望着杂物间的门。哇哇的婴儿啼哭声从杂物间里传了出来。门终于打开了，王木头端起门口的那盆温水转身进了杂物间，又一拐脚把门踢拢了。再过一会儿，王木头抱着一个粉红色的孩子打开了门，他像江南地带常见的接生婆一样高喊了一声，母子平安……

在母子平安的喊声中，陈岭北接过了王木头手中的婴儿。那个襁褓是陈岭北找了一些旧布，洗净晒干后一针一线缝起来的，温暖而柔软。没有人知道陈岭北做过这件事，陈岭北却在见到柳春芽拎着一只藤箱撞开戚家祠堂的门后就开始偷偷做这件事了，因为他看到了柳春芽像皮球一样滚圆的肚皮。他不仅用破布缝了这个襁褓，他还缝了无数块尿片。

陈岭北把自己的脸贴在孩子像小老鼠一样粉嫩的脸上，并且紧紧地抱在怀里的时候，突然之间觉得自己的生命也无比沉重起来。他的眼泪唰地流了下来。

这时候崔小手才从门里出来，他孩童般的目光抬起来仰看着众人。

他冷笑了一声，大声说，你们忘了是谁接生的吗？连盆洗手的清水也没有了吗？

立即有人给崔小手端来了清水，施启东将一把零钱拍在了崔小手的手中。然后他抱起了崔小手，大步向镇上走去。他送崔小手回家，崔小手却冷冷地转过头来看着正抱着孩子的陈岭北对施启东说，这个人戴绿帽了还高兴成这样，这娃不是他亲生的。

施启东愣了一下说，你怎么知道？

崔小手又冷笑了一声说，这娃骨头重。他亲爹已经死了。

施启东的脊梁不由得升起了一阵寒意。他再看怀里横抱着的崔小手时，发现崔小手已经睡着了。他打起了轻微的呼噜，一只小手却将那只接生用的布包紧紧抱在怀里。

陈岭北后来抱着孩子进了杂物间。那里面一张木匠干刨活用的门板上，躺着疲惫的柳春芽。陈岭北稳妥地把孩子放在了柳春芽的身边，露出一排白牙，灿烂地望着柳春芽笑。

柳春芽说，他真像张国忠。

陈岭北说，我觉得他更像你。主要是眼睛像。儿子像娘，金子打墙。

柳春芽说，让他姓黄吧。我答应过黄灿灿，他要是答应打这一仗我们母子就随他。

陈岭北说，可是他已经死了。

柳春芽说，人死账烂。可我说的话不能烂了，让孩子姓黄。黄连长没后了，让他有个后。我可以再为张国忠生一个。

陈岭北哑然失笑。他本来想问你想跟谁去生，但是他没有把话说出来。他只是掏出了一叠大洋，细心地数了起来，一个一个地数，数到十五个。他把十五个大洋放在了门板上说，我能算是这小老鼠的舅舅吧。这算是舅舅给外甥封的红包。

柳春芽的脸沉了下来，说，谁是小老鼠。

陈岭北说，你儿子。你看他的脸粉红的一团，又皱巴巴像核桃皮似的，不像小老鼠难道像小老虎？

柳春芽不再反驳什么。她也突然觉得，自己的孩子果然丑得像只小老鼠。小老鼠睁开了眼，又合上了，仿佛睡不醒的样子。

陈岭北说得慢条斯理，像一个在拉家常的话多的男人。他说，本来我攒了三十个大洋，先是用掉了三个，后来又用掉了两个，都让给养员六子去买了粮食了。后来我让戚四爷戚杏花帮我请了个锡匠，替黄灿灿把他的断手用锡封了，又花了十个大洋。现在我只剩下十五个大洋，我留着一点用处也没有。算是我给孩子的见面礼。

在陈岭北漫长的像老太太一样絮絮叨叨的过程中，柳春芽慢慢地扭过脸去。她的脸上白花花的一片。她突然记起当初保安团小队长葛小财的爹葛老财让她家赔青苗的事，这事儿像一缕青烟，看上去十分遥远，但好像又是伸手就能抓住。这么些年了，陈岭北原来一直都想用自己的力气积攒下这三十个大洋。

柳春芽扭过头来的时候，脸上仍然挂着泪花。她抹了一把眼泪说，我很想嫁给你。

这时候陈岭北的手触到了斜背在身上的牛皮公文包里的十个大洋和一叠文件，这让他想到了那个死去的十八九岁的游击分队队长。分队长只剩下上半身的血肉模糊的身体慢慢地蠕动了一下，说，我命令你……

这样想着，陈岭北耳畔的枪声仿佛又响了起来。柳春芽以为陈岭北没有听到，重复了一次说，我要嫁给你。

陈岭北凄惨地笑了笑说，我不娶。

柳春芽说，镇西头五仙桥上陈丁旺陈半仙说过的，我们是天生的一对。是上天注定最后会走到一起的。

陈岭北说，陈半仙是个酒糊涂，他老是喝酒，一定是脑壳被酒给烧坏了。

柳春芽说，他算命很准，枫桥镇上名气最大的就是他，他的名气比镇长马七斤还大。

陈岭北皱了皱眉说，你不用说了，我不信陈半仙的鬼话。我得娶棉花。

陈岭北说完，起身走出了杂物间。陈岭北看到杂物间门口站满了人，每个人都手里捧着一些东西，咧开嘴笑着。有人手心里躺着两个鸡蛋，有人手里放着几张零票，王传香戏班里的那些女演员，手心里捧着一小沓尿片，那都是她们拆了旧戏装剪裁缝制起来的。

陈岭北抬起了头，看到一只疲惫的山鹰有气无力地从头顶的空中吊儿郎当地飞过，然后天空中就只剩下一片空白，连一朵稍微像样的云也没有。但是陈岭北知道，他马上就可以看到嫂子棉花了。所以他大着嗓门吼了一声，我要请你们喝喜酒。

陈岭北想起棉花每天晚上都要给自己的爹洗脚。有一次因为太累了，她起身去倒洗脚水的时候，连洗脚盆一起摔倒在地上。水就在地上散开了，那不停向外延伸的长条形的水，像一群游向四面八方的蛇。

回到丹桂房

63

陈岭北带着大家一路向着北边行走。国军兄弟没剩下几个了，陈岭北告诉这些三十五团的兄弟，到了家门口就留下来。沿途都可以回家，但是新四军不可以。新四军必须把香河正男顺利送到南通的新四军驻地……

他们行进在越来越温暖的江南。在田垄间走过的时候，所有植物在生长的声音，呼啸着钻进他们的耳膜。地气在急速地上升着，他们像是走进了一片仙境一样。枪声在四面八方响起，但是他们没有听到，没有听到枪声所以他们觉得打仗已经是一件遥远的事了。蛔蛔背着张秋水的骨灰坛子，手里舞着一把不知从哪儿找来的旧木板。他把那旧木板用刀子削成了宝剑的形状，不停地挥舞着。他本来就是一名小道士，但是他是一名没有学成满师的道士，所以他一直为自己不停念叨的咒语是不是正确而忐忑不安。伏妖降魔，他说，伏妖降魔了，路上各路神妖鬼仙给我避让三尺，借道走魂，太上老君急急如律令……

蝈蝈又轻声地对那只骨灰坛子说，孔雀姐姐，道士蝈蝈送你上路了，我一定给你补做一次道场，然后再走一回仙桥，让你永生极乐……他把张秋水叫成了孔雀。他觉得孔雀是一种最美的鸟，尽管他一次也没有见过孔雀长的啥模样。

这支七零八落的杂牌军不停地向前行进着。他们经过大悟、蔡村、柳仙、仙甸、邓村山下、瓦窑头、松林庵，然后在经过一座木桥的时候，陈岭北听到了嘈杂而单调的水声。他知道故乡丹桂房越来越近了。他轻轻拍了拍挂在胸前的那只黄灿灿被锡封住的手，大声说，姓黄的，你给我听好，咱们现在过桥。你给我小心点儿，走稳了。

陈岭北一脚踏上咯吱作响的木桥时，仿佛听到了黄灿灿嘎地笑了一声，像一只公鸭发出的十分难听的声音。

站在高高的用于村庄防洪的土埂上，陈岭北看到了半透明的炊烟，他离开家没有几年，但是他觉得自己已经苍老得离开家仿佛有半生。他有点儿百感交集，仿佛看到的不是故乡，而是一幅画。画是静止的，只有那些烟囱里喷出的烟像水草一样，不停地在一九四二年春天的天空中摇摆着。

陈岭北重重地拍了一下胸前挂着的那只锡封的手，大声地说，姓黄的，你好醒了，你已经到家了。然后陈岭北带着杂牌军往村子里走去。那是一条很长的斜坡，陈岭北走得脚下生风。他看到了村口的那棵老桑树，老桑树正在春天的空气里竭力地冒出一些新芽。一口池塘冒着热气，绿油油的水面上浮着几只黄毛小鸭。有人开始晒棉被了，他们捧出了五花八门的棉被。他们都看到了陈岭北，他们觉得这个陈岭北非常面熟。后来他们一拍脑门恍然大悟，这不是陈大有的孙子陈岭北吗？

这让陈岭北想到了那个梦。梦中的一切，就是丹桂房现在新鲜呈现在陈岭北面前的一切。但是陈岭北的神色慢慢地变了，越往村庄里走，越发现村庄的内脏被掏空了，有烧焦和倒塌的房屋，以及表情木然的人群。陈岭北的心紧了一下，他知道日本人来过丹桂房了。

陈岭北走到家门口的时候，发现家里的泥墙土屋已经没有了，倒塌的墙溃败成了一个个土丘，一个瘦弱的草棚立在焦土上，在风中发抖。父亲和弟弟妹妹一言不发，他们目光呆滞地看着突然从天上掉下来的陈岭北，又看着陈岭北身边那群衣衫褴褛的人。这些人简直可以说是五花八门，而且有十八个女的像田野里的紫云英一样站成了闹猛的一堆。眠轿里躺着抱着孩子的柳春芽，她本来是陈家的儿媳妇，但是她后来在唱完了一出戏以后，就直接找到了张团长，并且嫁给了他。这些乱七八糟的过往让他们一下子回不过神来。他们觉得陈岭北的出现像一场梦。他们还觉得脑子好像不够用了。

陈岭北奇怪他的家人怎么会沉默得像三张照片。陈岭北盯着爹说，爹，我是岭北。

爹好像是笑了一下，然后又收起了笑容。陈岭北发现爹好像是不对劲了，陈岭北又问，爹，棉花呢？棉花怎么不在？

陈弟弟和陈妹妹的眼里，不约而同地流出了泪水。陈妹妹一步步上前，拉着陈岭北的手走向了草棚子。草棚子里几乎空无一物，屋角堆着一堆破稻草和破棉被。而草棚子中间的一根木柱上，挂着一件棉花穿过的碎花衣裳。

陈妹妹望着那件衣裳说，哥，这是嫂子。

陈弟弟跟进了草棚子说，哥，日本兵进咱们村了，嫂子被日本兵……糟蹋了。日本兵走了以后，嫂子发了一天呆，然后跳了光棍潭。

陈妹妹说，哥，嫂子留下了双布鞋，那么大的尺码，肯定是留给你的。她惦记着你。

陈弟弟说，哥，嫂子走之前，给咱们家煮了最后一次粥，喂了最后一次猪，把一双新布鞋放在屋檐下，把家里留下的零钱放在灶台上，把家里的衣裳全洗干净了，接着她就走了……

陈妹妹说，哥，爹的脑子坏掉了，他记不起来事了。他什么事也不记得了，他肯定已经不认识你了。

在弟弟妹妹的叙述中，陈岭北的眼前浮起棉花为陈家操劳的模样。她消失了，像一缕青烟一样无声无息。陈岭北的眼泪不停地奔涌，他的手从斜挎在身上的牛皮公文包里摸索，摸出了那个他带在身边好久的玉手镯。他走到木柱边，把玉手镯塞进那件挂着的碎花衣裳的口袋里。陈岭北说，棉花，这是我给你的。

然后陈岭北连同棉花的衣裳和木柱紧紧抱在了一起。他闭上了眼睛，眼泪却不能停下来。他在想着嫂子棉花嫁进陈家的时候，他是一个年轻的伴郎，他喝醉了……陈岭北久久地抱着那件衣裳，轻轻地喊，棉花棉花棉花，棉花棉花棉花……

柳春芽坐在眠轿里，一直向着那个草棚子张望着。柳春芽还看到不远处一只瘦弱的鸡，正探头探脑地向着她探望，好像在琢磨这个人为什么坐在低矮的眠轿里。柳春芽觉得时光过得真是慢，慢得能把人急死。终于陈岭北从草棚里走了出来，他的手里捧着一双崭新的布鞋，眼睛布满了血丝，身后跟着陈弟弟和陈妹妹。

村里的人都拥了过来，他们形成了一个包围圈，看着陈岭北带着这么一支奇怪的队伍。他们分不清这是国军，还是新四军，还是和平军，他们还看到一个背着坛子，拿着一把木头削成的剑，而且腰上还挂着军号和唢呐的人；还看到了坐在眠轿里抱着孩子的丹桂房人柳春芽；还看到了背着杜仲留下的药箱的王木头，他正盯着一头还没有经过阉割的在村里游荡的猪，他的眼里流露出十分渴望用他学的兽医老本行上前把那头猪给阉掉的冲动……这是多么奇怪的队伍啊。

接着，叽叽喳喳的声音响了起来。

香河正男站在人群的边上，他看着一堆突然多出来的中国百姓，心里忽然有些发飘。他的肩上还扛着"三八大盖"，身上穿着的是中国老百姓的衣裳，他的心终于慢慢安定了下来。他觉得没人会把他看成一个日本人。站在人群的边上，香河正男依稀听出了一个大概，看上去好像是陈岭北的嫂子棉花已经被皇军给害死了。陈岭北明明说过要请大家喝他和棉花的喜酒的。所以香河正男心里有些失落和难过，他觉得皇军做下的事，就等于是自己做下的事。他无地自容，所以他很想找一条地缝钻下去。但是他找了好久，也没有看到地缝，只看到陈岭北那被皇军烧焦了的家。香河正男的内心无比惭愧与难过着，他开始想植子，如果打完了仗自己还没有死，那回到日本的话，植子姑娘已经嫁人了吗？

他觉得植子应该是一个微微发胖的姑娘。

这时候陈岭北看到了黄灿灿的爹和哥哥，就混杂在人群里向杂牌军张望着。他们一定十分盼望着黄灿灿和黄小狗叔侄俩也像陈岭北一样从地底下钻出来。黄灿灿是犯了命案逃出丹桂房的，按老早的话来说，就是犯了死罪。他们打心底里不指望着犯死罪的人，能光明正大、大摇大摆地迈着他的八字脚回家。

陈岭北盯着黄灿灿的爹和哥哥看着。黄灿灿哥哥断手的地方，像一个油光锃亮的光头。陈岭北突然跪在了地上，他跪下去的时候，天空中开始飘一场不明不白的太阳雨。围观的村里人都让出了一条道，让陈岭北可以顺利地通过。陈岭北把胸前挂着的那块锡高高举着，他看到了不远处的宅基。为了这块宅基，陈岭北的哥哥断了黄灿灿哥哥的手，黄灿灿则一拳打翻了陈岭北的哥哥，陈岭北哥哥的头撞在一块石头上送了命。陈岭北看到宅基空地上，长出了青草。一只不知道从哪儿冒出来的羊，正在专心地吃着草。它不时地抬头用陌生的目光不屑一顾地望一眼陈岭北，它认为陈岭北跪在地上的样子看上去有些不太正常。

陈岭北高举着黄灿灿用锡封住的断手，大声地说，这是黄灿灿，现在我送他回家了。

黄灿灿爹说，我孙子黄小狗呢？他们是一起从丹桂房跑出去的。

陈岭北想了想，他记得黄灿灿说过，黄小狗没有被张团长以临阵脱逃罪处死，但是他战死在虎扑岭伏击战中了。陈岭北清了清嗓子，大声地说，黄小狗战死在战场上，他杀了七个日本人。他比任何战友都厉害，他是堂堂国军的英雄。他是大英雄！

黄灿灿爹木然地说，英雄有什么用。咱们老黄家算是断后了。

陈岭北仍然跪在地上大声地说，不，你们家有孙子了。你看那眠轿里躺着的就是黄灿灿认的儿子，他姓黄。

这时候黄灿灿的爹和哥哥眼泪唰地就下来了。黄灿灿爹问，那取了个什么名字？

陈岭北想了想说，取不好名字，要不你当爷爷的给取个名吧。

黄灿灿的爹走到了眠轿边上，从柳春芽怀里接过了孩子。孩子打了个哈欠，然后对着黄灿灿的爹笑了一下。黄灿灿爹说，看样子他是认我这个爷爷的。我取不好名，要不就叫个黄种田得了。指望着他长大了能种田呢。

陈岭北大声地说，黄种田好。有地才有粮，有粮才活人。就叫黄种田了。

陈岭北又大声地说，看到这宅基了吗？爹啊，哥啊，不打走鬼子咱们没时间没心思造这屋子。等日本人被赶跑了，咱们再把这地造成大屋，咱们两家都住。咱们不争了。

黄灿灿的爹拼命点着头。

陈岭北又大声地说，爹啊，哥啊，把黄灿灿领回家吧。

黄灿灿的哥走上前，用那只剩下的独手，把陈岭北高举着的那只用锡封住的黄灿灿的手接了过来说，这是什么？

陈岭北说，这是黄灿灿的手，用锡封好了。

这时候春雨下得越来越密集，那只在宅基上啃草的羊又咩地叫了一下。陈岭北轻声地说，姓黄的，咱们在戚家祠堂说过，等仗打完了要好好地在晒谷场上打一架。现在打不成了。

那只羊又咩地叫了一下。

植子，我好像是在爱着你

64

植子，现在我们在去南通的路上。那座叫丹桂房的村庄，离我们越来越远了。我回过头去的时候，觉得那村庄像一幅水墨画，慢慢地淡了下去。在中国，有成千上万个这样的村庄。新四军的陈岭北队长本来是想把我送到南通，关完他还没关完的三天禁闭以后，想要回家的。他说君子一诺千金，我得关完禁闭。可现在他不想回家了，我想这一定和他再也娶不上棉花有关。

蒋介石军队的士兵们，没有一个回家。他们也不想回家了。所有的人都跟着陈队长一起走了，包括那个兽医王木头和十八个唱戏的姑娘。植子，那些姑娘很漂亮，就像现在田野里成片成片开着的紫云英一样。李歪脖和施启东抬着眠轿，眠轿是中国浙江的一种轿子，是躺人用的。眠轿里躺着的是柳春芽，她的怀里抱着她儿子黄种田。黄种田算是黄灿灿家的儿子了，说这些你可能听得云里雾里，但是只要有机会，只要我能活着回家并且见到了你，那么植子，我一定会用三天三夜的时间，好好地把发生的一切告诉你。

植子，黄种田还在吃奶，所以柳春芽没有把黄种田留在黄家，她说她要自己带。眠轿里不仅躺坐着柳春芽和她儿子黄种田，还躺着一支三八式步枪。那是咱们日本国生产的兵器。现在她要用来对付大日本国的军人。她的一只眼里目光如鹰，另一只眼里充满柔情。她说等到儿子黄种田长大了，日本人仍然没赶出中国，那么她就让儿子扛起枪。那个三十五团的小道士蝈蝈说，等打完日本人了，他要先送孔雀姐姐回武汉老家，然后他要回到他的老家临安当一名道士。他说道士帮人做道场，伏妖驱魔，很赚钱的。那个机枪手蒋大个子，一直嚷着要回家传宗接代。他从妓院赎出来的老婆海棠被日本军人杀死以后，他好像也不想回家了。他对陈队长说，他根本没有家。他要跟着陈队长一起去南通。陈队长走在队伍的最前面，他身后紧跟着的是他的弟弟。陈弟弟十六岁了，是可以当兵的年龄，陈队长说要让他像隔壁的黄小狗一样去杀日本人。陈队长把已经被大日本皇军吓傻掉的爹托付给了只有十四岁的妹妹……

植子，我真不想让战争一直继续下去。仗打不完，我也回不了家，我也见不了你。

植子，在慰问信中你说你参加了大日本妇女会。你寄慰问袋，缝千人针，在港口和车站迎接归来的军人。你知道我，怎么形容呢，你朝气蓬勃，或者有使不完的劲。你希望别再打仗了，可是你不知道中国人完全陷入了苦难。植子，在中国也有像你这个年纪的姑娘，她们受到强暴和凌辱，包括陈队长的嫂子棉花……

植子，我知道你会理解我，我要参加新四军，这是我打定主意的一件事。春天已经逼近了整个中国，连河流里的水也变得温软，所有的花都在开放或者在开放的过程中，柳春芽躺坐着的眠轿上，都绑满了王传香戏班那十八个唱戏的演员摘来的紫云英花。到处都是春天，但是枪声仍然是有的。

植子，我不多说了。如果我有一天能回日本，我一定会来找你。我成不了大日本帝国的勇士了，和你一样，我想要的是，尽快让战争停下来，停下来。

我是香河正男。一个你不认识的日本国士兵。我好像是在爱着你。

剧　终

————★————

杭州·西城广场·UME 国际影城 7 号影厅

　　蝈蝈坐在电影院里。他的白内障眼睛无神地张望着，耳朵里灌满了短暂有力充满钝感的枪炮声。那种十分逼真的音效，让他感觉回到了一九四一年的冬天和一九四二年的春天。那年春天，他们出现在南通的一处芦苇塘，突然许多乌亮的枪管对准了他们。一个个穿着新四军军服的士兵持枪从苇丛中走了出来，所有人都把手高高地举了起来。陈岭北疲惫地举着手笑了，他说，我是陈岭北，是新四军金绍支队的，奉命押解日军战俘香河正男，送到南通当山炮教练。现在我完成任务了。我还有两件任务没有完成，一是我还有三天的禁闭没关；二是我的部队散了，没几个人了，我们得留下来继续当兵。

　　这时候眠轿里，黄种田突然感到饿了，他大着嗓门哭起来，并且豪放地在妈妈柳春芽身上撒了一泡尿。黄种田的哭声惊起了苇丛中的许多鸟，它们扇动着翅膀笔直地冲向了天空……

　　电影散场了。灯光亮起来，所有的人开始往外走。蝈蝈坐在座椅上轻轻地唱，麦子扬花，阿拉要回家……回家见爹娘，回家吃老酒，回家讨老婆，回家生儿囡……蝈蝈仿佛看到了他当少年道士的辰光，鼓着腮帮朝天吹唢呐的场景。

　　孙女赵念秋递给蝈蝈一杯加了冰的可乐。蝈蝈接过了，他看到赵念秋白晃晃的大腿，就不由自主地摇了摇头。他不喜欢赵念秋穿得太短。他记得赵念秋的名字是他给取的，那时候他抱着赵念秋，就想起了那么多年以前的张秋水。所以他十分坚定地对儿子和儿媳说，就叫赵念秋。

　　蝈蝈喝着可乐，那中药味让他觉得不太好受，但是他舍不得把那可乐给扔了。他喝着可乐，不小心呛着了气管，于是他在电影院的沙发椅上剧烈咳嗽起来，从后面看过去，他的背影不停颤动有点儿连绵起伏的味道。一会儿，他一口气没缓过来，慢慢地在椅子上软了下去。一沓照片从他的怀里跌落下来，落到了邻座上。白亮的灯光下，可以看到最上面的一张照片是一只挂在马克沁机枪上的断手……

蝈蝈仿佛看到银幕上依稀有个人影在晃动，他终于看清那是迈着八字脚的黄灿灿。黄灿灿站在一堆雾中，大喝一声，蝈蝈。

十五岁的蝈蝈在银幕上并拢了双脚，大声地说，到。

黄灿灿说，跟我回家。

蝈蝈答，是！

蝈蝈跟着连长黄灿灿走。慢慢地，在一片雾蒙蒙中，蝈蝈看到了蒋大个子、小蔡，看到了陈岭北、施启东和李歪脖，看到了六子、小浦东、张秋水，都汇进了队伍……越来越多的人像从地底下冒出来似的，跟着他们一路往前走，谁也没有回头。

再然后，蝈蝈仿佛听到了孙女赵念秋的一声惊叫，世界变得如此安静。

2013 年 8 月 9 日第一稿

2013 年 9 月 17 日第二次修改

2013 年 10 月 6 日第三次修改

2013 年 10 月 19 日第四次修改

附 录

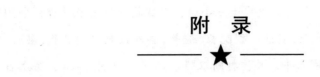

他 们

陈岭北

生于 1915 年，卒于 1996 年，暨阳县枫桥镇丹桂房人，新四军金绍支队老兵。1944 年 12 月，时任连长的陈岭北参加新四军第十六旅攻克战略要地长兴泗安，与伪军激战十三小时，火线提为副营长。曾任暨阳县枫桥区人民法庭庭长，县法院副院长、院长，县人民政府副县长、县长。"文化大革命"中被批斗，并被打断双腿。1996 年 3 月 19 日，穿上自己缝制的唐装坐在小院里谢世。

黄灿灿

生于 1912 年，卒于 1942 年，暨阳县枫桥镇丹桂房人，国军某部三十五团一营三连连长。牺牲于四明镇阻挠日军"冬之响箭"行动先头部队的战斗中。

柳春芽

生于 1920 年，卒于 2001 年，暨阳县枫桥镇丹桂房人，国军某部三十五团张团长之妻，后随陈岭北在南通参加新四军，任被服厂仓库保管员、副厂长、厂长。曾任暨阳县妇联副主任，县文化局副局长兼越剧团团长，县人民政府副县长。"文化大革命"中被关进"牛棚"，和陈岭北育有二子一女。

小浦东

生于 1923 年，卒于 1942 年，上海浦东人，新四军金绍支队战士。牺牲于四明镇阻挠日军"冬之响箭"行动先头部队的战斗中。

施启东

生于 1899 年，卒于 1944 年，江苏启东人，新四军金绍支队战士。牺牲于攻克长兴泗安的战斗中。

李歪脖

生于 1913 年，卒于 1944 年，嘉善县西塘镇人，新四军金绍支队战士。牺牲于攻克长兴泗安的战斗中。

六　子

生于 1920 年，卒于 1942 年，江苏高邮人，新四军金绍支队某中队给养员。牺牲于四明镇阻挠日军"冬之响箭"行动先头部队的战斗中。

章大民

生于 1908 年，卒于 1942 年，山东临沂人，新四军金绍支队战士。牺牲于四明镇阻挠日军"冬之响箭"行动先头部队的战斗中。

蝈　蝈

生于 1926 年，卒于 2011 年，杭州临安人，参加过国军、新四军，志愿军，一直都是小号兵。参加新四军第十六旅攻克战略要地长兴泗安的战斗，参加抗美援朝，后任邵东县柯山镇粮管所所长，邵东县粮食局副局长、局长，新四军老战士艺术团团长。

香河正男

生于 1919 年，卒于 1989 年，日本象潟町人，被俘后在江苏南通参加新四军，20 世纪 60 年代回国。

张国忠

生于 1914 年，卒于 1941 年，浙江绍兴县孙端镇人，国军某部三十五团团长。牺牲于国共联合作战的虎扑岭伏击战中。

伍登科

生于 1921 年，卒于 1952 年，南京六合人。随陈岭北在南通参加新四军，曾参加攻克战略要地长兴泗安的战斗。新中国成立后参加抗美援朝，牺牲于朝鲜战场。

蒋大个子

生于 1910 年，卒于 1944 年，浙江萧山县欢潭人，国军某部三十五团某班重机枪手，后参加新四军，在攻克战略要地长兴泗安的战斗中，随陈岭北与伪军激战十三小时，牺牲。

张秋水

生于 1924 年，卒于 1942 年，湖北武汉人，国军某部三十五团救护队队长。牺牲于四明镇阻挠日军"冬之响箭"行动先头部队的战斗中。

朱大驾

生于 1916 年，卒于 1976 年，国军某部三十五团报务员。后随陈岭北在南通参加新四军，参加解放战争、抗美援朝。致残回国后，分配在暨阳县草塔镇政府工作。1976 年因喝醉酒而跌入沟渠死去。

田大拿

生于 1918 年，卒于 1942 年，国军某部三十五团老兵。牺牲于四明镇阻挠日军"冬之响箭"行动先头部队的战斗中。

小 蔡

生于 1886 年，卒于 1942 年，国军某部三十五团三营文书。牺牲于四明镇阻挠日军"冬之响箭"行动先头部队的战斗中。